姫騎士様のヒモ

He is a kept man for princess knight.

2

「もっと私を大切にしろ。お前の宝物なのだろう？」
「もちろんだよ」
俺は彼女の肩を抱く。今度は抵抗しなかった。

「大切にするよ。本当に。絶対だ」
「言っておくが、『大切に』というのは、
ほかの女に手を出さないという意味もある」
「……善処するよ」

「話は聞いていたよ。アンタ、ヴァネッサの兄貴だろ？

妹さんの話が聞きたい、ってんなら、
こんなところよりも酒場の方がいいと思うよ、ヴィンス」

「ヴィンセントだ」

騎士様は真顔で訂正してのけた。

「はっきり言おう。俺がこの街に来たのは、
ヴァネッサを殺した人間を捕まえるためだ」
静かな、それでいて力強い宣言が部屋の中に響いた。

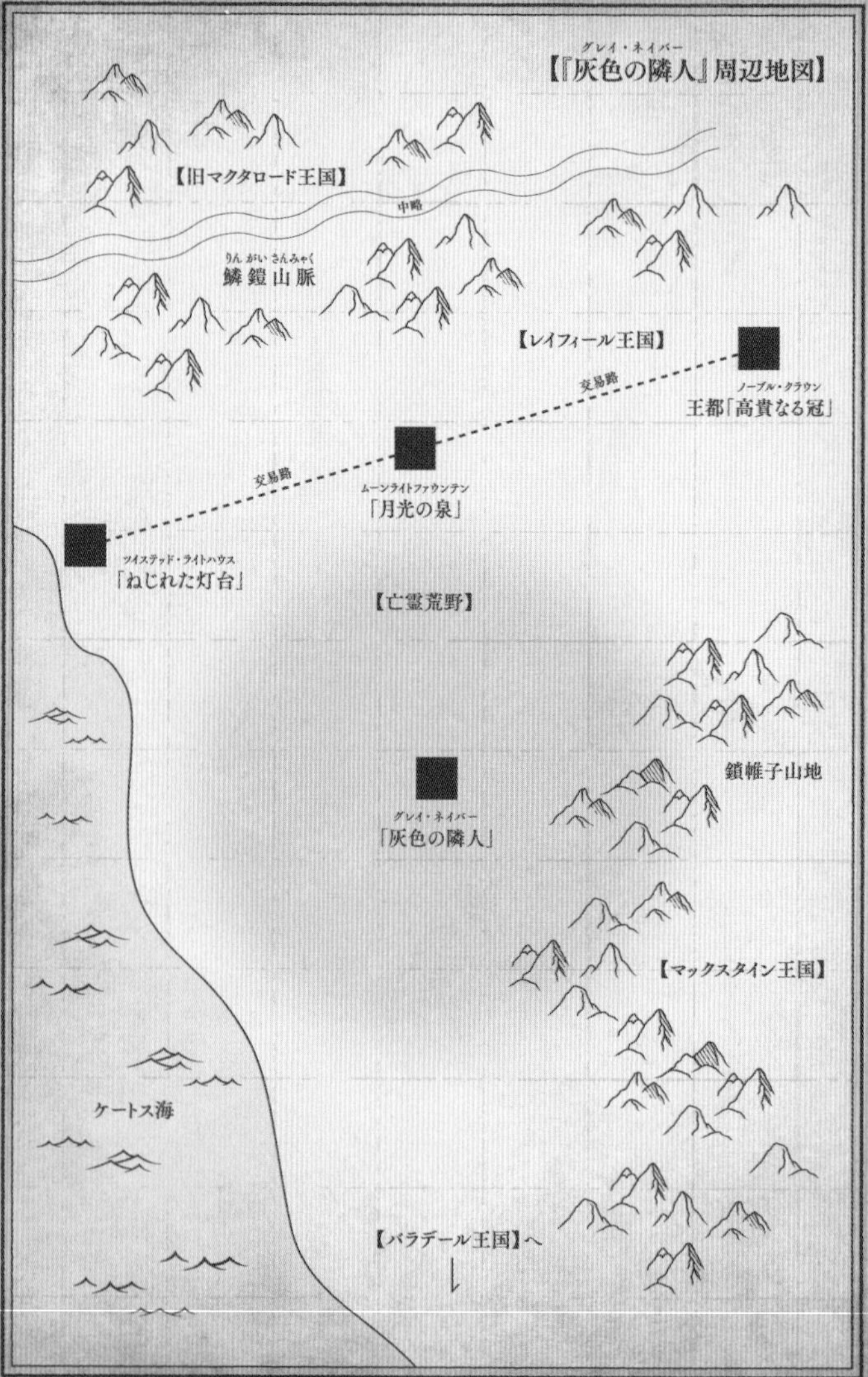

グレイ・ネイバー
【『灰色の隣人』周辺地図】
【旧マクタロード王国】
中路
りんがいさんみゃく
鱗鎧山脈
【レイフィール王国】
交易路
ノーブル・クラウン
王都「高貴なる冠」
交易路
ムーンライトファウンテン
「月光の泉」
ツイステッド・ライトハウス
「ねじれた灯台」
【亡霊荒野】
鎖帷子山地
グレイ・ネイバー
「灰色の隣人」
【マックスタイン王国】
ケートス海
【バラデール王国】へ

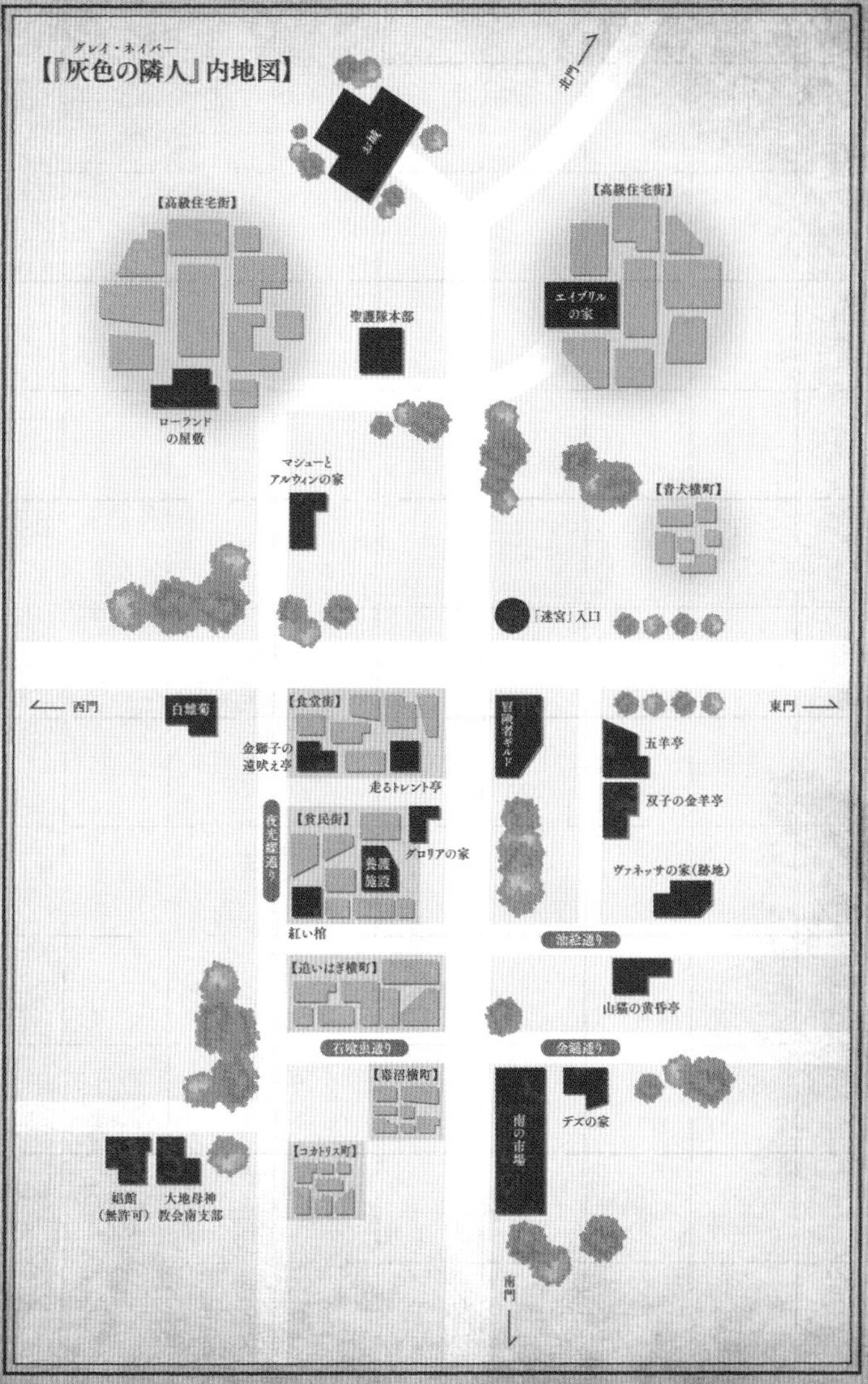
【『灰色の隣人』内地図】
グレイ・ネイバー
北門
【高級住宅街】
【高級住宅街】
エイプリルの家
聖護隊本部
ローランドの屋敷
マシューとアルウィンの家
【青犬横町】
「迷宮」入口
西門
東門
白熊菊
【食堂街】
金獅子の遠吠え亭
走るトレント亭
冒険者ギルド
五羊亭
双子の金羊亭
【貧民街】
グロリアの家
養護施設
ヴァネッサの家（跡地）
紅い棺
【追いはぎ横町】
山猫の黄昏亭
【毒沼横町】
デズの家
南の市場
【コカトリス町】
娼館（無許可）
大地母神教会南支部
南門

CHARACTER

アルウィン

ダンジョン攻略の急先鋒。マシューの前だけでは、子供っぽい一面を見せるらしい。

マシュー

経歴不詳の元冒険者。街では腰抜けとバカにされているが、ある秘密を抱えている。

デズ

ギルドの専属冒険者。気難しいドワーフ。マシューの過去を知る数少ない人物。

ヴァネッサ

ギルド所属の一流の鑑定士。アルウィンの秘密を知ってしまったことで、マシューによって殺される。

ヴィンセント

聖護隊の隊長。『灰色の隣人（グレイ・ネイバー）』の治安維持に務める裏で、妹殺しの犯人を捜索。ヴァネッサの兄。

エイプリル

ギルドマスターの孫娘。周りの大人からマシューに近づくなと言われている。

グロリア

欠員を埋めるため別のギルドから引き抜かれた鑑定士。『贋作』集めが趣味。

ノエル

『戦女神の盾（イージス）』の新メンバー。ラトヴィッジの姪で、アルウィンに心酔。

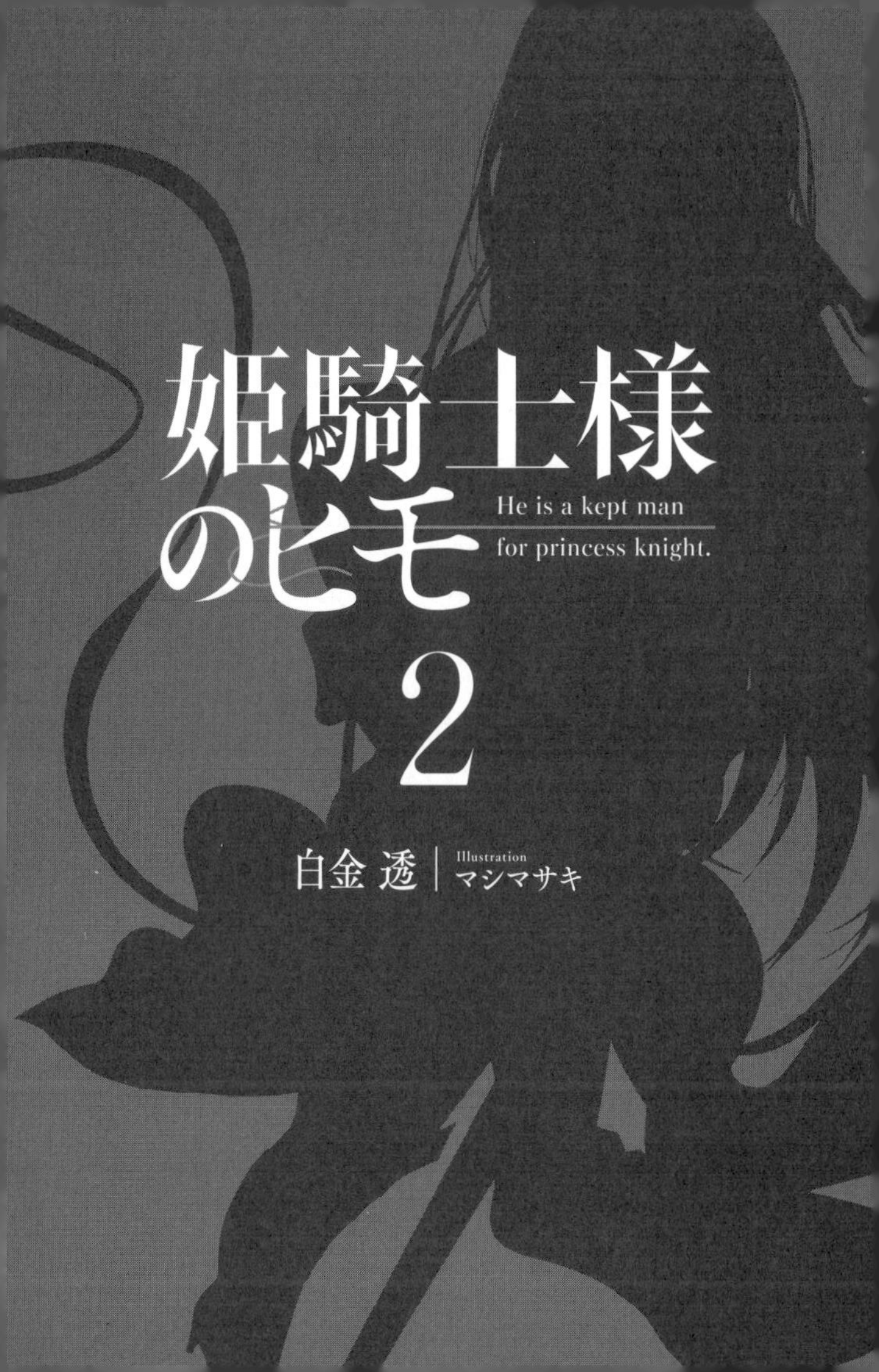

姫騎士様のヒモ

He is a kept man for princess knight.

2

白金 透 | Illustration マシマサキ

CONTENTS

序章　ヒモの災難

鈍色の雲から静かな雨が降り注ぐ中、俺は懐から半透明な水晶玉を取り出した。

「『照射（イラディエーション）』」

まばゆい光を浴びながら全身に力がみなぎっていくのを感じる。

不意の光に驚愕し、顔を手で覆う男たちに向かって駆け出す。

作業は一瞬で済ませた。首の骨を折り、頭蓋骨を壁で叩き割り、喉を握りつぶす。殺したのを確認してから宙に浮かぶ半透明な水晶玉をズボンのポケットにしまい込む。太陽の光を溜めておけるマジックアイテム……『仮初めの太陽（テンポラリー・サン）』だ。

連中の持っていたカンテラで死体を照らす。『クスリ』の売人が二人とその買い手。そいつらの手から小さな袋を取り上げ、中身を確かめる。間違いない。『解放（リリース）』だ。

俺にとっては忌むべき『クスリ』で、アルウィンにとって大きな秘密でもある。

この『仮初めの太陽（テンポラリー・サン）』を手に入れて以来、『クスリ』の調達は楽になった。

今のように真っ昼間でも曇りや雨で太陽の光が差さないと、俺は半人前以下だ。

これがあれば、わずかな時間ではあるが、いつでも昔のような力を発揮できる。あのクソ太陽神の力でなければ、もっと素直に喜べるのだが。『呪い』をかけた奴の力を借りて『呪い』に抵抗するなんぞ、まるっきり手のひらの上じゃねえか。

「ん？」

『クスリ』を買おうとした男の懐が奇妙に盛り上がっている。そいつを手探りで抜き取ると、怪しげな形をしたペンダントが出てきた。俺は顔をしかめた。こいつは太陽神の紋章だ。

『灰色の隣人』にも太陽神の教会は二つあるが、こいつはどちらとも違う。

最近、太陽神を信仰する宗派の中でも『神聖なる太陽』が信者を増やしている。パッパラパー太陽神を崇めるなど異常者に決まっているが、『ソル・マグニ』はその中でも特に頭のおかしな連中が集まっている。色々調べたところでは、信者を強引な手で勧誘し、裏では密輸や殺人にも手を染めているという。

ローランドにこの街を浄化させようとしたことといい、ゲロカス太陽神が何かを企んでいるのは間違いない。またどこぞのイカレ野郎に『啓示』とやらを与えて、操り人形のバケモノを送り込むつもりなのだろう。この街も住人もクソだらけだが、好き勝手にさせるつもりはない。神だろうと悪魔だろうとアルウィンのジャマはさせない。

誰であろうと、何をしようとぶち殺すまでだ。

雨の中、路地裏に身を潜めていると、つばの広い帽子をかぶった、黒ずくめの男が現れた。棺桶職人にして死体処理の専門家。『墓掘人』のブラッドリーだ。料金を渡すと無言で三体の亡骸を布で包んでいく。死体が見つかると、厄介な裏社会の組織も動き出す。放置するより金を払ってでも死体を始末した方が安全だ。

　初めて彼の客になってから一年と少し。すっかり俺も常連さんだ。最初に頼んだ死体はとある『クスリ』の売人だ。あいつのせいで俺は友人まで手に掛ける羽目になった。後悔はしていないが、気がつけば自分の手をじっと見ている時がある。

　こみ上げる不快感に目をそらすと、ブラッドリーは濡れネズミになりながら黙々と作業している。まあ、彼は口が利けないのだけれど。

「これだけヒイキにしているんだからたまにはサービスしてくれてもいいんじゃないかね」

　話しかけても反応はなし。ひたすら手を動かし、死体を回収する。

　愛想はないが、仕事ぶりは信頼している。三つの死体袋を作り上げると、通りの幌馬車まで引きずっていく。見た目は細身だけれど腕力がある。今の俺とは正反対だ。

「ご苦労さん」

　馬車に乗り込む前に、ブラッドリーがこちらを振り返るとぽん、と小さな袋を放り投げた。手のひらに収まるくらいで口のところを固く縛ってある。顔を近づけると酸っぱいような変な臭いがした。

　何事かと思っていると、ブラッドリーは自分の腕を嗅ぐ仕草をした。

「ああ、そういうことね」

臭い消し用の匂い袋か。今日は雨だからさほどでもないが、この前なんかは血の海だったからな。血の臭いが体に染みついていてもおかしくない。

「いいね、気に入ったよ。ありがとう」

礼を言うと、ブラッドリーはこくん、とうなずいて馬車に乗り込んだ。車輪の転がる音を聞きながら俺はその場を離れた。角を何度か曲がり、庇のあるところで雨宿りをする。人気がないのを確かめてから俺はもらった臭い消しを開ける。俺はうめいた。布にくるまっていたのは、虫の死骸だ。薬品か何かに浸けてあったのだろう。二本の触覚に、黄色と黒の虫が六本の脚を内側に丸めている。おまけに中身を出したせいで、酸っぱい臭いが充満して鼻が曲がりそうだ。

「おい、テメエ」

後ろから呼び止められる。

反射的に振り返ると、腕に天使の入れ墨をした男が近づいてきた。さぞ美人に彫ってもらったであろうに、隆々と盛り上がった筋肉のせいで、クルミをくわえこんだリスのように膨れ上がっている。右の眉毛から頬にかけて大きな傷が付いている。

「こんな雨の中で何してやがる」

そいつは腰の後ろから短剣を取り出すと、油断なく目線だけで周囲を見回す。

「客じゃねえようだな。……カイルとウィリーはどこだ？」

こいつ、『クスリ』の売人か。まだ仲間がいたのか。

俺の表情で悟ったか、入れ墨の男が薄笑いを浮かべる。

「訳知りか。どうやら、体に聞いた方が早いみてえだな。でかいの」

細めた目の奥に殺意が宿る。俺はもう一度『仮初めの太陽(テンポラリー・サン)』を取り出し、呪文を唱えた。だが、半透明の水晶玉は光ることなく、手のひらで雨に打たれて転がる。しまった、時間切れか。一度光らなくなると、半日は太陽の光に当てておく必要がある。それで使えるのは三百数えるくらいだってんだからイヤになる。

「何のマネだ？　占いでもしようってのか」

「ああそうさ」俺は言った。

「アンタの運勢は最悪だ。忠告する。今のうちに回れ右してお家(うち)に帰んな。たまった洗濯物を干す準備をした方がいい。さもないと、人生最悪の日になるぜ」

「前にもそんな占い師がいたっけなあ」

男が首をひねる。

「カードをぺらぺらめくってよ。『今日は最高の日だ。何をやっても上手(うま)くいく』って俺に言いやがるんだよ。俺はそいつを信じてバクチに全財産つぎ込んですっからかんになっちまった。その後占い師がどうなったと思う？　テメエのカードで喉詰まらせて窒息しちまったよ」

俺は愛想笑(あいそわら)いを浮かべる。

「そっちは上手(うま)くいったんだ？」

「クローゼットに女房の服突っ込むみてぇにな」

言うなり男が飛びかかってきた。俺は近くにあったゴミを蹴飛ばし、背を向ける。

「待ちやがれ！」

男が喚きながら追いかけてきた。雨は小ぶりになったが、石畳が濡れて歩きにくい。水しぶきを上げ、何度か滑りそうになりながら角を曲がる。諦めればいいのに、男は執念深く迫ってくる。二回ほどすっ転んだようだが、すぐに立ち上がり、俺との距離を詰めてくる。『呪い』は俺から脚力も奪っている。

「ここで終わりだ。占い師」

気がつけば目の前は行き止まりだった。振り返れば、男が短剣を片手に近づいてくる。追いかけっこの間に雨は止んでいた。降っていた時間はわずかのはずだったが、お互いにずぶ濡れだ。狭い路地には小さな水たまりがいくつも出来ている。男はその上を悠然と踏み越えてくる。

ほかに逃げ場はない。あとは空くらいだが、雨上がりの低い雲が覆いのように広がりながら東へと流れていく。このままだと百も数えないうちに翼が生えて空高く飛び上がるだろう。魂だけで。

破れかぶれとばかりに殴りかかるが、手のひらであっさりと受け止められる。簡単すぎたのか、男の表情には驚きすら見えた。

衝撃とともに息が詰まる。お返しとばかりに男の拳が俺の腹をぶん殴ったのだ。うずくまったところで今度はボールみたいに俺の顔を蹴飛ばしやがった。後ろの壁に叩き付けられそのまま座り込む。

「カイルとウィリーはどこへ行った？　言え。じゃねえと水晶玉がお前の目玉になるぜ」

短剣の腹で俺の頬を叩きながら男が脅しを掛ける。

「勘弁してくれよ」

俺は額を床にこすりつけ、男の足下に平伏する。

「俺は何にも知らないんだよ。たまたまあそこを通りかかっただけなんだよ。命だけは助けてくれよ、金もやる。アンタの靴にキスしてもいい」

男が肩をふるわせて笑う気配がした。

「思い出したぜ。もしかして、お前。あれか。『深紅の姫騎士』のヒモとかいう……」

男は俺の髪をつかみ、顔を上げさせる。

「お前、助かりたいのか？」

「ああ」

「だったらよ。あの女連れてこい」

「……何をする気だ？」

「決まってんだろ。あのお高くとまった女を裸にひんむいてよ。俺様のイチモツぶち込んでひいひい鳴かせてやるんだよ。『クスリ』でも飲ませりゃあ自分から腰振るようにならあな」

にたりと男は自分の想像に酔いしれる。股間まで膨れさせてやがる。

「……」

「どうした、返事しろよ」

「答えはこれだよ」

男の鼻先に中指をおっ立てる。

「屁をこいて死ねよ。ビチグソ生まれの短小ゲス野郎」

男は俺を殴りつけた。そのせいで石畳とキスをする羽目になる。

「残念だなあ。せっかく助けてやろうと思ったのによお！」

男が醜悪な顔で短剣を振り上げる。

「俺も占ってやるよ。……今日は血の雨だ！」

高々と掲げた短剣に、陽光が反射して俺の顔を照らした。

男が逆手に持ち替えた短剣をまっすぐに振り下ろす。俺はその手首を横からつかみ、そのまま握りつぶした。あれ、と男が呆けたような顔になる。自分の手首が何故潰れたのか、何故血が吹き出ているのかが理解できないようだった。

「腕が、腕があっ！」

激痛がウスノロの頭にようやく伝わったらしい。悲鳴を上げて仰け反る中、俺はゆっくりと立ち上がる。背中には雲の隙間から柱のような光が降り注いでいる。

「言っただろ。洗濯物を干す準備をした方がいいってさ」

夕立だから止むのも早い。雲もすぐに晴れる。

日頃から太陽や雲の動きを気にしていたせいか、ある程度は予測が付くようになった。

手をおさえてうずくまる男めがけて拳を振り上げる。顔の骨が砕ける音がした。

悲鳴すら上げることなく、石畳に男の死体が転がった。

「やっぱり人生最悪の日になっちまったな」

俺にかかれば『占い』も『予報』もお手の物だ。


再び死体の始末が終わり、家に戻ると扉の前に人がいた。

「お前、びしょ濡れだな」

我が姫騎士様のご帰還だ。家の前でどうしたんだろう。

「鍵を家に忘れてな。お前が戻ってくるのをずっと待っていた」

と、俺の頭をハンカチで拭いてくれる。

見れば、扉の横に傘が立てかけてある。雨の中ずっと待っていたのか。

「お帰り。寒くなかった？」

ハグでもしようとしたらアルウィンに距離を取られた。

「お前、どこで何をしていた？」

「え？」

服がボロボロなのはいつものことだし、返り血は、雨が全部洗い流したはずだが。ああ、服がびしょ濡れだからかな。

「何の臭いだ？　ひどいな」

どうやら嗅ぎすぎて鼻がバカになっていたらしい。さっきの臭い消しだ。

アルウィンが顔を手で覆いながら険しい顔をする。

「早くどうにかしてくれ。鼻が曲がりそうだ」

「了解っと……うげっ！」

薬品で表皮がもろくなっていたのだろう。取りだす拍子に黒い虫を握りつぶしてしまった。手のひらに黄色い粘液がこぼれる。気持ち悪い。壁にこすりつけたが、まだ臭いは残っている。洗い流そうと井戸へ向かおうとした瞬間、目の前を虫が横切った。一匹だけではない。同じ虫が次々と増えていく。気がつけば何十匹もの虫に集られていた。

「おい、マシュー。なんだこれは！」

「うお、こら。あっち行け！」

もしかしてこいつ、同族の体液に群がる習性があるのか？

「早く何とかしろ！」

「今やっているよ！」

虫の死骸は家の外に放り投げたが、体液の臭いが俺の手にこびりついているせいでまだ向かってくる。

「やむを得まい」

アルウィンは俺から家の鍵を奪い取ると、そのまま中に飛び込んだ。

信じられねえ。鍵を掛けやがった。

「おい、アルウィン。開けてくれよ！」

「その虫を何とかするまで帰ってくるな！」

扉越しに姫騎士様の叱咤（しった）が飛んだ。

その後、何度洗い流しても臭いは取れず、結局、虫がいなくなったのは夜更（よふ）け過ぎだった。

ブラッドリーのやつ、妙なものよこしやがって。覚えてやがれ。

申し遅れたが、俺の名はマシュー。

昔は『巨人喰い（ジャイアント・イーター）』なんて呼ばれた冒険者だった。色々あって力を失い、放浪の末にこの『灰色の隣人（グレイ・ネイバー）』に流れ着いた。

今の俺は姫騎士様のヒモであり『命綱』、そして時には姫騎士様に害をなす連中の首を絞める縄でもある。

第一章　姫騎士の決断

冒険者ギルドの二階で今日もひげもじゃドワーフことデズの話し相手を務める。いつもはどうでもいい話ばかりだが、たまには少しだけマジな話もする。

「なあ、デズ。お前さん、現役復帰するつもりはないか？」

デズがアルウィンのパーティに入ってくれたら心強い。実力も経験も完璧だし、何より嫁さん一筋だからどこかのラルフ坊やみたいに、アルウィンに色目を使うこともない。

「ないな」

「そうか」

この会話はこれで終わりだ。ダメ元で聞いてみただけだ。無理強いするつもりもない。

「なんだって今更そんな話をする？」

今度はデズが胡散臭そうに聞いてくる。

「うちの姫騎士様のご機嫌が悪くってな」

ここ最近、よそから次々と冒険者がこの街を訪れている。当然、目的は世界最後の『迷宮』である『千年白夜』だ。大半はチンピラ同然の雑魚だが、中には腕のいい連中も入り込んでいる。

剣と槍(やり)の二刀流の『レックス』を筆頭にした『黄金の剣士(クリユサオル)』、魔術師の『マレット姉妹』率いる『蛇の女王(メデューサ)』、盗賊上がりの斥候『ニック』がいる『金羊探検隊(アルゴー)』といった売り出し中の連中が、どんどん『迷宮』を奥へと進んでいる。

それに引き換え、アルウィン率いる『戦女神の盾(イージス)』は戦力不足もあって、浅い階で足踏みを続けている。後から来た連中に追い越されつつある、とあってはご機嫌斜めになろうというものだ。祖国再興を掲げる彼女には迷宮最深部の『星命結晶(せいめいけっしょう)』……万能の物質が必要だからだ。

「新入りが来るって話じゃなかったか？」

「本当はとっくに来ているはずなんだがな。天候不順とかで到着が遅れているんだとよ」

ただでさえ何ヶ月もかかるらしいのに。こちらの都合もお構いなしだ。こんな時まで足を引っ張りやがって。あの汚物太陽神め。

「そんな大事なもの、おもちゃにするなよ」

言われてから自分の手が『仮初めの太陽(テンポラリー・サン)』を弄んでいたのに気づいた。

「そいつはテメエの命綱だろ」

「命綱？　する気もねえよ」

「この前、そいつのおかげで命拾いしたんじゃなかったか？」

デズにはこいつが『太陽神』由来の神器だと知らせてある。もしかしたらこれで一時的であろうと、デズの『呪い』も解けるのではないかと照らしてやったら「眩しいんだよ、ボケ」とぶん殴られた。それだけだ。

あと死んだはずのローランドが太陽神の手下である『伝道師』なんて金魚のフンとして蘇って、そいつと一戦やらかしたことも、この街で何かやらかそうとしているのも、一応は伝えてある。伝えていないことも多々あるが。

「オメエから話聞いて気になっていたんだがよ」

とデズには珍しく神妙な顔つきで話し出す。

「もしかしたらそれは、お前専用の神器じゃねえのか？」

「どういうことだ？」

「『呪い』の条件で、太陽の光が関係するのはお前だけだ」

「けど、これは俺以外にも使えるぞ」

俺にくれたヴァネッサも使っていたし、デズにもこの前使わせたら普通に光った。

「太陽神が『受難者』とかのために『呪い』を振りまいているのなら同じような『呪い』だってあるだろう。テメエみたいに太陽の下だけでしか力使えないようにするとかよ」

同じようなタイプの『受難者』用ってことか。デズにしては鋭い。そう考えれば、一定時間しか使えない神器ってあたりがいかにも根性クソ色の太陽神らしい。

「それじゃあ、お前さんやほかの連中に向いている神器も世界のどこかにあるってことか」

「かもな」

「あいつらの居場所ってお前知っているか？」

「『大将』は東の方で冒険者ギルドのマスターやっているってのは聞いているが、あとの連中はさっぱりだな」

「俺もだ」

俺以外にも『百万の刃（ミリオンズ・ブレイド）』の面々は色々と恨みを買っている。有名になりすぎて、あれこれトラブルにも巻き込まれたからだ。殺されるようなタマでもないから、どこかで適当にやっているだろう。

「とりあえず、それらしいのを見つけたら教えてくれ」

正直、あいつの書いたシナリオ通りって感じで腹立たしいのだが、手持ちの武器は多い方がいい。確保しておけば、いざというときの戦力にもなるだろう。

「とにかく、ローランドの言うことが確かならまたこの街に『伝道師』が入り込むかもしれねえ。見つけたら即殺せ。弱点は首だ。ぶった切るか、首根っこ引きちぎってやれ」

俺が大胆かつ緻密な作戦を指示していると、下で大きな物音がした。続けて歓声やざわめきが起こる。何やら一階が騒がしい。またアホな冒険者どもが酒飲んで暴れてやがるのか。

「暇な連中だな、おい。とっとと仕事しろ。働け。怠け者め」

デズが渋い顔で何か言いかけたところで、階段を駆け上がる音がした。続けて扉が叩（たた）かれる。

「大変だよ、デズさん！」

やってきたのはエイプリルだ。ギルドマスターの孫娘で、たまにギルド職員のマネゴトもしている。

「今、下の広場で魔物が暴れているの！　すぐ来てよ！」

切羽詰まった様子でデズの腕を引っ張る。デズの目の色が変わった。立てかけてあった斧を手に取り、階下へ向かう。エイプリルはその背中を押すようにしてしきりに急かす。俺もその後ろから続く。

「『迷宮』からゴブリンでも這い出てきたのか？」

冒険者ギルドは、『迷宮』の出入り口のすぐ手前にある。いつもは分厚い扉でふさいでいるが、たまにゴブリンやコボルトといった小物が飛び出して来ることもある。

俺の問いかけにエイプリルはそんなんじゃないよ、と首を振った。

「さっき冒険者さんから預かった魔物が生き返って……」

一階に降りた途端、話を遮るように外から人が飛んできた。たまたま進路上にいたギルド職員を巻き込み、轟音とともにカウンターにぶつかる。死んではいないようだが完全に気を失っている。振り返れば扉の外で、人の顔を持った巨大な獅子が咆哮を上げていた。

マンティコアか。

人面獅子体の魔物で、毛並みは黄昏のように不吉で赤黒い。尾の先端には無数の毒針がある。

体格も俺の倍近くはある。

「そんな、あいつは確かに殺したはずなのに……」

信じられない、とカウンターの横で若い戦士風の男が首を振っている。バカが、騙(だま)されやがったな。マンティコアは悪知恵が働く。死んだふりくらいはお手の物だ。

マンティコアは毛皮や内臓が高く売れる。解体の手間と時間を惜しんで、そのまま『運び屋』に運ばせたのが徒(あだ)になったようだ。

マンティコアは胸や背中や足を赤黒く染めながらも唸(うな)り声を上げ、かみつく振りをして周囲の冒険者たちを威嚇している。手負いの分だけ、凶暴さも増している。街中で暴れると厄介だ。

「デズ、出番だ」

「おう」

斧(おの)を肩に担(かつ)ぎ、外へ向かう。

その横を一陣の風が駆け抜けた。

若い女だ。年の頃はアルウィンと同じくらいだろう。首筋辺りで切りそろえた黒髪に、青く小さい目。赤みがかった黒のマントに革鎧(かわよろい)。黒い手甲は体格に不釣り合いなほど大きい。

この街の冒険者はたいてい知っているが、初めて見る顔だ。

女は走りながら黒い玉を取り出し、マンティコアに向かって投げつける。黒い玉がマンティコアの尾で軽々と弾(はじ)かれた途端、玉の割れ目から灰色の煙が勢いよく噴き出した。

『煙玉』か。

煙幕がマンティコアの視界を塞ぐ。女は跳躍すると同時に手甲から大振りの刃物を抜き放つ。鉈（なた）のようなそれを高々と振り上げ、マンティコアの尻尾を根元から切り落とした。

血しぶきと、けたたましい絶叫が上がる。

のたうちまわりながらもマンティコアは闘志と怒りを燃え上がらせていた。牙をむき、土煙を上げながら女へ向かって突進を仕掛ける。当たれば屋根の上まで吹き飛びそうな勢いだったが、女は逆にマンティコアへ向かっていく。衝突する寸前、右に避けるとマンティコアの前脚を踏み台にして一気にその背中へと駆け上がった。巨大な背中に馬乗りになると、刃物をマンティコアの背中へと突き立てる。獅子（しし）の巨体が悲鳴とともに反り返る。

マンティコアは振り落とそうとして体勢を崩し、顔から地面に突っ込む。

女は一足早く飛び降りていたが、マンティコアの背中から血が噴き出している。かなりの深手らしく、その場でもだえ苦しみながら暴れ回る。唸（うな）り声を上げ、その場で転がり、後ろ足が切り落とされたばかりの尾を蹴り飛ばす。毒針の付いた尾は軽々と吹き飛び、遠巻きに見守っていたギルド職員たちの頭上へと落ちていく。

「危ない！」

誰かが叫んだ。あわてて逃げ惑うものの、すっ転んだ白髪のじいさんが一人取り残された。尻尾ごと頭上に落ちてくる毒針に、悲鳴を上げて顔を背ける。今にも老人を貫こうとする寸前、横合いから滑り込んできた刃がそれを払い落とした。

「大丈夫かな、ご老人」

凜とした声がした。

歓声が上がる。

窮地を救ったのは、『深紅の姫騎士』ことアルウィン・メイベル・プリムローズ・マクタロード。我が麗しき姫騎士様だ。後ろには残りの『戦女神の盾』のメンバーもいる。たった今、『迷宮』から戻ってきたようだ。

「へ、へえ」

アルウィンが手を差し伸べると、じいさんは膝を突いて平伏する。

「ここは危険だ。早く隠れるといい」

這いつくばったままのじいさんに忠告するなりマンティコアの元へ駆け出す。

「手負いとはいえ油断するな。気をつけろ！」

アルウィンの指示とともに残りのメンバーも突っ込んでいく。

その頭上に黒い影が差し込んだ。

「はっ！」

先程の女がアルウィンたちの頭上を飛び越え、マンティコアの額に刃を突き立てた。

赤い獅子の体が痙攣し、横倒しになる。黒い瞳が閉じて、そのまま動かなくなった。

拍手喝采だ。

もちろん賞賛を浴びているのは我らが姫騎士様ではなく、あの小柄な女だった。

「すごい、あの人。あんなおっきい魔物を一人で倒しちゃった」

エイプリルが目を輝かせてはしゃぐ。

女は意に介した風もなく、刃物を手甲にしまい込もうとして、懐(ふところ)から金属のプレートを落とす。冒険者ギルドの組合証だ。組合証にはランクに応じて星が刻まれるのだが、あの女の組合証には一つも付いていなかった。

ということは、登録したての新人ってことか。

だが、実力は昨日今日の駆け出しではない。魔物相手にかなり場数を踏んでいるようだ。傭兵(ようへい)か狩人(かりゅうど)が、冒険者に転身したのだろう。冒険者登録しないと『迷宮』には潜れないからな。

「なかなかやるじゃねえか」

デズが今更ながらやってきて寝ぼけたことを言う。

「お前、何やってたんだよ」

デズがあごで指し示した先には、ふん縛られた冒険者が六人。マンティコアを持ち込んだ張本人もいる。どさくさに紛れてとんずらしようとしていたので取っ捕まえていたらしい。あの女の実力を見抜いたからこそ、何も言わず犯人確保に専念したのだろう。

それからデズは仕事再開、とばかりに転がっている連中を引きずって広場の奥へと消えていく。お仕置きの時間だ。エイプリルもついて行こうとしたので、襟首を引っつかむ。

「ここから先は大人の領分だ。君はおうちに帰ってフルーツケーキでも食べるんだね」

「子供扱いしないでよ」

そうやってむくれるところがお子様なんだよ。一方、件(くだん)の新人冒険者は野次馬に囲われているようだった。

「すげえな、嬢ちゃん。アンタ何者だ？」

「うちのパーティに入らないか？」

称賛や勧誘を無視して女は、何かに気づいたように駆け出した。ホコリを払い、髪を整えると小走りでアルウィンの前にひざまずいた。

「王女殿下におかれましてはご機嫌麗(うるわ)しく恐悦至極に存じ奉(たてまつ)ります」

「殿下はよせ。ノエル。ここでは臣下の礼も無用だ」

アルウィンはノエルと呼んだ女を立ち上がらせると、優しい顔で抱擁する。

「まさか、そなたが来てくれるとは思わなかったぞ。また腕を上げたな」

「ただいま冒険者登録を済ませましたので、いつでも『迷宮』へお供します。お望みとあらば、今からでも」

「そう急(せ)くな」

鼻息の荒い子だ。靴にキスでもしそうな勢いに、アルウィンも苦笑気味だ。

「ご幼少のみぎりより姫にお仕えしていたわたしに任せてください。大願成就のため、身命を賭して伯父に成り代わり采配をふるう所存です」

「頼りにしているぞ」

はい、とノエルは大きな声でうなずいた。

「長旅で疲れただろう。今日はゆっくり休め。話も聞きたい」

「では、お屋敷までお供いたします。侍女でも小間使いでも何でもやります！」

「無用だ」

アルウィンは困った顔をする。

「遊びではないのだ。侍女も小間使いも置いていない。私も自分のことはすべて一人でやっている」

噴き出してしまった。どうやらつい先日、彼女のために料理を振る舞ったのも、洗濯屋に洗い物を持っていったのも、部屋を掃除したのも全部俺の妄想だったらしい。

笑いをかみ殺していると、アルウィンにじろりとにらまれた。俺に気づいていたようだ。もちろん、真実をべらべらと喋って姫君の顔を潰す男ではない。俺は笑顔で近づき、話しかける。

「もしかしてその子が例の新メンバー？」

「そうだ。ノエルという。まだ若いが腕は立つ」

自慢の家来なのだろう。アルウィンは形の良い胸を張る。

「ルスタ卿の姪だ」

「ああ、あの年食った騎士様の。いい人だったね」

アルウィンに横恋慕して、冒険者を雇って俺を殺そうとしたけど。

ノエルにとっては母方の伯父にあたるらしい。険しい顔つきで俺を凝視する。

「あなたは？」

「俺はマシュー。まあ、関係者だよ。冒険者じゃないが、サポート全般ってところかな」

ヒモだなんだと言うとややこしくなりそうなので、今は内緒にしておく。そのうち親切などなたかが教えてくださるだろう。

「君の伯父さんとは、結構仲良くしていたんだ。ストリップに連れて行ったら大喜びでね。踊り子さんの下着に金貨ぶち込んでいたよ」

「お前と一緒にするな」

アルウィンに脇を小突かれた。俺はやらないよ。せいぜい銅貨くらい。

「あなたが……」

ノエルの目が細くなる。青い瞳にとげとげしい敵意がこもっている。

「もしかして伯父さんから何か聞いているのかな？　教えた娼館がモグリのぼったくりだったとか。あれは俺も悪いと思っていたんだ。今度お詫びの手紙書いておくよ。あと、あちらの病気に効く塗り薬も」

戯れ言、と思ったのかノエルは視線を冷たくするばかりだ。

「もういい。お前は先に帰っていろ」

アルウィンに背中を押され、ギルドの敷地から追い出される。振り返ると、ノエルがおっそろしい目で睨んでいた。顔は全然似てないのに、変なところで伯父さんそっくりだ。

けれど気づいてないのかねえ、君もまた、後ろの三人からおっそろしい目でにらまれていたってことにさ。

もしかしたら童貞聖騎士様同様に何か仕掛けてくるかと思っていたら、翌日、彼女はさっそく家に訪ねてきた。どういうわけだか、ラルフまで一緒だ。

「アルウィンなら留守だけど。上がっていくかい？　夕方には戻るはずだけど」

「あなたに話があります」

言うなり家に上がり込む。俺とノエルが向かい合って座る。ラルフはノエルの後ろで、壁際に立っている。一応、イスも勧めたのだが無視しやがった。

用件を尋ねると、ノエルはテーブルの上に金の詰まった袋を置いた。

「金貨で五十枚あります。これで今すぐ姫と別れて街を出てください」

乾いた笑い声が出た。

「わざわざこれ言うために、この街に来たわけ？」

「伯父様からあなたのことは聞いています」

「三国一の色男だって？」

「油断のならない男だと。決して口調と態度に騙されてはいけないと」

どうやら自分の恥を隠して、姪にあれこれ吹き込んだようだ。せこいマネを。ただ俺の秘密は守るつもりのようだ。まあ、あれだけ脅したからな。

「このことをアルウィンは知っているのかな？」

「全ての責はわたしが負います」

ここで当然です、と言えないあたりが正直だな。

俺は盛大にため息を吐いた。

「……がっかりだよ。失望したね」

「あなたが何を期待していたかは知りませんが、わたしは……」

「君じゃない。後ろの坊やだよ」

顎でしゃくって指し示すと、ラルフが顔をしかめる。

「出会ったばかりのお嬢さんの尻馬に乗って、こんなしょうもないマネをするとは思ってもみなかった。命がけで悪党から俺を助けてくれたあの日のラルフはどこに行っちまったんだ」

「お前のためじゃない。姫様のためだ！」

心底嫌そうに言いやがって。

「……何より、お前は怪しすぎる」

その声にはおびえがこもっていた。

「普段は冒険者どもから好き放題に殴られている。子供との腕相撲にすら負けたというウワサも聞いた。そんなお前が、リントヴルムの突進をたった一人で受け止めるなど、常識外れにもほどがある。お前のような胡乱な男をこれ以上、姫様のお側に置いておけるものか」

ああ、この前の騒動の時か。とっさだったからごまかす余裕もなかった。

「あれは火事場の馬鹿力ってやつだよ。もう一度やれと言われてもムリだ」

「……」

「信じてないって顔だな。悲しいね。愛の告白までした仲だってのに」

「お前が勝手にほざいただけだろう！　大体……」

「とにかく」

曲がりくねった話の流れをノエルが引き戻す。

「あなたに選択肢はありません。黙ってこれにサインしてください」

彼女が袋の横に紙とペンを置いた。読む気もない。どうせアルウィンに二度と近寄りません、とかいう誓約書だろう。

「お断りだ。わずかばかりの手切れ金より、アルウィンと一緒に暮らした方が何かと儲かる」

「身ひとつにして追い出してもいいのですよ。あなたみたいな……」

「『汚らわしいヒモ男が姫のお側にいるなど、考えただけで虫唾が走ります』ってか？」

ノエルが不思議そうに眉をひそめる。別に心を読んだわけじゃない。

「君と全く同じ事を言った奴がいてね。ラトヴィッジ・ルスタっておひげの似合うおっさんだよ。アルウィンと住むようになったその夜にやってきた。君との違いは、アルウィンと俺の目の前で、堂々と言ってのけたってところかな」

長々と説教くれちゃってまあ。おかげであの日は寝不足だったよ。

「……」

「ああ、ゴメン。イヤミのつもりじゃなかった。君の方がいいところもある。君は金貨五十枚だけれど、伯父様は三十枚しか用意しなかった。けちんぼだね」

「伯父様への侮辱は許しません」

ノエルの指がほんのわずかに胸元へ動いた。懐に隠したナイフでも取り出すつもりか。

「へいへい、分かったよ。書けばいいんだろ」

切り刻まれる趣味はない。ため息をついてペンを握り、さらさらっと書いて差し出す。ラルフはそれを一瞥すると、顔を真っ赤にして誓約書をテーブルに叩き付けた。

「なんだ、これは！」

「ああ悪い。間違えてお前さんの名前書いちまった。でも綴りは間違えてないだろ。ほらちゃんと見てくれよ。書けているだろ？『クソ野郎』ってさ」

「ふざけるな！」

とうとう剣を抜いて俺の鼻先に突きつける始末だ。気の短い奴だね。

「どうでもいいけど、俺を斬った後の始末はお前さんがしてくれるのか？　まさか、アルウィンにさせるつもりじゃねえよな」

そう脅すと坊やはぐっと喉を鳴らした。ひるむくらいなら剣なんか抜くんじゃねえよ。

「とにかく答えはノーだ。アルウィンは俺を必要としているし、俺も別れるつもりはない。もし俺を殺すってんならお好きにどうぞ。ただし、その場合は君たちの姫騎士様がちょいと困ったことになるだろうね。多分、この街にいられなくなる」

「卑怯者め」

ラルフが忌々しそうに舌打ちして剣を引っ込める。

俺を殺したら、アルウィンの醜聞が広まるように手を打っている、とでも勘違いしたのだろう。もちろん、そんなマネをするなど絶対にあり得ないのだが。

「いいでしょう。今日のところは引きましょう」

しばし思案した後でノエルが立ち上がる。ハッタリかもしれないが、可能性がある以上、うかつな手は打てない。俺を拷問したとしてもアルウィンが戻ってくるまでに口を割るかどうかも分からない上に、家を血で汚す羽目になる。出直すのが得策と判断したのだろう。金貨も律儀に引き寄せる。それは置いていってもいいのに。

「俺からの忠告だ」

ノエルが外に出ようとしたところで後ろから声を掛ける。

「君がこの街にやってきたのは、アルウィンを助けるためだろう。俺なんかにこだわるより、もっと周りを見た方がいい。腕が立つだけで踏破できるほど『迷宮』は甘くない」

ギルドでの戦いを見る限り、動きもいいし、鍛えてもいる。実力だけなら伯父様より上だろう。けれど、それだけだ。彼女はラトヴィッジにはなれない。

ノエルはちらりと見ただけで何も言わず外へ出た。

「お前さんもだよ、ラルフ」

ついでなので、坊やの方にもありがたいアドバイスをくれてやる。

「自分の頭で考えられない冒険者は長生きしねえぞ。もっと考えて動け」

俺としてはこいつが野垂れ死にしようと知ったこっちゃないのだが、こんなのでも一応は『戦女神(イージス)の盾』の仲間だからな。死ねば、慈悲深いアルウィンが悲しむ。

ラルフは鼻を鳴らして乱暴に扉を閉めた。無作法な奴(やつ)だ。言いつけてやるぞ。

夕方になってアルウィンが戻ってきたので、さっそく言いつけた。

「困ったものだな」

アルウィンが眉間にしわを寄せる。

「だろ？　俺としてはさっさと坊やなんか追い出して、もっと腕の立つのを入れた方がいいと思うんだけど」

「私が言ったのは、ノエルの方だ」

疲れた顔でイスに座る。俺は彼女の前に緑色の薬草茶を差し出す。火であぶった薬草から取った煮汁だ。飲みやすいようにハチミツも混ぜてある。

「あの子はどうも世間に疎いのだ」

「君よりも？」

「私よりも」

ノエルの父親というのが、マクタロード王国有数の武人で辺境警備の責任者だった。山奥にある砦で魔物相手に戦い続けてきたらしい。彼女もそこで生まれ育った。

「娘だからと戦いには参加させなかったのだが、代わりに砦に出入りしていた斥候や野伏に戦いを仕込まれたそうだ」

そいつらとっては暇つぶしだったのだろうが、ノエルには才能があった。時が経つにつれ、いっぱしの戦士へと成長していった。獣のように山の中を駆け巡り、魔物を討ち果たした。

「子供の頃から人里離れた場所で戦いばかりの上に、同じ年頃の友達もいなかった。そのせいか、どうも会話にもずれたところがある。人ともあまり馴染めないようだ」

「その割には、君になついていたようだけれど」

「視察のために何度か、父とともに砦を訪れたことがある。その時に知り合った。最初に勝負を挑まれたが、打ち負かして以来あの通りだ」

その後、アルウィンとは何度も文通をしていたという。王国崩壊後は、伯父のラトヴィッジに命じられて旧王国内を点々として、魔物の討伐や遺品回収などに当たっていた。そして今回、伯父様の穴埋めのために『灰色の隣人(グレイ・ネイバー)』へやってきた、というわけだ。

「とりあえず、ノエルとラルフには私からよく言っておく。お前も気にするな」

「あいよ」

返事をすると、アルウィンは頭に手を当てながら苦い顔でつぶやいた。

「……それにしてもノエルか」

「あの姪御(めいご)ちゃんだと何かまずいの？」

「ああいや。ノエル自体に問題はない。実力はお前も見た通りだし、真面目な子だからきっと『迷宮』攻略にも役立ってくれるはずだ。間違いなく戦力になる」

アルウィンは焦(あせ)った様子でノエルの弁護をする。そいつが俺には、自分に言い聞かせているように見えた。

その夜、俺は冒険者ギルド近くの酒場で、三人の男女と酒を飲み交わしていた。

「で、どうなんだ。アルウィンの様子は」

二杯目の酒を注ぐと三十すぎの男がまたか、と酒臭いゲップを吐いた。灰色の髪を短く刈り上げた馬面だが、体格はいい。背は俺より低いが横幅はかなりのものだ。

「変わりはしねえよ。いつも通りだ。ただ、苛立っている感じはあるな。『迷宮』攻略が進まないからだろう」

戦士のヴァージルだ。元々マクタロード王国出身で、他国で冒険者をしていたが、ラトヴィッジの誘いでパーティに参加した。それなりに経験も豊富だし、体力もある。頼りになるのは間違いない。

「違いますよ。新参者が調子に乗っているからですよ」

脇から割り込んできたのは、緑のコートを来た青年だ。

「特にマレット姉妹のところは最悪ですね。自分たちが『千年白夜』を攻略するんだって、あちこちで息巻いていますよ。どこの門派か知りませんが、弟子の教育がなっていませんね」

赤ら顔で小馬鹿にしながらぼやく。二十四と聞いているが、緑色で丸いお目々に整えた前髪は年よりも童顔に見える。声もガキみたいだから尚更だ。魔術師のクリフォードだ。

魔術師は閉鎖的な連中だ。『一門』という疑似家族を作り、その中に入った奴にしか魔術を教えない。それだけに師弟関係は絶対だ。クリフォードは十四の時に弟子入りして魔術を学んだ。パーティに参加したのもラトヴィッジの知り合いである師匠の推薦だという。

「アルウィン様は我慢強い方だから。ムリしないといいんだけど」

長い銀髪の女がそう言ってワインを飲み干す。二十歳前後に見えるが正確な年齢は不明。灰色のローブをまとい、樫（かし）の木の杖（つえ）をイスの横に立てかけている。細い目の美人ではあるが、細身で作り物みたいな顔立ちは好みではない。回復役（ヒーラー）のセラフィナだ。

　魔術師の中でも回復魔法を扱う一門は、例外的に来るものは拒まず、と積極的に弟子を集め、隆盛を誇っている。冒険者にとって回復役は命綱だ。だから腕のいい回復役はどこのパーティでも好待遇で迎えられる。

　元々はフリーの回復役だったが、ラトヴィッジに見込まれてマクタロード王国騎士団の遠征に参加した。そこでアルウィンと知り合い、目を掛けられた。その後、王国崩壊と『迷宮攻略』のウワサを聞きつけ、ラトヴィッジのお墨付きを貰（もら）ってパーティに志願した。

『深紅の姫騎士』アルウィンに戦士のヴァージル、魔術師のクリフォード、回復役のセラフィナ、そしておまけのラルフ。これが現在の『戦女神の盾（イージス）』のメンバーだ。

　俺は時々、情報収集を兼ねてこいつらとコミュニケーションを取るようにしている。俺が『迷宮』に潜れない以上、アルウィンを守れるのはこいつらだけだ。どういう連中か、実力はどの程度か、『迷宮』内でのアルウィンの様子はどうか、少しでも知っておきたい。こうして三人まとめて飲むこともあれば、二人きりで酒を酌（く）み交わすこともある。

　飲んだことがないのはラルフだけだ。あいつ何回誘っても断りやがる。

「お前も心配性だな。そんなに気になるならお前も付いてきたらどうだ？」

「そのうちにな」

ヴァージルの軽口を俺は笑って受け流す。

「マシューですからねえ。ゴブリン相手にも勝てるかどうか」

「でも退屈はしないと思うわね。休憩のときとかちょうどいいと思うけど」

クリフォードとセラフィナも後に続く。からかうような口調から俺への軽侮がありありと分かるが、それで良かった。

姫騎士様に寄生するジャマなヒモ男、と疎まれるよりマシだ。一緒に酒を飲むのはそう思われないための予防策でもある。どこかの伯父様みたいに俺を排除しようとせず、真面目に『迷宮』攻略にいそしんでくれればそれでいい。

「で、あの子のことはどう思う？　ノエル、見たところかなりの腕前みたいだが」

その瞬間、空気がわずかに張り詰めたのを俺は見逃さなかった。

「確かに実力はあるみたいだな。体つきはちびっこいが、戦力にはなると思う」

「そうですね。少なくとも魔物相手の戦いはほぼ満点と言って差し支えないでしょう」

ヴァージルとクリフォードが続けて評する。

「そうね、アルウィン様とも古い知り合いみたいだし、信用はできるんじゃないかしら」

セラフィナもこくりとうなずく。

「そうだな、あのルスタ卿の姪御様だ。きっと大活躍してくれるだろうさ。間違いない」

不意に三人が黙り込んだ。場の空気がますますぎこちなくなる。

「だが、冒険者としては初心者で『迷宮』に潜るのも初めてだって話だけど」

「そうなんだよな。そこが心配なんだ」

俺がそれとなく水を向けてやると、ヴァージルが我が意を得たりとばかりにうなずく。

「それに、年も若いし。ずっと辺境で戦っていたそうですから。あまり世慣れしていない風でしたし」

「アルウィン様から信頼されているのも分かるけれど、しすぎるのも考えものよね」

三人の会話が弾む。内容は次第にノエルへの悪口へと移っていく。

案の定だ。どうしたものかね、と俺は心の中で今後の対応策を巡らせていた。


翌日、アルウィンはノエルを加えた『戦女神の盾（イージス）』のメンバーとともに『迷宮』へと向かった。最初は浅い階で連携を確認し、慣れてから新たな階へ向かう予定だ。

不具合はすぐに見つかった。

「ノエルとほかの者たちがうまくいっていない」

数日後、『迷宮』から戻ってきたアルウィンは朝食の席で悩みを打ち明けた。

「ろくに会話をしている様子はない。最初の頃は色々と話しかけていたようなのだが、だんだんと口数も少なくなり、最後の日には一言も聞かなかった」

あいつら、さっそくやらかしやがったか。

「それだけではない。ルスタ卿がいなくなってから皆、会話が減っていたのだが、ここのところ『迷宮』に入ると空気が悪いというか、険悪な雰囲気になる。何が悪いのか見当も付かない」

頭を抱えてテーブルに肘をつく。はしたないね。メシなんて悩みながら食うもんじゃない。まずくなる。

「簡単だよ」

俺は言った。

「『戦女神の盾』は君のパ、ー、テ、ィ、じゃ、な、い、からさ」

アルウィンが意表を突かれたように目を見開いた。

「本当のリーダーは、ラトヴィッジだ。『戦女神の盾』は、あの伯父様のパーティなんだよ」

王国再興という目的の下、アルウィンというカリスマの元に集まったパーティを効率よく運営する。そのための実務担当者がラトヴィッジだ。

俺の知る限り、細かな交渉や物資補充といった雑事は全部軍師役のラトヴィッジが主導で行っていた。アルウィンは方針を定め、命令し、号令を下すだけだ。お姫様で経験不足なのだから実務は任せられない、というのもあったのだろう。事実、今のパーティメンバーを集めたのもラトヴィッジだ。だからこそ俺はあいつを始末しなかった。出来なかった。

「だから一年前の誘拐事件の時にも、誰も君の頼みを聞こうとしなかった。ほかならぬリーダーが反対していたからだ」

三人とも多かれ少なかれラトヴィッジに恩義がある。だから彼の方針には反対しにくい。あの時の失望や無力感を思い出したのだろう。アルウィンが悔しそうな顔をする。

「今まではそれで上手くいっていた。だから俺も口出しはしなかった。下手にいじって台無しにするよりマシだからね」

全員が平等なパーティもあれば、一人の強力なリーダーシップで仲間を手足のように動かすパーティもいる。肝心なのは、うまく機能するかどうか、だ。正解はない。

「ラトヴィッジがいなくなって、あいつらは空席になったリーダーの座に納まろうとしている。第二のラトヴィッジになろうとしているのさ」

戦士のヴァージルはラトヴィッジがいなくなって最年長になった。自分こそが、とリーダーシップを取ろうとしている。

魔術師のクリフォードは博識で知恵があるため常に誰かの意見に反対し、自分の意見を通そうとする。

回復役のセラフィナはメンバーの中で一番アルウィンと付き合いが長いため、信頼されているとマウントを取りがちだったが、ノエルが来てからはその座を奪われると恐れている。

けれど、あの三人では代わりは務まらない。童貞聖騎士様もそこそこ実力があって経験豊富で顔も広い。世慣れてもいる。

目障りなヒモ男を雇った冒険者に始末させようとする程度には。

「三人の立場はほぼ対等だ。互いに牽制し合って、まだバランスを保っていたところに姪御ちゃんがやってきた」

新参者のくせに、星なしの冒険者の分際で、姪というだけでラトヴィッジの後釜に座ろうとしている。アルウィンと苦難をともにしてきたあいつらからすれば、許せるものじゃない。

「今はまだ子供じみた反応で済んでいるが、時間が経てばもっとこじれていく。手を打つなら今のうちだろうね」

下手をすれば、パーティ内での暗闘も起こりそうだ。

「なら、私がルスタ卿のように逐一指示を出していけばいいのか？」

「やめておいた方がいい」

俺は首を振った。

「人間には向き不向きがある。銭勘定だの商人との交渉だのは君には向いていない。前にも言わなかったっけ？　何でもかんでも一人で背負い込まない方がいいって」

カリスマがカリスマたり得るのは失敗しないからだ。慣れないことに手を出せばミスも増える。やはり自分がリーダーに、と跡目争いを加速させるだけだ。彼女に求められているのは、事務や銭勘定ではない。圧倒的な実力で先陣を切ることだ。

「だったら、どうすれば……」

アルウィンは頭を抱えてしまった。正直言ってアドバイスはしたくない。しない方がいいのだ。メンバーでもない、ヒモ男の発言でパーティの今後が左右されるなどあってはならない。それが明るみになれば、アルウィンへの不信と、パーティの分裂を招く。ラトヴィッジが恐れていたのはまさにそれだ。だから俺も冒険やパーティ運営への直接的なアドバイスは避けてきた。けれど、ラトヴィッジはもういない。おまけにどいつもこいつも船長そっちのけで『戦女神の盾（イージス）』の舵取（かじと）りをやりたがって、航海図も羅針盤も見ようとしない。これではいつか座礁するか沈没する。あるいは、海賊船に沈められる。

「……ダメだな、私は」

アルウィンは髪の毛をかき上げながらつぶやいた。

「私はまだ、『キャメロンの大樹』のようにはなれない」

「何それ？」

「城の庭に植えられていた大きな樹（き）だ」

マクタロード王国の建国記念で植えられ、樹齢は数百年。大きな枝ぶりで毎年春になると白い花を咲かせていたという。雨が降れば葉で雨露をしのぎ、風が吹けば太い幹で守ってくれる。寒い冬を乗り越え、また花を咲かせる。

「城の外からもよく見えるのでな。民もあの樹（き）に花が咲くのを楽しみにしていた。マクタロードの象徴のような樹（き）だった」

懐かしそうに遠くを見つめる。そこにはきっと、在りし日の故郷が映っているのだろう。

「私は、『キャメロンの大樹』のように国民を守り、慕われる。そんな人間になりたかった。剣を学んだのもそのためだ」

「君は立派だよ」

アルウィンは首を振る。

「強くなりたい、と願いを掛けて八つの頃、木の根本に父から貰った短剣を埋めた。十年経って、立派な騎士になっていたら、その剣で国民のためにあらゆる困難と戦おうと」

「で、どうなったの？」

アルウィンは皮肉っぽく笑った。

「その十年が来る前に魔物の大群に襲われた」

マクタロード王国は壊滅。アルウィンは両親と故郷を一度に失った。

「それじゃあ、その短剣はまだ木の根本に？」

「魔物に踏み潰されていなければ、な。子供のことだから地面が硬くってあまり深くは掘れなかった」

「……」

「『キャメロンの大樹』も踏み倒されるか、魔物のエサだろう。せめて、枝の一本でも持って来られたら良かったのだがな」

「そのなんとかって樹（き）だって最初から大きかったわけじゃないだろう。時間を掛けてゆっくりと枝を伸ばしていったんだ。君もそうなる」

「そう思うか？」

「でなきゃここにはいないよ」

「だが、問題は目の前だ。そして時間は限られている。一体どうすれば……」

またアルウィンは頭を抱えてしまった。

仕方がない。麗（うるわ）しき姫騎士様は憂い顔も美しいが、見るに忍びないからな。

この手の主導権争いは、傭兵（ようへい）時代から冒険者時代まで散々見てきた。下らない暗闘や足の引っ張り合いに巻き込まれたこともあれば、対処法や成功例も経験済みだ。暴力だけで『巨人喰い（ジャイアント・イーター）』なんて大層な二つ名で呼ばれていた訳ではない。

「リーダーになりたいんだろ？　だったらやらせてやればいい」

その日の夕暮れ、俺は街に出た。アルウィンからはまた娼館（しょうかん）通いか、とひどくにらまれたが、目的は別にある。いや、本当だって。

やってきたのは、『五羊亭』という三階建ての宿屋だ。一階が酒場兼食堂で、二階と三階が宿になっている。冒険者ギルドからも近いため、毎日大勢の冒険者が出入りしている。アルウイン以外の『戦女神の盾（イージス）』の連中が泊まっているのもここだ。

我が姫騎士様の御心を乱すアホ三人、ついでにラルフにも説教の一つでもくれてやりたいところだが、本日のお目当ては別だ。下の食堂で暇つぶしがてら一杯やっていると、お目当ての御仁はすぐに出てきた。当然、でかい手甲やマントといった装備は外している。

「やあ、ノエル」

下に降りてきたところで声を掛けると、露骨に嫌そうな顔をした。

「夕飯まだだろ？　君と親睦を兼ねて食事でもどうかと思ってね。おごるよ」

「お断りします」

すげなく言って引き返そうとする。つれないね。

「まあ、そう言わずに。俺だって君たちとは仲良くやっていきたいと思っているんだ。あの連中ともしょっちゅう飲んでいるし、伯父様とだって二人きりで飲んだこともある」

これは本当だ。一杯飲んだらすぐに帰っちゃったけど。

「頼むよ。昔のアルウィンの話も聞いてみたい。君だって、最近の彼女の話を聞きたくないか？」

「……」

「別に変なマネはしやしないさ。ここの食堂でも別の店でもいい。君が好きに決めてくれ。食事がダメなら酒の一杯だけでもいい」

「……分かりました」

夕方になって『迷宮』から戻ってきた冒険者も増えていた。テーブル席は満杯なので、俺たちは並んでカウンター席に座る。左隣に座ったノエルにメニューを渡す。

「何飲む？　ここならワインかな。エールはオススメしない。大きい声じゃ言えないが、馬の小便みたいでね。あといけるのは、ラム酒とか」

「水で」

きっぱりと注文する。飲めないのか、酔わないように用心しているのか。まあ、そのくらい警戒心の強い方がアルウィンの護衛にはちょうどいい。俺はラム酒を注文した。

「何故、わたしを誘ったのですか？」

運ばれてきた水を一口飲んでからノエルが聞いた。

「言ったとおり親睦のためだよ。俺たちの間には誤解がある。そいつを解いておきたくてね」

「誤解など何もありません。本来ならばあなたとは関わりたくもありません」

すねたように言って、俺の方を見ようともしない。

「本当に？」

「ええ」

「俺の首を取ってくるようにって、伯父様に言われていたんじゃないの？」

おや、こっちを見てくれた。言ってみるものだね。

「ただの勘だよ。君の伯父様ならそのくらいのことは平気で命じるだろうからね。この前、家に来たときもそのつもりかと思っていた」

　ところが、何故かラルフまで一緒だった。あいつは暗殺にはまったく向いていない。俺殺しの犯人役に仕立て上げるスケープゴートくらいが関の山だ。

「暗殺にしては仕掛けてくる気配もない。けれど、敵意はイヤってくらいに感じる。そのちぐはぐなところが、妙に気になってね。だから誘ってみた」

　ノエルの目が細くなる。呆然としながらも警戒心が膨れ上がっていくのを感じる。

「あなたは何者なのですか？」

「伯父様から聞いてない？　三国一の色男で今は姫騎士様のヒモ。ヒモって知っている？」

「そのくらいは知っています！」

　ムキになった様子で反論する。多分、俺のことと一緒に教わったんだろうな。

「女の敵ではないですか」

「俺は味方のつもりなんだけどね」

　もちろんアルウィンのように理解者も多いが、目の敵にして毛嫌いするご婦人もいる。ある時なんか、冒険者のお姉様に長物で追いかけ回されたこともある。あれは今でも夢に出る。

「だいたい、あなたは何故ヒモなどしているのですか？　何故働かないのですか？」

「働きたくないから。面倒じゃん」

「あなたがどちらの宗派かは存じませんが、どの神も『労働は美徳である』と……」

「俺を働かせたいのなら魔王でも連れてきてくれ」

酒の席で神の話なんかされたかない。それに俺が信じているのは女神様（アルウィン）ただお一人だ。

「で、どうなの？　俺の首はいらないのかな」

ノエルはためらいながらグラスの中で波立つ水面に視線を落とす。

「……そういう話が出たのは事実です」

やっぱりか。今度会ったら尻の穴に石突っ込んでやる。暗殺する相手の素性も伝えないとは、ひでえ伯父様だよ。脅しがそれだけ利（き）いていたのかな。それとも、ノエルの腕ならば関係ないと踏んだのか。あるいは『巨人喰い（ジャイアント・イーター）』の名前を聞けば、びびって腕が鈍ると考えたのか。

「ですが、わたしには分かりませんでした。本当にあなたを排除していいものかどうか」

そこでノエルは懐（ふところ）から手紙を取り出し、カウンターの上に置いた。

「姫からの手紙です」

そういえば、昔から文通しているって話だったな。

「姫がこの街にいらっしゃってからも何通かいただきました。お言葉自体は無事で平気なご様子でしたが、文字というか文章からは、真逆の感情がにじみ出ていました」

誰でもいい。『やせ我慢』って文字をアルウィンの辞書から消してやってくれよ。

「不安でした。できれば、一刻も早くこの街に来て、姫の助けになりたかったのです。取り返しが付かなくなる前に」

俺はラム酒を口に含む。あふれ出そうな言葉を熱い感触とともに喉の奥へと押し流す。

「ですが、一年ほど前からまた変わりました。昔の姫のような明るくて頼りがいがあって、皆の憧れていた殿下に」

「それが、俺と住み始めたくらいからってわけか」

ノエルはうなずいた。

「手紙にはあなたのことも書いてありました」

「男らしくって素敵なマシューとラブラブだって？」

「品性下劣で破廉恥。口も性格もねじくれて、ロクデナシのどうしようもない男だと」

「ひどくない？」

ラトヴィッジよりも悪し様に言っているんだけど。

「僭越ながら先日、姫にお尋ねしました。何故そのような男をお側に置いておかれるのか、と。そうしたら『それでもマシューは私にとっては大切な命綱だ。だからノエルも何も言わずに信じて欲しい』と」

「……」

そういう恥ずかしいセリフを臆面もなく言っちゃうんだから。

困った姫騎士様だよ。泣けちゃう。

「わたしは、姫のためにここに来ました。マクタロード王国のためでも民のためでもなく、あのお方のために」

話すのが得意ではないのだろう。慎重に言葉を選びがちだったのに、そこだけは澱みなく断言した。

「もし、姫が変わった原因があなたなのだとしたら。姫にとって必要な人間なのだとしたら、殺すわけにはいきません」

「それで金をちらつかせて俺を試すようなマネをしたってわけ？」

ノエルはうなずいた。

「もし俺があの金を受け取っていたら？」

「伯父様からの密命を果たしていました。拷問してあなたの真意を問いただした後で」

金で動くような人間はアルウィンの側にいる価値はない。醜聞を広める前に始末する、か。

気が合いそうだ。

「そうか。いや、気に入ったよ。君の忠誠心と覚悟がね」

俺は彼女の肩を叩いた。

「君とは仲良くなれそうだ。まあ、一杯やってくれよ。積もる話はそれからだ」

融通の利かないところはあるが、忠誠心は本物のようだ。これなら『迷宮』でもアルウィンを守り抜いてくれるだろう。とりあえずは合格だ。あとは、ほかの連中ともうまくやれたら万々歳なんだが。ま、酒でも酌み交わしながら冒険者とはなんたるかを教えてやろう。

ノエルは俺の注いだラム酒に顔をしかめていたが、やがて鼻をつまみ、一気に飲み干した。

「――で、その結果がこれか」

俺の二の腕にもたれかかり、おねむの時間だ。酒に弱かったのではなく、そもそも飲んだことがなかったのだろう。ここまで弱いとは自分でも思ってみなかった、ってところか。

小さな寝言とともに身をよじると、桃のような香りが鼻をくすぐる。可愛らしい寝顔は子供っぽい。

「どうしたものかね」

昔ならこのまま部屋に運んでそのまま朝まで、ってところだけれど、今の腕力ではちょいと難しい。それにアルウィンのパーティメンバーに手を出すのはまずい。倫理よりも俺の命が。

やはり起こした方がいいかな、と振り向くと、身長差があるせいで、ノエルを見下ろす形になる。形のいい胸が静かに上下する。服の隙間からは見えてはいけないものが見えそうだ。

「ふむ」

起こさないよう反対の手を慎重に伸ばし、服の隙間に指を引っかける。

おや、可愛らしい。色もキレイだし、もしかしてまだ処女かな。

「変な虫に引っかからないように忠告しといた方がいいな」

「そうだな、私もそう思う」

その声を聞いた瞬間、どっと汗が噴き出してきた。

「お前のような品性下劣で破廉恥。口も性格もねじくれて、ロクデナシのどうしょうもない最低変態ダメ男に騙されないように私からきつく注意しておこう」

振り返ると、我が姫騎士様が笑顔で立っていた。

「それでいいな、マシュー」

彼女は俺の右隣に座り、傲然と足を組む。

「まあ、その、なんだ」

指を外すとノエルを起こさないよう、慎重にカウンターへ寝かせる。

「言いたいことは分かる。ただ、君の思っているような過ちは起こさないし起こらない。俺たちの間には誤解がある。話し合おうじゃないか」

「そうだな、じっくり聞きたい。お前が、私の大切な仲間にいかがわしいマネをしていた件について」

俺の胸倉をつかむと、思い切りねじり上げる。

「まだ夜は長い。覚悟しろ、今夜は寝られると思うな」

そのセリフ、ベッドの中でもっとロマンチックに言って欲しかった。

「さしあたっての問題は解決した」

数日後、また『迷宮』から戻ってきたアルウィンには、安堵の笑顔が戻っていた。

俺がアルウィンに提案したのは、要するに分担制だ。つまり、全員を何かしらのリーダーとして扱ってやる、ということだ。

交渉事、兵站、指揮、雑用。役割が曖昧だから揉めるのだ。ならパーティメンバーに役目と責任を与えてやればいい。縄張りが欲しいならくれてやれ。

分担制にすることでそれぞれの得意分野も生かせる。担当、という名前の縄張りを持つことで承認欲求も多少は満たされたのだろう。多少は会話もするようになり、連携も取れるようになった。

「お前のおかげだ。感謝する」

「そりゃ何より」

しょうもないいさかいで姫騎士様のお心を悩ませるなど、無粋な連中だ。夕食がまずくなっちまう。ハーブ入りのスープに、鶏肉の薬草ソースがけは自信作だというのに。

「だが、まだしこりが残っているように見えてな」

「だろうね」

しょせんは一時しのぎだ。縄張り意識は、排他にもつながる。腹を割って話し合わない限りは、理解など得られないだろう。

「お前は、こんな時どうしていた？」

「ケンカ」

ジョークではない。冒険者の世界は弱肉強食。力量を測り、かつこちらの力を分からせるには、拳で語り合うのが手っ取り早い。強い相手の領分を侵すのは、誰だって慎重になる。なめたマネをすれば反撃される、と実力を示してやれば、こちらを見下すような態度も減らせるし、尊敬も生まれる。冒険者になるような連中は、総じて力の信奉者であり崇拝者でもある。あいつらだって冒険者の端くれだから同じはずだ。

俺も冒険者時代はよくケンカをした。戦士とか剣士といった力自慢の連中がパーティに加わると、親睦を兼ねてケンカを売るようにしていた。逆に売られることもあった。気に入らなければぶちのめした。相手次第では手加減もしたし、花も持たせた。負けたことはない。全力出して引き分けたのは、ひげもじゃの時だけだ。

「棒きれか何かで、全員叩きのめしてやればいい。お仕置きされれば、誰がご主人様か思い知るはずだ。君なら出来るだろう？」

事実、ノエルだって小さい頃のアルウィンに負けたからこそ忠誠を誓っているのだ。

「ヴァージルはともかくクリフォードやセラフィナがその方法で納得するとは思えない」

「かもね」

インテリなんて、プライドが高い上に根暗な連中だからな。表向きは従っても腹の底では、百年でも恨み続けるだろう。

「だとしたら、あとは……」

俺が次の案を言おうとしたとき、扉をノックする音がした。

「姫様、大変です。姫様！」

ラルフの声だ。もう夜中だぞ。夜這いにしちゃあ騒がしいな。

「どうした坊や。おかしな病気でも貰っちまったか？　だから娼館は選べとあれほど……」

扉を開けると、ラルフは俺の軽口にも取り合わず、血相を変えてアルウィンの元へ向かう。

ラルフは息も絶え絶えという様子で言った。

「ヴァージルさんたちが、やくざ者とケンカを……」

きっかけはよくある話だ。冒険者ギルドの近くにある『走るトレント亭』という酒場で飲んでいたところにチンピラがしょうもない理由でケンカをふっかけてくる。冒険者はカタギに手を出せないから、と粋がった連中が度胸試しのように絡んでくるのはよくある。けれど、殴られても笑って許せるような聖人君子は冒険者になどならないし、なれない。そもそもチンピラどもはよく勘違いするのだが、身を守るための抵抗や反撃は許されている。何より、その手合いの因縁をふっかけてくるようなチンピラを世間ではカタギとは呼ばない。

当然、遠慮なしにぶん殴る。ちょいと気の利いた奴だと、わざと一発殴らせてから十倍にして殴り返す。

それで尻尾巻いて逃げ出してくれればいいのだが、たまに本職がケツ持ちなんぞやっていて、「子分どもが世話になったようだな」と乗り出してくる。ここまでなら酒の一杯でも奢ってやればまだ穏便に話は付く。ところが、そいつもぶちのめすと途端に話はややこしくなる。

そいつの所属している裏の組織が、雁首そろえて乗り込んでくるからだ。

腕前はともかく数が多い。敵に回すと厄介だ。タイマンなら楽勝でも数十人相手となればちょいと分が悪い。押さえつけられ、動きを封じられ、ふん縛られる。そうなるともういけない。袋叩きにするのもアジトに連れて帰って手込めにするのもあちらさんの思うがままだ。

「で、あの三人を捕まえたのは、どの連中だ?」

「『群鷹会』だ」

「また厄介なのと」

表向きは塩を生業にする商会だが、裏では街の南東を縄張りにしている極道どもだ。主な生業は、密輸と違法バクチと用心棒。武闘派で知られており、ケンカっ早いバカを山ほど飼っている。俺も何度か殴られて、なけなしのお小遣いを巻き上げられた。

「最初は数人だったが、オズワルドという男が二十人ばかり引き連れて乗り込んできた。それでヴァージルさんたちも捕まった」

オズワルドといえば、『群鷹会』の幹部だ。五十過ぎの強面で、てっぺんのはげ上がった白髪頭にあごひげ、太い眉毛の下には黒い眼を鋭く光らせている。

「で、向こうの要求はなんだ？」

殺して終わりならラルフが夜中に、飛び込んで来やしない。こいつはメッセンジャーだ。無理難題を突きつけられて困り果てた挙げ句に飛び込んできたってところだろう。

ラルフは憮然とした顔で答えた。

「……姫様の首だ」

「話になるか」

アホ三人と、アルウィンの命とでは比較にもならない。

「ギルドに頼んで仲裁してもらえば」

「するわけねえだろ」

ラルフ坊やの認識は甘すぎる。冒険者ギルドは厄介事、特にやくざ絡みのもめ事を嫌う。苦労ばかり多くて得が少ないからだ。好き好んで関わるものか。だからデズにも頼れない。

「諦めよう、アルウィン。あいつらは運がなかった。またルスタ卿にでも頼んで新しいメンバーを連れてきて貰えばいい」

「そうもいくまい」

アルウィンは立ち上がった。

「私が話を付けよう」

迎えに行くおつもりなのだろう。放っておけばいいのに。言い出したら聞かないんだから。

「俺も行くよ」

渋々同行を申し出ると、ラルフが嫌そうな顔をする。

「引っ込んでいろ。お前の出る幕はない」

「お前さん方が、俺よりこの街の裏事情に詳しいのならそうするよ」

知っていれば、こんなもめ事は起こさなかっただろう。アルウィンたちに限らず、『迷宮』に潜る冒険者は存外、その手の事情に疎い。

「お前は知っているのか？」

「色々とね」

この街に来て以来、その手の情報は積極的に仕入れるようにしてきた。おかしな連中ともめ事を起こせば命はないからだ。年寄り連中をおだてて酒を飲ませれば、自慢話と一緒に色々教えてくれる。おかげでこの街の裏社会にも詳しくなった。『クスリ』の取引場所なんかを嗅ぎつけるのにも役立っている。

「ジャマはしねえさ。俺のことは相談役とでも思ってくれればいい」

「勝手にしろ」

偉そうに。決定権なんかねえくせに。

てっきりアジトに連れ込まれたかと思っていたが、ヴァージルたちはまだ酒場にいるという。大勢のやくざ者と一緒に、姫騎士様のご到着を待ちわびているのだろう。俺としては、潔く舌噛んで死んでいて欲しいものだがね。そうすれば余計な手間も省ける。

「こちらです」

犬っころよろしくラルフが先頭に立って進む。数歩後からアルウィンも緊張した面持ちでついて行く。また鎧を身につける時間はなかったので私服のほかは、剣とマントだけだ。

その横に並びながらアルウィンに耳打ちする。

「何か作戦とかあるの？　解決する算段とか」

「ない」

「だと思った」

「お前はどうすればいいと思う？」

「金で済むなら安いと思うけど、そうもいかないだろうね」

冒険者とやくざ者の共通点は多い。アウトローで、暴力頼み。身内意識が強くて、メンツを重んじる。

やくざ者にボコボコに負けて金を支払って許して貰った、などと知られたら、『戦女神の盾』の名前は地に墜ちる。冒険者の間で今後、屁のような扱いを受けるだろう。

「それに、『群鷹会』の狙いは君だよ。最初っからね。あいつらは、はめられたんだ」

突発的に起きたもめ事にしては、手回しが良すぎる。オズワルドが出張ってくるタイミングも早い。最初から『深紅の姫騎士様』を狙って、パーティメンバーにワナを仕掛けたのだ。

「そいつらは、私の命を狙っているのか？」

「いや、そうじゃない」

本気でアルウィンの首が欲しいわけではないだろう。可能性はゼロではないだろうが、だったら『迷宮』から戻ってきたところをチンピラに狙わせた方がまだ成功率は高い。

「向こうの親分が欲しいのは多分、君の名前と体だよ」

元王族で、強く美しい『深紅の姫騎士様』。お近づきになれれば利用価値は高い。当然、こんな美女と一夜をともにしたい、というのもあるだろう。オズワルドは好色家で、今もあちこちに妾を囲っている。

「ウワサでは、冒険者ギルドのギルドマスターとは、犬猿の仲だそうだ。そのせいもあって、昔から冒険者を毛嫌いしているらしい」

アルウィンを狙ったのは、ギルドの有名人を貶めたいという思惑もあるのだろう。

「ふざけているな」

「まったくだよ」

俺はため息をついた。

「姫騎士様にはもう、俺というオトコがいるってのに」

アルウィンの背後に回ると、彼女の細い腰に両手を回して抱き寄せる。同時に彼女の肩に顎を乗せ、頬を寄せる。背丈が違うので、体を折り曲げる格好になる。甘い匂いとともに、赤い髪が顔に当たる。さらさらとして心地いい。

アルウィンは顔を赤くして肘鉄を放った。ちょっち痛い。

「離れろ、歩きにくい」

「ああ、ごめん、これでいいかな」

今度は横に並ぶと優しく肩に手を乗せ、反対の肩が触れあう程度に寄せる。歩幅も合わせているので歩くのに支障はないはずだ。

アルウィンは俺の手をちらりと見る。まあいいか、とばかりにうなずくとまた歩き出す。夜風が通りを駆け抜けていく。

「寒くない？」

「平気だ」

「やっぱり、もうちょい引っ付いた方がいいかな？　その方が温かいだろ」

「ならお前が先を歩け。いい風よけになる」

「いっそのこと君が俺の背中に抱きつくっていうのはどうかな」

「前が見えない」

「じゃあ、こうしよう。お互いに抱き合いながら横歩きで……」

「いい加減にしろ！」

ずっと先を歩いていたラルフが鼻息も荒く怒鳴りつけてきた。

「遊びじゃないんだぞ。ふざけるのなら帰れ！」

「俺は俺の職分を全うしているだけさ。だからこうして真剣にアルウィンとイチャついている。むしろスキンシップが不足していると叱られているくらいだ」

「バカモノ」

今度は脇腹に入った。

ラルフは悔しげに顔をゆがめ、大股で先に行ってしまう。大事な姫様を置き去りにする気か？　しつけのなってない坊やだ。

結局、妥協案としてまたアルウィンの肩を抱きながら横に並ぶ。彼女が聞いた。

「それで、何か策はあるか？」

「色仕掛けでもしてみる？」

「真面目に聞け」

アルウィンは正面を向いたまま俺の手の甲をつねった。そう言われても相手の手札も分からない以上、具体的な提案は難しい。

「向こうにはこっちの仲間って掛け金を三枚も持っている。交換条件といってもこちらが用意するのは難しいだろうね。もしやるとしたら、こちらもそれなりの掛け金を上乗せするしかないんだけど、はてさて」

いくつか策はあるが、やはり現場に行ってみないと決められそうにない。

そうこうしているうちに『走るトレント亭』に到着した。周りには、大勢の野次馬が集まっていた。『群鷹会(ぐんようかい)』の連中に追い出されたのか、酒瓶や料理の載った皿を持ったままの奴(やつ)もいる。扉の前ではラルフが心細げに待っていた。

「どうした？　早く入れよ。先頭は譲るよ」

「あの、それが……」

ラルフが何か言いよどんでいる。この期に及んでびびったのか？　情けねえな。

「私が先に入ろう」

結局、アルウィンが先陣を切って扉を押した。俺とラルフも続けて入る。

『走るトレント亭』は一階が酒場で、二階が冒険者向けの宿になっている。石造りの壁際(かべぎわ)には燭台(しょくだい)が等間隔に並び、ロウソクに火が灯(とも)っている。

一階の酒場部分は惨憺(さんたん)たる有様(ありさま)だった。木のテーブルが端に集められており、イスもその横に乱雑に片付けられている。唯一残ったテーブルの奥に座っているのは脂ぎった男だ。あれが『群鷹会(ぐんようかい)』のオズワルドだ。前に見かけたから間違いない。

その周りには、いかつい顔つきの子分連中が並んで立っている。少し離れたところには手足を縛られ、地べたに座らされたアホが三人。

「あっちゃあ……」

俺はうめいた。

テーブル越しにオズワルドの前に立っているのは、ノエルだった。

「ノエルさんが、先に……」

それを先に言え。

テーブルの上には金の詰まった袋。彼女が何をしようとしているのか、明らかだ。

そいつがオズワルドのご機嫌を損ねちまったってのも。

「これで満足ですか？　好きなだけどうぞ」

不機嫌そうな強面を前にしても、ノエルは平気な顔だ。

「それでは、皆さんを引き取ります」

「まあ、待ちな」

オズワルドが両手を組みながら凄みをきかせる。

「こちとら、物乞いじゃねえんだよ。金だけぽんと貰えば、それで済むとでも？」

「ほかに何があるというのです？　それが目的なのでしょう」

世の中には本音と建前というものがある。金が欲しいというのも本音だろう。ただ、連中はメンツにこだわる。自分の浅ましい本音を突きつけられてしまうと、素直にうなずくわけにはいかない。やくざ者の心情や機微などノエルには、想像も付かないのだろう。アルウィンのためにさっさと解決しようとしたのだろうが、完全に裏目に出ている。

金で解決という方法はこれでなくなった。

「本来であれば払う理由のない金ですが、あげます。どうぞ」

「いっぱしの口を利くじゃねえか。お嬢ちゃん」

オズワルドが鼻で笑った。それから後ろの子分どもに向かって顎をしゃくる。

子分どもがアホどもに刃物を突きつける。

「そこまでなめた態度をとられちゃあ黙って帰すわけにもいかねえな」

「では何が目的なのですか？　お金が足りないのですか？　いくら払えば気が済むのですか？　早く言ってください。あなた方に構っているほど、我々は暇ではありません」

オズワルドが吼えると同時にテーブルに手を掛ける。ひっくり返そうとするが、わずかに脚が浮いただけで止まる。その上にノエルが素早く飛び乗り、オズワルドの喉元にナイフを突きつけていたからだ。オズワルドの顎から汗がしたたり落ちて、ノエルのナイフに滴る。

子分どもが次々と刃物を抜く。まずいな。このままだと間違いなく刃傷沙汰だ。オズワルドを殺したとしてもヴァージルたちも助け出す前に死ぬ。

「そこまでだ」

見ていられない、というようにアルウィンが割って入る。

全員の視線が一斉に俺たち……もとい、アルウィンに集まる。

「ノエル、武器を下ろせ」

「ですが」

「命令だ」

ノエルは静かにナイフを引くと、宙返りをしてテーブルから降りる。

入れ替わりにアルウィンがオズワルドの正面に座る。もちろん、イスを引いたのは俺だ。

「連れの者が失礼をした。お招きにあずかり参上した。私が、アルウィン・メイベル・プリムローズ・マクタロードだ」

「ご丁寧な自己紹介ありがとうよ。俺は『群鷹会』の幹部、『鱗雲』のオズワルドだ」

なんとも風流な二つ名だが、その由来はちょいと血生臭い。一度暴れ出すと嵐のように手当たり次第に破壊して回り、その後には血と肉片だらけになるという。秋に鱗雲が出ると、その後で雨や嵐が起こる。そこから転じて、雨や嵐を起こす男という意味で名付けられたそうだ。

「見ての通りだ。アンタのご家来衆がウチのものともめちまってな。こっちにもケガ人が大勢出ちまった。おまけにそこの姐さんが金ちらつかせた上に、刃物まで突きつける始末だ」

そこでテーブルに拳を叩き付ける。

「どう落とし前付けるつもりだ？」

「ケンカが目的というなら買わぬでもないが、それではケガ人も出る。そちらも望むところではあるまい？」

そこでアルウィンが横目で俺を見た。ようやく俺の出番か。

「なら俺から提案だ」

俺が手を叩くと、視線が集まる。

「元を正せば酒の席のいざこざだ。だったら、こいつで勝負を決めるのが筋じゃないかね」

ひょい、とテーブルの上に酒瓶を置く。

「勝負はシンプル。サシで一杯ずつ飲んで、先に酔い潰れた方が負けだ。ついでに飲んだ分の払いも負けた方が払うってことにすれば、ここの迷惑料代わりになるだろう？」

「それでこっちのメンツが立つとでも思っているのか、ヒモ男」

オズワルドが肉食獣のように目をぎらつかせる。こうして会話するのは初めてだが、俺のこともご存じらしい。おっかないねえ。ブルっちまいそうだ。

「そっちのお嬢ちゃんには物乞い扱いまでされたんだ。それだけで済まそうってのは虫が良すぎるんじゃねえのか？」

「けど、ここで暴れ回ってもケガ人が増えるだけだし、衛兵だってやって来る。全員仲良く牢屋行きってのもしまらない話だ」

「それで俺がイモを引くとでも？」

「親分さんはそれでいいかもしれないが、組織としちゃあどうかな。アンタがいるといないとじゃあ、ショバ争いにも影響が出る」

『群鷹会』は昔から『まだら狼』や『魔侠同盟』と仲が悪く、あちこちでショバ争いを繰り広げている。武闘派のオズワルドが抜ければ不利は免れない。

「小遣い稼ぎとメンツを引き換えに、組織の屋台骨をぐらつかせるようじゃ、アンタの義理が立たないんじゃないのかな」

オズワルドの目にわずかなためらいが生まれる。俺はここぞとばかりに畳みかける。

「こちらが勝てば、そこの三人は解放してもらう。負ければ、そこの三人は売るなり掘るなり好きにすればいい」

アホどもが抗議の声を上げるが当然無視だ。

「こんな奴らなど叩きのめせばいいものを。なぜこんな勝負を？」

ノエルも不服そうにぼやく。

「悪漢どもをばったばったと叩きのめして大団円ってのは、昔の話でね、今の大衆はもう少しひねりのある展開を求めているんだよ」

芝居ならこいつら全員倒してめでたしめでたし、で幕が下りるところだが、現実はそうもいかない。ケガ人で済めばいいが、死人が出てしまえばあとは報復合戦の泥沼だ。

オズワルドはしばし思案した後で言った。

「酒飲みはいいとしてもだ。ちょいと掛け金が足りないんじゃねえのか？」

ほら来た。

「まず勝負は、俺と姫騎士様の一騎打ちだ。そして、俺が勝ったら、姫騎士様には俺の女になってもらう、ってのはどうだ？」

アルウィンが眉をひそめた。

「妻になれと？」

「女房（にょうぼう）ならいる。三十年も連れ添ったしわくちゃだがな」

自嘲気味に笑う。

「愛人、妾（めかけ）、囲い者。お偉い方々風に言うなら側室ってところか。もちろん、そこのヒモ男とは別れてもらう」

マジ？

「嫌ならいいんだぜ。この勝負はなしだ」

オズワルドの狙いは読めている。無理難題をふっかけて、奪われかけた主導権を取り戻そうとしているのだ。相手をする必要などない。適当に受け流そうとした時、アルウィンが口を開いた。

「構わないぞ」

俺は我が耳を疑った。

「アルウィン？」

「要するに掛け金を上乗せしろ、と言っているのだろう？　了解した」

何でもかんでも賭ければいいってもんじゃないよ。

「ダメです、姫様」

「姫、いけません。ならばわたしが代わりにやります」

ラルフとノエルがあわてて引き留める。この時ばかりは二人を応援したが、我らが姫騎士様は家来の苦悩と焦りなど、どこ吹く風だ。

「相手は私をご指名だ。それに、ノエル。お前は酒など飲めないだろう」

そこで俺をぎろり、とにらむ。俺はあさっての方を向いた。

「あなたからも何とか言ってください」

説得が難しいと判断したのだろう。ノエルは俺にまで頼み込んできた。

俺はアルウィンに聞いた。

「やるの？」

「やる」

「……だって」

言い出したら聞かないんだから。

「……姫は、お酒に強いのですか？」

ノエルが小声で聞いてくる。

「弱くはないよ」

俺は言った。

「ただ、オズワルドに勝てるかと言われたら難しいかもね」

アルウィンは冒険に支障が出るのを嫌ってか、休みの日でもあまり飲まない。俺と二人で、ワインボトル一本くらいだ。それに引き換え、オズワルドは酒豪としても知られている。

「だったら何故そんな勝負を提案したのですか？」

「そうでも言わないと、あいつら乗ってこないからね」

負ける勝負を受けるバカはいない。もちろん俺が相手を引き受けるつもりだったのだが、俺がのらりくらりと条件をすり合わせようとしていたところに先手を打たれたし、アルウィンが即断即決してしまった。

「心配するな」

真っ青な顔をしたノエルに、アルウィンが微笑みながら励ます。

「私は必ず勝つ」

「秘策でもあるのですか？」

「そこの男より多く飲めばいいのだろう。それだけだ。私はイ、モ、など、引、か、な、い、」

気楽に言ってくれる。これで、何が何でも負けられなくなっちまった。最悪、こいつら皆殺しにするしかない。だが、そうなれば俺の正体もばれるだろうし、街にもいられなくなる。何よりアルウィンは一度受けた勝負をそのように反故にすることを許さないだろう。勘弁してよ。

うんざりしていたところで、アルウィンに袖を引っ張られた。

「ところで、イモを引くとはどういう意味だ？」

「ケツ巻いて逃げる、ってこと」

勝負は簡単。砂時計をひっくり返すと同時に、互いのコップについだ酒を一杯ずつ飲んでいく。酔い潰れたり、戻したり、テーブルに載せた砂時計が落ちきるまでに飲めなければ負け。ついでに言うと、負けた方が酒代も支払う。

酒を注ぐのはあちらがヘクターという手下の兄さん。こちらがノエルだ。俺は砂時計をひっくり返す係だ。

酒場の周りには野次馬どもが集まり、勝負の行方を観戦している。

「まずはワインから行こうか」

オズワルドの合図で二人のカップに赤い液体がなみなみと注がれる。公平を期して、同じボトルから注ぐ。

「それじゃあ乾杯だ」

互いのコップをぶつけ合わせる。こうして勝負は始まった。

一杯、一杯、とコップを空にして新しい酒を注いでいく。

ボトルが二本、三本と空になったあたりから徐々に差が付いてきた。

二十本が空になった時には、差は明白になっていた。

「もうすぐ砂が全部落ちるぜ」

「黙ってろ！」

激高するなりオズワルドが酒を飲み干す。叩(たた)き付けるようにコップをテーブルに置くと、酒臭い息を吐く。目の焦点が合っていない。顔も真っ赤だ。げっぷまで出した。

「次だ」

アルウィンも顔は赤いし、目が据わっている。相当酒が回っているようだ。けれど、まだ言葉もはっきりしている。酒を飲み干すのも一瞬だ。

コップを空にしてテーブルに置く。引き換え、オズワルドはまだ半分も残っている。

「いけるぞ、さすがは姫様だ」

ラルフが脳天気に褒め称(たた)える。縛られた連中も期待のまなざしを向けている。オズワルドが砂時計の砂が落ちきる寸前に飲みきった。呼吸も荒い。そろそろ限界のようだ。

「次だ」

それを見届けると、アルウィンが静かにコップを差し出す。ノエルが白いワインを満杯まで注いでから、手下にボトルを渡す。

「おっと」

手下は受け取ったはずのボトルを床に落としてしまう。白い液体が床を濡(ぬ)らす。酒の臭いがテーブルの周りに広がる。

「しっかりしろい」

「すいやせん」

手下は頭をペコペコ下げながらボトルを拾う。まだ中身は残っている。恐る恐るといった様子でボトルを傾け、オズワルド親分のコップを満たす。

「次だ」

「ああ、ちょっち待って」

アルウィンが勝負を再開しようとしたところで、俺は言った。

「さっきから君たちが飲むの見ていたら喉が渇いた。俺にも飲ませてよ」

「テメエ何を……」

「これでいいよ」

目の前のボトルをつかむと、そのまま口を付ける。誰かがあっと声を上げた。喉が鳴る。二口ほど飲んでから手の甲で口を拭った。

「上手(うま)かったよ。いい酒だ。口当たりもいいし、あっさり飲める」

ボトルをテーブルの上に戻した。見ればまだ一杯分は残っている。

「さ、続きをどうぞ。味は保証するよ」

「……」

「飲まないのかな？　いらないならもらってもいいかな。ああ、ノエル。これなら君にもいけると思うよ。飲みやすい」

「いりません！」

ノエルが拒否すると、オズワルドが器の中身を床にひっくり返した。それから部下を今にも食い殺しそうな目つきでにらみつける。

「落ちたボトルから飲むなんぞ験が悪い。新しいのを出せ」

部下があわててボトルを取りに向かった。オズワルドがまた俺の方を見る。

「……そっちも中身を捨ててくれ。新しいので仕切り直しといこうじゃねえか」

「了解」

中身をつぎ直して、勝負は再開となった。その後も飲み合いは続いたが、決着は唐突に付いた。次の酒を注いでいる途中でオズワルドがイスごとひっくり返った。子分連中が駆け寄ると、高いびきをかいていた。

「勝負あり、だな」

俺が宣言するとわっと店の外で歓声が上がる。冷や冷やさせてくれるよ。

さっそくラルフが仲間を解放する。

ヴァージルたちは気まずそうにアルウィンの側に集まると、膝を突いて頭を下げる。

「この度の不始末、誠に申し訳ございませんでした。ひらにご容赦を」

「……」

恐縮しきった顔で謝罪するが、アルウィンは何も言わない。頬杖(ほおづえ)をつきながら空になったコップを握っている。

「姫、ご気分でも優れませんか？」

ノエルの問いかけに、アルウィンはすっとコップを差し出した。

「次だ」

俺たちは顔を見合わせた。

「あの、姫様。もう勝負は終わって……」

「次だ」

ラルフの声も聞こえないかのようにまた催促する。顔をのぞき込み、目の前で手を振るが、反応はなかった。不機嫌そうに、遠くを見ている。

「君、もしかしてとっくに酔い潰れてたりする？」

「次だ」

へべれけになったアルウィンはノエルが運ぶことになった。アルウィンの方が背が高いのでちょいと背負いにくそうだけれど、ほかの野郎どもに触らせたくない。ラルフなど論外だ。本当は俺が背負いたいけれど、今は夜中だ。五歩も歩かないうちに倒れてしまう。

「いい気なもんだね。こっちは心臓が止まりそうだったってのに」

ノエルの背中で気持ちよさそうにおねむだ。キスしちゃうぞ。

アルウィンの剣を抱えたラルフが顔をしかめる。

「よく言うな。勝負の酒まで横取りしておいて」

「あれは酒じゃねえよ。ただの水だ」

形勢不利とみて、イカサマを仕掛けたのだ。勝負に夢中になっている間に、部下が白ワインのボトルの中身をひそかに水とすり替えておく。わざとボトルをこぼし、どさくさ紛れに水の入ったボトルを用意する。夜中で、しかも薄明かりの下ならばれないと踏んだのだろうが、俺の目はごまかせない。水とワインじゃあ粘り気ってものが違う。

「けれど、その後で姫様にも注がないといけないんだぞ。すぐにばれるだろう？」

「だから中身がぎりぎりのときを狙って仕掛けたんだ。残りが二杯分もなければまた新しいボトルを出すからな」

「なら何故(なぜ)あの場で指摘しなかった？」

「それで素直に降参する連中じゃねえだろ。下手に追い詰めたらやけっぱちになって、大暴れするに決まっている」

ケガ人を出さないための酒飲み勝負なのに、それでは本末転倒だ。だからそれ以上なめたマネをさせないように、証拠をつかんだ、と存分に知らしめてやったのだ。三人を素直に返したのも、イカサマを暴露されるのを恐れたのもあるだろう。酒場の周りには大勢の目もある。

「覚えときなよ、坊や。脅しってのはな。刃物を突きつけるだけじゃない。要は相手をどれだけビビらせるか、だ」

「一回イカサマを見抜いたくらいで偉そうにするな。しょせん、貴様などロクデナシの」

「そう言うな」

反射的に振り返ると、アルウィンが顔を上げて、眠たそうな目で微笑んでいた。

「これはこれで役に立つ男だ」

「おはよう。気分はどうだい？」

俺が問いかけると、重たそうに首を振る。

「……気持ち悪い」

「ムチャするから」

帰ったらすぐに桶を用意しよう。

「……あの男と酒を飲んでいたところまで覚えているのだが、気がつけば今、この場だ。勝負は……私の勝ちでいいのかな」

安堵のため息を吐くと、背中から降りる。アホ三人が次々に謝罪を口にする。アルウィンはノエルの肩を叩いて止めさせると、よろめきながらも俺たちの前に立ち、両手を広げる。

「お前たちから見て、私はどう見える？」

「……」

返事はない。ラルフが「ご立派です」だの「尊敬しています」だのと、寝言ばかりをほざくので俺が正解を言うことにした。

「酔っ払いだね。しかもぐでんぐでん。相当酒が回っている」

「その通りだ」

アルウィンは肩を揺らして笑った。

「脚はふらふら。頭は酒が回って言葉も怪しい。戦うどころか、一人で家に帰るのも難しいだろう。人の手を借りねば何一つ成し遂げられない。それが、今の私だ」

自嘲めいた言葉ではあるが、卑下やさげすむような響きはなかった。

「ルスタ卿のような武人でもなければ、マシューのように世慣れているわけでもない。頼りないのは重々承知している。それでも民のため、マクタロード王国再興のために命がけで戦うと誓った。強くはないが、強くなる。それでよければどうか私に付いてきて欲しい」

ノエルたちはただ呆然としている。どうしていいか、なんと言っていいのか迷っているのだろう。仕方がないので俺が手本を見せることにした。

彼女の前にひざまずき、その手を取る。

「仰せのままに、我が主」

ここが王宮であればもう少しサマになったのだろうが、あいにくここは小汚い道端だ。それでも彼女の威厳は損なわれない。そういうお方なのだ。

最初に動いたのはノエルだった。俺の横に並ぶと、深々と頭を下げる。

「王女殿下に忠誠を誓います」

続いてヴァージルたちが、頭を下げ、最後にラルフがおなじ格好をする。これでいい。これで少しは思い知るだろう。目の前にいるのは守るべきお姫様ではなく、仕えるべき主人だということに。『戦女神の盾(イージス)』も本当の意味で、アルウィンのパーティへと変わっていくはずだ。

災い転じて福となす。多少のトラブルはあったが結果オーライだ。

これで話はおしまい。あとは家に戻って姫騎士様の服を脱がせたりお体をなでさすったりとお楽しみ……もとい介抱の予定だったのだが、お邪魔虫がやってきた。

路地のあちこちからチンピラが沸いてきた。尋ねるまでもない。『群鷹会(ぐんようかい)』の手下どもだ。オズワルドの姿はないようだが、二十人ばかりいる。

「こいつはオズワルドの差し金か？　いやそんな自分の顔に泥を上塗りするような真似(まね)をするほど小者じゃないか」

「やかましい！」

手にした棒きれや剣を振り上げ、襲いかかってきた。手下どもの独断か。オズワルドならこんな路上でなどやらない。真正面から乗り込まないとメンツは回復しないからだ。

結局こうなるのか。やはり、大衆は分かりやすい展開をお求めのようだ。なるべく穏便に解決しようと手を尽くしてきたが、こうなっては致し方ない。殴り返すまでだ。

「ここは危ない。今の君では足手まといになる。逃げた方が……」

袖を引っ張るとアルウィンは返事の代わりに俺にもたれかかってきた。のぞき込めば、静かに寝息を立てている。

「眠り姫か。呑気なお方だ」

夜中だから俺も戦力にならない。

「お前は姫様を連れて逃げろ。ここは俺たちで食い止める」

ラルフが剣を抜きながら生意気なことを言う。

「頼む」

「お前のためじゃない。姫様のためだ」

「それでいい」

逃げろ、といわれても今の腕っぷしではアルウィン一人すら抱えられない。どうにか物陰まで引きずっていく。

その間に乱闘は始まった。

「ここは一歩も通すな。構えろ！」

ヴァージルの指示で隊列を組む。ヴァージルとラルフが先頭に立ち、その後ろからクリフォードが魔法で援護する。そして敵陣の間をノエルが縦横無尽に駆け抜ける。

相手から奪い取った棒きれでチンピラどもを打ち据える。反撃が来ても右に左にと身軽に動き、同士討ちを誘う。味方の頭をぶん殴った奴が慌てふためく間に、ノエルはそいつの頭を後ろから叩きのめす。

大活躍だが、相手の人数も多い。着地の瞬間に足払いをかけられ、うつ伏せに倒れる。

「くたばれや！」

チンピラが棒きれを振り上げる。ノエルは身をすくめたが、攻撃は来なかった。

「アンタがね」

セラフィナが背後からチンピラの股間を蹴り上げたからだ。

「大丈夫、ノエルちゃん」

手を取り、立ち上がらせる。

「ありがとうございます」

ノエルは顔をほころばせて礼を言った。

「ぼさっとするな。右だ。構えろ！」

ヴァージルの檄が飛ぶと、残りの四人も顔を引き締める。

五人が雄叫びを上げて、一斉に『群鷹会』の連中に向かっていく。

どうにかパーティの連帯や結束も生まれつつあるようだ。

仲の悪い連中を結束させる一番の方法は、共通の敵をぶつけることだ。

今回のケンカはいいきっかけになった。分かりやすい憎まれ役もいることだしな。

本当は、俺の方で適当な悪役を用意するつもりだったが、オズワルドたちがケンカをふっかけてきたのでその手間が省けた。感謝するぜ。

こうなると、俺に出来ることは限られる。せいぜい、石を投げて牽制(けんせい)するくらいだ。小石ばかりなのでたいした威力はないが、ひるませる程度は出来る。

武闘派と言ってもしょせんはやくざ者の間での話だ。それに、酒場でチンピラどもが勝てたのは狭い場所に数の力で圧倒したからだ。まともに戦えば、ものの数ではない。

気がつけば半数近くが路上にぶっ倒れていた。

形勢が明らかになったところで四十がらみの男が慌てふためきながら逃げるように指示を出す。あれが首謀者のようだ。腕には、山羊頭(バフォメット)の悪魔らしき入れ墨をしている。さっきオズワルドの横にいた、ヘクターという男だ。気絶した連中を回収していくあたりは感心だ。

多分、明日にはオズワルドの手で死体となって『迷宮』に放り込まれるだろうけど。

ヘクターも手下とは別の方角に逃げていく。

「待て！」

放っておけばいいのに、ラルフが追いかけていく。あのバカ、調子に乗りやがって。

「深追いするな、おい！」

俺の忠告を無視して逃げたヘクターを追いかける。若いだけあって健脚だ。あっという間に回り込んで行く手を阻む。

「ちくしょう！」

悪態に続いて女の悲鳴が上がった。ヘクターが通りかかった娼婦らしき女を人質に取ったのだ。片腕で後ろから首を絞め上げ、もう片方の手でナイフを女の顔に突きつけている。ラルフの顔に動揺が走る。言わんこっちゃない。

「卑怯だぞ、その人を放せ！」

「知るか、ボケェ！」

ラルフの説得も罵声で返される始末だ。追いかけてきたノエルが隙をうかがうが、ヘクターは壁を背にしているし、女を盾にしている。下手をすれば女に傷が付く。こういうときに何とかしてくれるのが姫騎士様なのだが、まだ酔いから醒めない。

「そこをどけ。さもないと、この女の顔が穴だらけになるぞ！」

ヘクターは本気だ。刺激すれば、本当にやりかねない。俺たちは道を空けた。

「いいか、動くなよ。俺がいいというまで……」

ヘクターの脅し文句を高い靴音が遮った。

俺たちがほぼ同時に振り返ると、夜の路地を背の高い男が歩いてくるのが見えた。

年齢は二十代後半というところだろう。猛禽のように鋭い栗色の瞳に、ライトブラウンの髪を首の後ろで結んでいる。細面で細身だが、貧弱と言うよりはムダを極限までそぎ落としたって感じだ。隙がない。冒険者かとも思ったが、見覚えのない顔だ。腰から提げた剣といい、白いジャケットといい、金がかかっている。立ち居振る舞いにも長年の訓練や教育が身についている。

騎士か、貴族階級の人間だ。

間違いなく初対面のはずだが、どこかで出会ったような気がする。

どこだったかな？　それとも他人の空似か？

俺が考え込んでいる間にも男は無言でヘクターへ近づく。

「おい、来るな！　この女がどうなっても……」

ヘクターが最後まで言い終わるより早く、男は剣を抜いた。銀光が二度、閃く。サーベルのような細身の剣を鞘に戻すと、ヘクターの両手首がぽろりと落ちた。赤黒い血がほとばしり、地面に落ちた手首からナイフが離れる。

そこでようやくヘクターが悲鳴を上げた。自分の血だまりの中で悶絶している。

女は血を浴びながら悲鳴を上げ、恐怖の形相でどこかへ逃げていった。

男はそこで何か思いついたかのように俺たちの方を振り向いた。

「お前たちは、冒険者か」

存外に若い声だ。低音で聞き取りやすい。

「そんなところ」

俺が代表して返事をした。アルウィンはまだお休みだし、ほかの連中は固まっている。正確に言えば俺は部外者なのだが、細かい説明をする理由も義理もない。

「ものを尋ねたいのだが、冒険者ギルドが管理している墓というのはどこにある？」

意外な質問に俺は首をかしげる。

「こんな夜更けに墓参りか？　もしかして墓守？　それとも荒らす方だったりする？」

「明日、墓参りに行くつもりだったのだが、肝心の場所が思い出せなくてな。町外れの墓地とまで覚えているのだが」

怒り出すかと思ったが、男は俺の『減らず口』を意に介した風もなく答える。

「墓地の真ん中にある大木からまっすぐ西に行ったところだよ。墓の前にさびた剣や酒瓶が、アホみたいに転がっているからすぐに分かる」

「そうか、礼を言う」

「ついでに言うと二種類ある。個人用と共同墓地だ。個人用はギルドに功績のあった人間や、名のある冒険者。それ以外はたいてい共同の方に葬られる。アンタの知り合いがどの辺りに眠っているかは分からないけど」

その辺りに酒でも撒いてやれば故人も喜ぶはずだ。

「問題ない。俺が行くのは個人用の方だ」

　男は深々とうなずいた。

「そこに妹が眠っている」

　いもうと、と反射的に繰り返すと、男は目を怒りに燃え上がらせる。あまりいい死に方をしたわけではないようだ。

「あ、いたいた」

「探しましたよ、カーライル卿」

　焦った様子で数名の衛兵が駆けつけてきた。その中には顔なじみもいる。ちょびひげと色黒だ。やはり身分のあるお方だったようだ。

「すまない。久しぶりに街を見てまわろうとしたのだが、迷ってしまったようだ」

　カーライル卿と呼ばれた男は、軽く詫びると血まみれのヘクターをしょっぴくように指示を出す。この出血量なら取り調べる前に失血死するだろうが、気にとめた様子はなかった。

「ささ、こちらへ。領主様がお待ちかねです」

　ちょびひげが機嫌を取るようにうながす。

　カーライル卿は数歩歩いたところで俺の方を振り返った。

「お前、名前はなんという」

　一瞬迷ったが、素直に名乗ることにした。

「マシューだ。それが何か？」

「そうか、お前が……」

納得したとばかりにうなずく。その目に一瞬、憎悪の炎が宿った気がした。こいつ、俺のことを知っているのか？

「俺はヴィンセントだ。また会おう」

ヴィンセントだと？

俺の動揺に気づいたのか得意げに微笑すると、そのままちょびひげたちと立ち去っていった。

その背中を見ながら俺は背中に汗が流れるのを感じていた。あの男が何者か、ようやく思い当たった。

あの男は……ヴィンセントは、冒険者ギルドの鑑定士・ヴァネッサの兄だ。

第二章　守護騎士の懊悩（おうのう）

　ヒモといえば年中無休の過酷な商売だが、活動時間はおおむね夜中だ。そのため朝は遅い。職人やら商売人やらが起きて一仕事してからようやく目を覚ます。メシだって、朝昼兼用なんてのはしょっちゅうだ。とはいえ何事にも例外はあるもので、今日は朝日が昇る前にベッドを抜け出した。

「どうだい、調子は？」

　俺が声を掛けると食堂のテーブルに突っ伏したアルウィンが大儀そうにこちらを向いた。顔が青い。『深紅の姫騎士様』は現在、二日酔いなのだ。ひきつったような顔で、ゆっくりと手を挙げる。

「……問題ない」

「まだ辛（つら）いんだね、了解」

　彼女の向かいに座ると、顔の横にコップを置く。

「とりあえずそれ飲んで。果物の汁を入れてある」

　アルウィンはすまない、と小さな声でコップの水を飲み干す。

「……おいしい」

ほっとしたように息を吐く。

昨夜、やくざ者の親分と大酒飲み対決なんぞしたせいで、帰るなりベッドに突っ伏した。もちろん、着替えもせずに、だ。

そのせいで俺は昨日から大忙しだ。水を飲ませた後で麗しき姫騎士様の服を脱がせ、タライの風呂に入れて体を洗い、水滴をまんべんなく拭き取り、新しい服も着せた。過酷すぎて他人には到底任せられない。犠牲になるのは俺一人でいい。

もちろん小間物を片付けたり、湯を沸かしたりと地味な作業があってこそだが。

「今日はゆっくり休んだ方がいい。特に用事もないだろう？　雑用ならあいつらにさせりゃあいい。伝えておくよ」

「そういえば」

二杯目の果実水を飲んだ後でアルウィンが口を開いた。

「昨日の男は、カーライルと名乗っていたな」

「起きていたんだ」

てっきり熟睡していたと思っていた。

「確か、この国の騎士の家系だと記憶しているが、何やらお前を知っている様子だった。知り合いか？」

「存在だけはね。会ったのは昨日が初めて」

俺は言った。

「ヴァネッサの兄貴だよ」

フルネームはヴィンセント・バリー・カーライル。れっきとしたレイフィール王国の、しかも王家直属の騎士様だ。ヴァネッサの二歳年上にあたる。美術商の長男として生まれたが、幼い頃から体格に優れ、剣術にも秀でていた。そのために、騎士の家系だという遠縁の親類に養子として迎えられた。そこの家名がカーライルだったと、ヴァネッサから聞いたことがある。

「跡継ぎの男の子を養子に出したのか？」

「美術の目利きとか知識はさっぱりだったそうだからね。元々折り合いも悪かったらしいし、父親はヴァネッサに婿を取って継がせようとしていたらしい」

結果から見ればそのもくろみは半分だけ成功した。美術商の方が没落した反面、ヴィンセントは養家でめきめきと実力を付け、十九歳にして王家直属の騎士として取り立てられた。

「今じゃあ王都守護の部隊に配属されている、と聞いていたけどね。なんだってこんな街に来たのかね。ただの墓参りって感じでもなかった」

真っ先に思いついたのが身分を放り投げての敵討ち、ってところだが衛兵から丁重に案内されていたからその線はなさそうだ。左遷や汚職や使い込みって感じでもない。整った顔立ちで騎士様ときたら血道を上げるご婦人は多いだろうが、好色家ではなさそうだ。アルウィンやノエルにも気を取られた雰囲気はなかった。

「おそらく、『聖護隊（せいごたい）』の件だな」

アルウィンは顔を上げると、手櫛（てぐし）で乱れた髪を撫（な）でる。

「前にウワサを耳にしたが、本格的に動き出したのだろう」

元お姫様だけあって、アルウィンにはしばしばお偉い方々からの情報が届く。

「何それ？」

「簡単に言えば、レイフィール王国直属の治安維持部隊だ」

国王や貴族連中の間では、以前から『灰色の隣人（グレイ・ネイバー）』の治安悪化を不安視していたらしい。連中にとっても『迷宮』は世にも珍しい珍品名品をもたらす金山でもある。その利益や品物が裏社会に流れ、連中の懐（ふところ）を温めているのが気に入らなかったのだろう。

「領主殿とは独立した捜査機関になる。街の警護はこれまでのように衛兵が務め、犯罪捜査——特に盗品売買や密輸などの組織だった犯罪捜査を手がけるそうだ。

「はっ」

いかにもお偉い方々が頭の中と机の上で考えたような話だ。まず間違いなく失敗する。ちょっと戦力整えたくらいでこの街の闇が払えるものか。

「絶対ムリだね。そこらの衛兵諸君みたいに賄賂漬けになるだけさ。賭けてもいい」

「そう言うな」

アルウィンは寂しそうに笑った。

「この街が少しでも住みやすくなるのならそれは歓迎すべきだろう。この街の悪徳に呑み込まれた私はともかく、な」

「……」

アルウィンに与えているあめ玉には『解放（リリース）』……禁断の『クスリ』が入っている。

彼女にはあめ玉の材料は、街にいる古い知り合いから手に入れていると言ってある。治安が良くなれば犯罪は起こりにくくなる。違法な『クスリ』の取引なんかも制限され、手に入りにくくなるだろう。彼女が言っているのは、そのことだ。

大多数の人間には歓迎すべき事態でも、不都合な人間もいる。二度と過（あやま）ちを犯しにくくなる、という点では素晴らしいが、彼女にはまだ早い。まだそこまで辿り着けていない。

「心配ないよ。俺に任せておけばいい。君が気にする必要はない」

不安になれば、『迷宮病』……彼女の病気が再発しかねない。病気をごまかすためにまた多量の『解放（リリース）』を飲めば、今までの苦労が水の泡だ。犯罪というだけではない。彼女の命をも縮めてしまう。だが、『クスリ』を欲しがる連中はそうそうなくならない。人間が愚かで弱い生き物であるがゆえに。だからこそ、『解放（リリース）』を手に入れる手立てはいくらでもある。

アルウィンは俺の手を握った。

「くれぐれもムチャはしないでくれ。愚かな私のためにお前が死ぬのは見たくない」

「そんなつもりは更々ないよ」

俺は言った。

「『命綱』が先に切れるわけにはいかないからね。だから死なないし死ぬつもりもない」

俺は彼女の手を握り返す。俺が死んじまったら、誰が彼女を守るんだ。

「約束するよ。君を守る。何があろうとね」

「マシュー……」

瞳が熱く緩む。

玄関の扉を叩く音がした。せっかくいい雰囲気だったのに。どこの野暮天だ。

苛立ちながら扉の方へ向かう。この叩き方は、あいつか。扉を開けると、案の定、見慣れた顔が現れた。

「大変だよ、マシューさん！」

よほど慌てていたのだろう。エイプリルは小さな体を目一杯動かし、身振り手振りを加えながら言った。

「『聖護隊』とかいう人たちがマシューさんを呼んでいるの。ヴァネッサさんの件で話が聞きたいって」

案内されたのは冒険者ギルドの別棟にある鑑定部屋だ。しかもヴァネッサが使っていた個室だ。彼女の死後は空き部屋になっている。新しい鑑定士を呼ぶという話だが、人選に難航しているらしい。

中に入ると、硝子の仕切りの向こう側に三人の男が座っていた。真ん中にいるのは、ヴィンセントだ。三人とも同じような格好をしている。あれが『聖護隊』の制服のようだ。気配で振り返れば、俺の側の壁際に四人の『聖護隊』が槍を持って立っている。

「よく来てくれた。まあ、掛けてくれ。楽にしてくれればいい」

言葉とは裏腹に、友好的な雰囲気ではなかった。厄介な話になりそうだ、とうんざりしながらヴィンセントの正面に座る。

「やあ、昨日はどうも。改めて自己紹介するよ。俺はマシュー。よろしく」

握手を求めたけれど、向こうにはそのつもりはないようなので引っ込める。

「話は聞いていたよ。アンタ、ヴァネッサの兄貴だろ？　妹さんの話が聞きたい、ってんなら、こんなところよりも酒場の方がいいと思うよ、ヴィンス」

「ヴィンセントだ」

騎士様は真顔で訂正してのけた。

「愛称で呼ぶのはもっと互いを知り合ってからでも遅くはないだろう」

「了解したよ、カーライル卿」

俺は居住まいを正す。

「お前はヴァネッサと親しかったそうだな」

ヴィンセントは単刀直入に切り出してきた。

「まあね」俺はうなずいた。

「でも恋人とかそんな色っぽい関係じゃない。友達って感じかな」

この部屋で二人っきりになって話したこともあったけれど、キス一つしなかった。

「率直に聞こう。妹を殺した犯人に心当たりはないか？」

俺は目をみはった。

「どこかの裏社会の奴に殺されたって聞いていたけれど」

「衛兵たちの調査ではそうなっている。だが、あくまで状況証拠からの推測だ」

恋人のスターリングが『クスリ』の取引に手を出し、裏の縄張りを無視して売りさばいた。それと知った連中が制裁のためにスターリングを殺し、証拠隠滅と回収のために向かった先で偶然、ヴァネッサと遭遇したため、これも殺害した。

「死体を調べた者の話では、スターリングは本人のノミで喉笛に一撃、ヴァネッサは首を絞められた後で油を掛けられ、燃やされた」

「ひどい話だ」俺はうめきながら顔に手を当てる。「まるで悪魔だ」

「だが、犯人はいまだに見つかっていない。実行犯は未だに不明。命じた組織も曖昧。いくつかウワサは上がっているが、どれも推測の域を出ない。そこで俺はこう考えた」

そこでヴィンセントは目を細める。

「裏社会の人間などというのは最初から存在しない。真犯人は別にいる、と」

裏の組織であれば、何も分からなくても、犯人が不明でも不思議ではない。そう思わせられれば、捜査の手も逃れられる。少なくとも疑いをそらすことはできる。

「はっきり言おう。俺がこの街に来たのは、ヴァネッサを殺した人間を捕まえるためだ」

静かな、それでいて力強い宣言が部屋の中に響いた。

「『聖護隊(せいごたい)』とやらの任務じゃなかったの？」

「無論、この街の治安維持と回復も果たす。それが陛下のご命令だからな。ヴァネッサ殺しの犯人を捕まえるのとは矛盾しない」

人殺しを捕まえれば、この街の治安も良くなる、か。欲張りさんだ。

「さっきの質問の答えならノーだ。気持ちは理解できるし、犯人を捕まえたいってのも同じだ。けれどそれ以外で心当たりとなると、男関係かな。揃(そろ)いも揃(そろ)っておかしな連中ばっかりだったからな。スターリングじゃないとしても、そのあたりから目をつけられたのかも」

「ダイアン・クラークはどうだ？」

「誰それ？」

聞き覚えはあるのだが、ちょいと思い出せない。

「殺害される少し前、ヴァネッサが彼女の薬物使用を告発したらしいな」

思い出した。あの女か。ヴァネッサの慈悲に反発して刃物振り回して大騒ぎしていたっけか。デズに捕まって地下の牢屋にぶち込まれた後のことは知らないが、衆人環視の前で恥をかかされたとなれば恨むのも当然だろう。

「彼女が犯人なの？」

「アリバイがある。その日はここの地下牢の中で、今は、『更生院』の中だ」

「何それ？」

「簡単に言えば、『クスリ』の中毒者を治療する施設だ」

俺は息をのんだ。

「そんなものがあるのか？」

「まだ仮運用中だ。『聖護隊』の施設の一部を開放して作ることになっている。売人や中毒者を取り締まるだけではイタチごっこを続けるだけだからな。うまくいけば、中毒者の数も減らせるはずだ」

「へえ」

ヴァネッサは『クスリ』を憎んでいたからな。妹の遺志を継ぐってところか。

「『更生院』とやらでは何をするんだ？　治療薬とか飲ませたりするの？」

「基本的には『クスリ』が抜けるまで監禁することになる」

ダメじゃねえか。そんなものがあるならパクろうと思ったんだが。

「治療法については王都の薬学院でも研究中だそうだ。そちらの成果が出れば回してくれるよう手配してある」

「そりゃあいい。ヴァネッサも喜ぶよ」

「あとは犯人を逮捕すれば、魂も浮かばれるだろうな」

「……だろうね」

興味深い話だったのに、余計なこと言っちまった。自分のバカさ加減が嫌になる。

「話を戻すが、証拠というのはどこから出てくるか分からない。忘れているだけで、些細なことが真犯人の動機につながることもな」

ヴィンセントは狩人のような冷徹さで言った。

「改めて聞くが、本当にないんだな」

「思い出したら真っ先に教えるよ」

俺は背伸びをしてから立ち上がった。

「話はこれで終わりかな。飲みに行くときはまた声かけてよ。できれば三日前くらいから予約してくれるとありがたい。こう見えても忙しい身なものでね」

「お前は、冒険者だったそうだな、マシュー」

ヴィンセントは別の質問をしてきた。

「東の方にいたんだ。そっちで不義理やらかしてね。こっちに逃げてきた」

冒険者の素性など多かれ少なかれ後ろ暗いところばかりだ。借金があろうが、やくざ者に追われようと、他国での犯罪などヴィンセントに告発する権利はない。

「引退したと聞いているが、負傷しているようには見えないな」

「見た目はね。でも中身はボロボロだよ。剣を振り回すどころか、ナイフとフォークを持つのがやっと、ってところ」

「だからこの街に流れ着いてからは働きもせずブラブラと遊び回っているのか？　アルウィン嬢の前にも何人かの女のところに転がり込んでヒモをしていたと聞いているが」

「迷える女性の指南役だよ」

　そこは間違ってもらっちゃ困る。

「その中にはポリーもいたそうだな」

　俺は目をみはった。

「知っているのか？」

「古い知り合いだ」

　そういえば、ポリーとヴァネッサは昔からの知り合いだった。兄貴のヴィンセントとも知り合いだったとしても不思議ではない。幼馴染ってところか。

「聞けば、お前とポリーの仲は冷めきっていたようだな」

「だから捨てられたんだよ。馬車に乗ってそのまま街を出ていってそれっきりだ」

「だがそれも不確かな話だ。この一年でお前の周りで一人が消え、一人が死んだ。これはどういうわけだろうな」

「偶然だよ」

さもなくば、運命ってふざけたガイドブックのせいだ。

ポリーはつい先日、この街で亡くなったが身元不明人として『迷宮』に打ち捨てられた。おそらく骨も残っていない。

「ヴァネッサはポリーのことを随分気にかけていた。俺のところにも手紙が来ていた」

ヴィンセントの頭の中が透けて見えるようだ。俺がポリーを殺して、そいつを知られたから口封じのためにヴァネッサまで殺した。

惜しいね、七十点ってところだ。正解にはたどり着けやしない。

「知っているよ。『もっと何かしてあげられることがあったんじゃないか』ってね。随分気に病んでいた」

「……」

ヴィンセントが不意に黙り込んだ。舌鋒鋭く追及していたのに、まるで叱られた子供のように弱々しい。

「分かった」

ヴィンセントは顔を左右に振ると、話を切り上げるように立ち上がる。

「呼び立ててすまなかった。何か気づいたことがあれば連絡をくれ。本部は街の北になるが、詰め所をいくつか用意する予定だ。冒険者ギルドの近くにも作ることになっている」

了解、と外へ出ようと振り返った瞬間、目の前に細くて長いものがふわりと落ちてきた。『聖護隊』の槍だと気づいた時には、俺はそいつを両腕で受け止め、そのまま前のめりにつんのめっていた。いってぇ。顔から床に突っ込んじまった。やたらと重い。見た目は細いが、鉛か何かを仕込んでいるのだろう。

「ああ、すまない。手が滑ったようだ。部下に代わって謝罪しよう」

絶対わざとだ。俺が本当にへなちょこかどうか、不意打ちで確かめようとしたのだろう。

「謝るならまずこいつをどけてくれよ」

ヴィンセントの命令で『聖護隊』の兵士が槍を片手でつかみ上げる。どこかのヒモ男とは大違いだ。

「すまなかった。部下にはあとできつく言っておく」

しれっとした顔で言ってのける。油断のならない野郎だ。

受け止めた腕のあたりをさすりながら立ち上がる。扉に手をかけたところでヴィンセントが問いかけてくる。

「一応聞いておくが、ヴァネッサが殺された夜。お前はどこで何をしていた？」

「あの日は確か、デズと飲んだ後、夜中の街をぶらついていたっけか。どこをどう通ったかまでは覚えてないな」

「『油絵通り』には行っていないんだな」

そこにはヴァネッサの恋人だったスターリングの家がある。ヴァネッサの家もその近くだ。

「だと思うよ。酒入っていたからあんまり記憶ないけど」

「なら、『毒沼横町』はどうだ？」

そこまで知っているのか。想像以上に調べ上げている。

「あそこは違法薬物の取引によく使われている。そんな場所に何の用がある？」

「別に『クスリ』なんかやっちゃいないさ。何だったら確かめてくれてもいいぜ」

いや、と首を振る。

諦めたかと思ったが、とヴィンセントは別の方面から攻めてきた。

「首の骨の折れ方から察するに、ヴァネッサの首を絞めたのは体格のいい大男だ」

「もしかしたら女かもよ。巨人族とかでっかい女もいるからな」

ヴィンセントは俺のてっぺんからつま先までなぞるように見る。

「お前もかなり大柄だな。マシュー」

「アンタもなかなかだよ、ヴィ、ヴィンス」

背丈だけなら俺とさほど変わらない。

「じゃあな」

今度こそ俺は廊下に出た。そんなに長くいたはずはないのだが、妙に疲れた。

誰もいない廊下で壁にもたれかかる。気がつけば自分の両手を見ていた。

何だよマシュー。今更後悔しているのか？　誰かにそう尋ねられた気がした。

「はっ、そんなわきゃねえ」

百回同じ事態になっても百回同じことをする。今度はもっとうまくやるだけだ。必要とあらば何度だってヴァネッサの首を絞める。それだけだ。


それからしばらくして『聖護隊（せいごたい）』が正式に『灰色の隣人（グレイ・ネイバー）』に配属された。王家直属の守護騎士・ヴィンセントが隊長として先頭に立って街の犯罪撲滅のために奮闘しているそうだ。『聖護隊（せいごたい）』の制服を着た連中を街のあちこちで見かけるようになった。手始めに麻薬などの密輸取り締まりの強化を図る。賄賂をもらうような役人は処罰する。『ソル・マグニ』のような怪しい宗教団体にも手を緩めない。

今のところは成果を上げているようだが、同時にやはり、という気もしていた。

捕まったのは小物ばかりで大物には手が届いていない。

組織の連中もいるが、やはり末端の連中だ。幹部連中には近づくことすらできていない。上の連中は貴族にまで賄賂を送っている。やすやすとは捕まらないだろう。

案の定、衛兵とも仲が悪いらしい。何度か対立しているのを見たことがある。前途は多難だ。

「あのお兄様がそこからどうするかだな」

それでも玉砕覚悟で正義を貫くか。あるいは衛兵諸君と同様、賄賂と汚職に手を染めながら小物を捕まえてそれなりに過ごすか。

どちらがいいとは俺には言い切れない。使命と信念を貫き通すのも人生だし、清濁併せ呑むのも一つの処世術だ。

アルウィンも今朝『迷宮』に出かけた。パーティの連携も取れてきたので、今日から本格的に『迷宮』探索を再開するらしい。鼻息も荒く張り切っていた。俺はしばらくお留守番だ。

お小遣いももらったし、さっそく娼館にでも、と思ったところで来客だ。

用心しながら扉を開けると、俺はうんざりって感じでため息をついた。

「ここは賭場でも食堂でもないんだがね」

やってきたのは、ある意味顔なじみの二人だった。ちょびひげと色黒だ。街を巡回している衛兵のはずだが、何故か『聖護隊』の制服を着ていた。

「転職でもしたの？」

「出向だよ」

返事をしたのは色黒だ。特徴的なだみ声で、よく俺もマネをする。

「『聖護隊』はよそ者ばかりだから街に詳しい者を、ってんで、衛兵隊から何人か引き抜かれたんだよ」

「給料は変わらないがな」

ちょびひげが自嘲的に笑った。

「仲間からも裏切り者扱いだ。おまけに、こんなおべべ着てゲロとホコリまみれの街を歩けってんだからな。芸人にでもなった気分だ」

「ご愁傷様」

すまじきものは宮仕え、か。

「その、上からの指示だ。マシュー」

二人から槍を突きつけられたので両手を挙げる。

「カーライル卿がお前をご指名だ。『聖護隊』の本部までご招待だ。お前が主賓だとよ」

色黒が哀れっぽく言った。

「悪いけどドレスがまだ決まらなくってね。あとコルセットも締めないと」

「安心しろよ、今日は仮装パーティだ。お前は『哀れなヒモ男』の役だそうだ」

脇腹をつつかれたので、仕方なく歩き出す。

「白馬の騎士様がお待ちかねだ。今のうちにワルツのステップでも思い出すんだな」

『聖護隊』の本部は街の北側、領主の城の近くにある。元々は古い砦だったのを改装したらしい。頑丈だけが取り柄のような門をくぐり、石造りの建物に入ってすぐの階段を下る。そこが取り調べの場所らしい。扉は鋼鉄製。半地下になっていて、天井近くにある細長い格子窓から日の光が差し込んでいる。あとはイスとテーブル。奥の席にはヴィンセントが鎮座ましまし座っている。その後ろには四人ほど構えている。

「宴会の余興にしては、ちょいとやり過ぎだと思うけどね」

向かいの席に座らされる。荷物や財布も取り上げられ、両手首に手枷がはめられている。もちろん、今の俺に外せるものではない。

ヴィンセントは俺の軽口を無視して、しわくちゃの書類をテーブルに置いた。見覚えはないが、内容と筆跡には心当たりがある。

「お前、ヴァネッサに借金をしていたそうだな」

「そうだよ」

ごまかす理由もないので素直に認める。借用書なんていちいち書いていないからヴァネッサの方で記録を付けていたのだろう。金を借りる場所は、ほとんど冒険者ギルドの鑑定部屋だったからそちらに保管していたらしい。

「もしかして金が返せないから殺したって思っている？」

その理屈なら俺はデズを三十回は殺している。死ぬかどうかも怪しいけど。

「金ならほかの奴からも借りているし、ちょくちょく返してもいた」

「確かに、わずかずつではあるが返済もしているな。すぐにまた借金しているようだが」

ヴィンセントは書類をつついた。

「ヴァネッサとは恋人ではない、と言ったな。なら、お前が一方的に言い募っていたというのはどうだ？」

「そりゃあ結構な美人だったからね。お兄様の前で言うのもなんだけど、お相手できればと思ったこともあったよ。でもそれだけだ。ハーレムの王様じゃあるまいし、やりたい相手全員とやれる奴なんか、いやしない」

「ムリヤリ関係を迫ったんじゃないのか？」

「妄想だよ」

「手込めにしようとして押し倒したが、騒がれたので首を絞めているうちに力が入って殺してしまった」

「そいつは侮辱ってもんだよ。俺にもヴァネッサにもね。大切な妹の死に様でオナニーでもする気か、変態野郎」

いい加減、腹が立ってきた。挑発とは百も承知だ。俺が怒り狂ってボロを出すのを待っているのだろうが、限度ってものがある。

「アルウィン・メイベル・プリムローズ・マクタロード」

ヴィンセントが口にした瞬間、冷や水をぶっかけられたように腹の底が冷えていく。

「目の色が変わったな。さっきまでヘラヘラ笑っていた男が」

「お前さんの口から聞きたくないね。彼女の名前が汚れる」

「俺と初めて出会ったとき、『群鷹会』の連中ともめていたな」

「とっととあいつらまとめて牢屋か処刑台に送ってくれよ。それがアンタのお仕事だろ？」

「実を言うと、乱闘の時からお前が彼女をかばっているのを見ていた」

「善良な市民の窮地を助けるでもなく高みの見物か。楽な商売だな、おい」

　俺の挑発を無視して、ヴィンセントは興味深そうに目を光らせる。

「ヒモなんて連中を何人か知っているが、お前がアルウィン嬢を見る目は情欲でも金づるでもなかった。命がけで守るべき相手。まるで父親か兄のようだった」

「そこは恋人か夫って言って欲しいね」

「確かに、お前にはヴァネッサを殺す動機はないのかも知れない。だが、アルウィン嬢のためならどうだ？　愛する者のためなら人殺しだって厭わない。世の中にはそういう人間もいる」

「アホか」

　俺は鼻で笑った。

「アルウィンとヴァネッサにそんなトラブルなんぞ……」

「ないだろうな。俺の調べでも出てこなかった」

　ヴィンセントはあっさりと認めた。

「もちろん金銭や男絡みでもない。だが、言ったはずだ。『証拠というのはどこから出てくるか分からない。忘れているだけで、些細なことが真犯人の動機につながる』となヴィンセントはそこで後ろの部下に合図を送った。命令を受けた部下は一瞬、顔をしかめてから無造作に紙の束を置いた。ちょっとした辞書くらいの分厚さだ。

「アルウィン嬢についての証言を取りまとめたものだ。有名人だからな。証言する者も多い。大半はどうでもいい話だろうが、その中に必ず真実が潜んでいる、と俺は確信している」

有名人だからこそ、その行動は人の目にとまりやすい。本人の知らないところで、不都合な事実とやらを誰かが目撃した可能性もある。かつての俺がそうだったように。

返事をしないでいると、ヴィンセントが念を押すように紙の束を指でつつく。

「言っておくがこれはまだ途中だ。これからまだまだ増える。アルウィン嬢がこの街に来てから今まで、本当に何もなかったとお前は言い切れるのか？　彼女は、清廉潔白だったのか？」

「……」

彼女の秘密を誰かに見られた可能性は大いにある。けれど、すぐに忘れてしまったり、気にもとめなかったり、勘違いをしたりと、誰も不思議に思わなかった。だからこそアルウィンは今の今まで無事でいられた。オスカーのような脅迫者は今のところ現れていない。

だが、証言を求められればまた思い出すかもしれない。そういえば、どうしてあの姫騎士様はあんなところにいたんだろう。あんな場所で何をしていたんだろう、と。

いっそ脅迫者として現れたのならまだやりようもある。けれど、何十人もの証言者を全員片付けるなど不可能だ。どこで何が真実の糸に繋がっているか、誰にも分からない。何も出てきやしない、と高をくくるには不確実な要素が多すぎる。

もし彼女の秘密が白日の下にさらされたら、俺たちはおしまいだ。

喉が渇いてきた。この場を乗り切る方法は何かないのか？　せめてアルウィンだけでも助ける方法は？　ふと手枷が目に入る。罪人を縛り付けるための拘束具が、やけに固く冷たい。

「どうした？　手枷が気になるのか？　それとも、ヴァネッサを殺したときのことでも思い出したか？」

俺の視線の先を感じ取ったのだろう。ヴィンセントは身を乗り出し、狡猾な獣の目で俺を見下ろす。

「どうなんだ？　マシュー」

「くっだらねえ質問をするなよ、ヴィンス」

処刑台で縛り首にされようと、首を切り落とされようと、構うものか。好きにすればいい。俺は何も話さないし話すつもりはない。この秘密は墓場を通り越して来世まで持っていく。腹をくくれば手段も見えてくる。

「大体、アルウィンを守るなんて当たり前だろ」

俺は言った。

「彼女がいなくなったら俺は食いっぱぐれちまう。そうなりゃいずれは野垂れ死にだ。だとしたら相手がやくざ者だろうと誰だろうと、戦うしかねえだろ。やりたかねえけどよ」

どこの何様だろうと、アルウィンを分け合うつもりもくれてやるつもりもない。

「大切な女のために命懸けるのは、騎士様の十八番(おはこ)だろ。お前さんはそうじゃねえのか？」

その瞬間、ヴィンセントは苦いものを飲み込んだような顔をした。

息をつまらせ、何か喋(しゃべ)ろうとするが言葉が出てこない。そんな印象を受けた。

急に訪れた沈黙に、どっと疲れがのし掛かってきた。

俺は背もたれに体を預ける。

「……敵討ちに燃えるアンタには悪いが、俺には留守番って大切な仕事があるんだ。世間話ならもういいだろ。早いところ出してくれよ。ついでに財布とアレも返してくれ。さっきアンタらが取り上げた俺の水晶玉だよ」

「これがそんなに大事か？」

ヴィンセントは懐(ふところ)から半透明の球を取り出した。『仮初めの太陽(テンポラリー・サン)』だ。

「冒険者ギルドの職員から聞いた。ヴァネッサがギルドから下げ渡されたものだそうだな」

ヴィンセントの目に殺意がこもるのを見た。

「何故(なぜ)、お前が持っている」

「もらったんだよ、ヴァネッサから」

「何故(なぜ)だ？　たいした効果はないようだが、れっきとしたマジックアイテムだ。売ればそれなりの金にはなるだろう。おまけに金を貸しているお前にプレゼントする理由は何だ」

「彼氏のスターリングがやくざ相手にもめごと起こしたのを俺が解決してやったんだよ。そのお礼にってんで、ありがたく頂戴したんだ」

「それを証明することは？　証人はいるのか」

「ないよ。証人もいない」

　あの時は俺とヴァネッサの二人きりだった。『偽金（にせがね）』がらみなので、人前では話せなかった。やらかしたスターリングも冥界だから証言は不可能だ。

「もしかして、それ盗むために彼女を殺したとか言わねえよな。アンタが言ったとおりのしょぼい効果しかねえよ」

「だと言ったらどうする？」

　ヴィンセントは『仮初めの太陽（テンポラリー・サン）』を俺に突きつける。半透明の球の中に浮かび上がるのは、太陽神の紋章だ。

「何故（なぜ）、肌身離さず持っているのかと思ったら、まさか太陽神の信徒だったとはな」

「違う！」

　俺は大声を上げながら立ち上がった。

「どうやら図星のようだな」

　ヴィンセントが冷徹な目を向ける。

「宗派はどこだ。『ソル・マグニ』にでも寄進しているのか？」

「違うっつってんだろうが！」

怒鳴りながら身を乗り出したところで、『聖護隊』の連中に取り押さえられる。

這いつくばった俺を見下ろしながらヴィンセントは続ける。

「別に太陽神信仰自体、禁止されてはない。だが、『啓示』だの『神の宮殿』だのと、信仰に入れあげて罪を犯す者が多いのも事実だ。特に『ソル・マグニ』はここのところ物騒な動きを見せている」

違法薬物に武器密輸、『巻物』での魔物の密輸、最近では誘拐や殺人とやりたい放題だ。さすがゴミ虫太陽神にケツの穴捧げた連中は、ひと味違う。

「その中でも特に神聖視しているのが、太陽神の紋章入りのマジックアイテムだ。連中は『神器』と呼んでいる。『神器』を手に入れるためには手段を選ばない。別の街では殺人にまで発展している」

つまり、とヴィンセントは俺の目の前に『仮初めの太陽』を突きつけた。

「これは殺人の動機になる。これを手に入れるためならお前たちは、女の首を絞めることすら厭わない」

「寝言も大概にしやがれ！」

俺は叫んだ。

「いいぜ、証明してやるよ。あれの悪口なら百万個でも言えらあな。なんだったらあいつらの教会でクソと小便とゲロぶちまけてやるよ」

「たとえお前が教会を焼き討ちにしようと証拠にもならない。『日食』ならな」

「なんだそりゃ」

「とぼけるなよ。『太陽神』信仰の教義だ。『太陽は常に空にある。雲に隠れようと、月が覆い隠そうと、影のように常に側にいらっしゃる』だったか。その教えからか、迫害から逃れるために信仰を隠すことも許容されているらしいじゃないか」

　要するに隠れ信者のことか。そいつは知らなかった。

「表も裏もねえよ。あんなクソハゲをあがめ奉（たてまつ）るなんぞ絶対にねえ」

「そんなに嫌いなら何故（なぜ）持っていた？　捨てるなり売るなりすれば良かっただろう」

「それが出来れば苦労しねえよ！」

「呪いのアイテムだとでも言うつもりか？　そんなまじないは一切かかっていない。この水晶玉を持っていたのは間違いなくお前自身の意志だ。こいつを奪うために、ヴァネッサを殺した。そうだろ？」

「やってねえもんはやってねえんだよ！」

　つかみかかろうとしたところでまた取り押さえられた。上半身をテーブルに押しつけられ、両腕を二人がかりでつかまれる。

「本命はこっちだったか」

ヴィンセントは服の乱れを整えながら意外そうにつぶやいた。

「連れていけ。叩けば色々と余罪も出そうだ」

手を叩くと『聖護隊』の連中が俺を引きずっていく。遠ざかっていくヴィンセントを見つめながら俺は力なく笑った。

いくらアルウィンを守るためとはいえ、事もあろうに、自分から太陽神の信者でございい、と名乗る羽目になるとは、な。もちろん、ヴィンセントが語った『ソル・マグニ』のうんちくなど先刻承知だ。

普通に白状したとしてもあのヴィンセントは納得しないだろう。だから否定してやった。否定すればするほどその奥に何かがあると探りたくなる。頭のいいやつほどそうだ。うまく引っかかってくれたお陰でアルウィンの名誉は守れたが、代わりに俺はクソまみれだ。いや、そっちの方がまだマシだ。

なあヴァネッサ。もしかして、これがお前さんの復讐か？

だとしたらよく思いついたな。これ結構きついわ。

この後はお決まりの拷問タイムだ。狭っ苦しい部屋に放り込まれたと思ったら四人がかりで殴られ蹴られ引っ張られ、投げられ、踏みつけられ、首を絞められたり、木の棒やムチでも叩かれた。呪いを掛けられた後でも、頑丈さにだけは自信がある。退屈なのでうとうとしかけたら水ぶっかけられて、でかい声で怒鳴られたり、壁に顔こすりつけられたりと散々だ。泣いちゃいそう。

夜中になっても俺が白状しないので、四人の方がお疲れのようだ。地下の牢屋に放り込まれた。小便とクソの臭いがする石牢でうつ伏せに倒れていると、足音がした。

ヴィンセントかとも思ったが、やってきたのはちょびひげだ。

「よう、大丈夫か」

俺は顔だけ向けて言った。

「もうダメ。マシュー感じ過ぎちゃう。限界。イっちゃう」

「元気そうだな」

ちょびひげが俺の近くに来ると、鉄格子を挟んでしゃがみ込む。

「何の用だよ。悪徳役人」

「そう言うなよ。わざわざお前のために来てやったんだ。ほれ、晩餐だ」

小さな取り出し口からパンと水の載ったトレイを牢の中に入れる。

「毒とか入ってねえよな」

「多分な。入っていたら諦めろ」

親切だね。その調子で毒味役でも務めてくれたらいいのに。

「俺に何の用だ。出してくれるのか？」

「そいつはムリだ。カーライル卿はお前を処刑台に送ると息巻いている。下手にかばえば俺まで巻き添えになる」

　とん、と自分の首に手を当てる。

「恐ろしいな、おい」

「ああ、みんなびびっちまっているよ。特に出向組はな」

　この街の衛兵は多かれ少なかれ裏社会の組織や金持ちから賄賂を貰って、犯罪を見逃し、役得にあずかっている。そいつらにとってはヴィンセントの方針は既得権益への介入だ。小麦粉に砂ぶちまけるのと変わりはしない。

「こちらの懐は寒くなる一方だってのに、テメエは『更生院』とかいうわけの分からねえもんをこさえようとしてやがる。そんなもんで、あいつらがまともになると思うか？」

　冷やかすような口調で言ってから笑い出す。俺は笑わなかった。

「だからお前も諦めろ、と言いたいところだが……」

　ちょびひげは意味ありげに笑った。

「事と次第によっては、伝言くらいは聞いてやる。お前次第だ」

　そこで俺は思い当たった。

「明日の『毒蜘蛛広場』か？」

「ああ」

「何試合目？」

「ラストの大一番」

「だったら『ミスターワイズ』だ。実力は『オーガスト』の方が上だが、今度の試合では障害物があるから。ジャンプ力があって対応力のある『ミスターワイズ』に分がある」

どちらも闘鶏バクチで戦うニワトリの名前だ。強いニワトリを見抜くのは得意なので、たまに予想屋のマネゴトもしている。

「間違いないな」

「もち」

ちょびひげは顔こそいかめしいが、中身はギャンブル狂いだ。給金の大半を闘鶏やサイコロ賭博なんかにつぎ込む。いい年をして下っ端なのはそのためだ。街の地理に詳しいのも、あちこちで開かれる賭場通いのたまものだ。

ちなみに色黒は大食いだ。あちこちの商店から用心棒代と称して食い物を無償提供させている。ちょっとした菓子や酒のつまみ程度だから今までは見過ごされていた。

「伝えるのは、あのドワーフでいいのか？」

「いや、おちび……エイプリルに頼む」

デズはいい奴だが、知恵は回らない。俺を助けようとする方法なんぞ、ここを瓦礫の山にするくらいだろう。エイプリルなら間違いなくじーじに泣きつく。ギルドマスターのじいさまなら俺を釈放するよう働きかけるくらいの権力はあるはずだ。あのじいさまに借りを作るのは癪(しゃく)だがこの際、背に腹は代えられない。

「姫騎士様はいいのか？」

「怒られるからやだ」

言えばすぐにでも飛んできてくれそうな気はするが、今は『迷宮』の中だしヴィンセントに近づけるのは危険だ。クソまみれになった意味がない。

「『優しいマシューお兄ちゃんが悪い人たちに捕まっているから助けに来て』って」

「一言一句間違えずに伝えてやるよ」

ちょびひげはそう言い残すと、待ちきれないって足取りで階段を上がっていった。わざわざこのために来るとは、脳みそまで闘鶏バクチでいっぱいのようだ。

あんなのがいるようじゃあ、やはり『聖護隊(せいごたい)』が腐るのも時間の問題だな。いや、もうとっくに腐っているか。あの守護騎士様がそれに気づいているかどうかはともかく。

翌日も朝から晩まで取り調べだの拷問だのと大はしゃぎだ。暇人どもめ。

更に次の日の朝、日が昇ってしばらくしたところで、ぞろぞろと現れて地下牢(ろう)から俺を引っ張り出す。連れてこられたのは、昨日一昨日と殴る蹴るのパーティが開かれたお遊戯会場だ。

ただ今日はヴィンセントもいた。参加する気満々らしく、棍棒も握っている。

「白状する気になったか？」

「……二年と半年だ」

ヴィンセントの問いかけに、手枷ごと手の甲で顔を拭いながら答える。

「何だと？」

「俺とヴァネッサが知り合ってからの時間だよ。口を開けばヴァネッサヴァネッサと妹大好きなお兄ちゃんを演じているが、その間にお前さんからは手紙一通来ていない。彼女の死についてもそうだ。冒険者ギルドから連絡があったはずだ。葬式に間に合わなかったのはともかく、ギルドにも連絡一つよこさなかった」

「お前には関係ない」

「もう一つある。アマンダってばあさんは知っているな」

「……ヴァネッサの使用人か」

彼女の家に住み込みで働いていたが、今は孫の家で世話になっている。一度様子を見に行ったが、「自分さえ出掛けなければヴァネッサさんは死なずに済んだのに」と涙ながらに漏らしていた。

「ヴァネッサの件で気落ちしていたところに、兄貴と名乗る男がやってきて、まるでばあさんが人殺しみたいに責め立てたってな。かわいそうに。ショックで今も寝込んでいるってよ。アンタにはあの腰の曲がった、ちびっちゃいばあさんが妹を絞め殺したように見えたのか？」

「今日は『減らず口（ワイズクラック）』も絶好調だな」

ヴィンセントは鼻で笑った。

「それも太陽神の教義か？」

「答えはこれだよ」

俺はアホ面の前で中指をおっ立てる。

「くたばりやがれ、クソッタレのシスター・ファッカー」

「……残念だよ、マシュー」

握られた棍棒（こんぼう）がみしりと音を立てる。

「お前と飲みに行く機会は永久になさそうだ」

ヴィンセントはヒビの入った棍棒（こんぼう）を投げ捨て。代わりにゴテゴテと紋様の付いた紙を俺に突きつける。

「『聖護隊（せいごたい）』には犯罪者を処刑する権限も許されている。喜べ。お前が栄えある死刑第一号だ」

全然嬉（うれ）しくねえよ。

「罪状は？　お前さんが妹好きの変態だってバラしちまったからか？」

「強盗殺人に放火。これだけでも死刑には十分だ」

動機は太陽神の信者が『神器』を手に入れるためか。泣きてえよ。

「証拠は？」

「現場付近でお前らしき人間を見たという者がいる。アリバイもない。それに、睡眠薬を飲ませれば力のないお前でも締め殺せる」

「そんなあやふやな証拠で死刑ってか。他人の命だと思って適当な仕事しやがって」

「連れていけ」

ヴィンセントの合図で部下どもが俺の両脇を抱える。

「処刑は二日後だ。それまで牢屋で太陽神に祈るといい」

強引に立たされ、引っ張られていく。二日後か。せめて明るい日の下で処刑してくれるならまだチャンスはあるんだが。

エイプリルからの連絡はまだない。もしかしたら、じいさまに反対されたのかもしれない。一年前の誘拐事件の時もそうだった。娼婦の親子を一度は見捨てたのだから、ロクデナシのヒモ男くらい簡単に切り捨てるだろう。

となれば残るはデズだけか。すでにエイプリルから事情は聞いているはずだ。あいつなら『聖護隊』など屁でもない。だが、力ずくで犯罪者を脱獄させたとなればデズも犯罪者になっちまう。曲がりなりにも女房子供と平穏な生活を築いているあいつをお尋ね者にしたくない。頼むからおとなしくしていてくれよ。

頭を抱えていた、その時だ。

「たのもう！」

建物の外から大きな声が聞こえた。『聖護隊（せいごたい）』の連中が目を泳がせながら明かり取りの窓の方を見る。

「たのもう！」

もう一度声がした。最初は幻聴かと思ったが、間違いない。こんな大声で案内を請（こ）う姫騎士様は一人しかいない。

しばらくして建物の中が騒がしくなる。足音や制止の声がだんだんと近づいてくる。

「何事だ？　何が起こっている」

様子を見に、部下たちが慌てて飛び出していく。扉を開けて駆け出していったものの、すぐに背中から転げるように戻ってきた。

「失礼する」

そいつらの横をすり抜け、高らかに足音をさせながら彼女はやってきた。

「私のヒモを引き取りに来た」

しかし、どうしてここに？　『迷宮』から戻るのはまだ先のはずだ。

「ご足労いただいて申し訳ありませんが、ここはあなたのような方が来るところではありません。お引き取りを」

突然の闖入（ちんにゅう）者にもかかわらず、ヴィンセントは平然と退去をこいねがう。

アルウィンは反論しなかった。大股でその横をすり抜けると、俺の頭に懐(ふところ)から取り出した白い布を当てる。

「大丈夫か？　おっつけセラフィナもやってくる。それまで耐えられるな」

「どうして、ここに？」

「決まっている。お前を連れて帰るためだ」

アルウィンは後ずさると、剣を抜き、俺の手枷(てかせ)をぶった切った。

「出るぞ」

「あ、ああ」

アルウィンに手を引かれ、ふらつきながら立ち上がる。

「お待ちください」

そこに立ちはだかったのは当然、ヴィンセントだ。

「ここはレイフィール王国です。他国の、しかも国を失ったあなたには何の権限もない」

アルウィンはポケットから白い紙を取り出し、ヴィンセントの目の前に広げた。

「ギルドで借りてきた。『仮初めの太陽(テンポラリー・サン)』とやらの下げ渡し証明書だ」

鑑定品の下げ渡しの際に記録した書類だ。ヴィンセントの顔がゆがむ。俺の位置からは見えないが、証明書ならば当然受け取ったヴァネッサの名前も入っているはずだ。

「特徴や効果について色々書いてあるが、太陽神の紋章などどこにも書いていない。つまり、ヴァネッサに下げ渡された時点で、紋章などなかった」

「それが何か？」

「だとしたら、この紋章はいつ浮かび上がった？　マシューが手にする前だと証明できないのであれば、太陽神の紋章付き目当てに殺したという貴殿の推理は的外れになる。何より、紋章の有無は問題ではない」

　ヴィンセントの顔が不快感に染まる。推理をぶち壊されたのもそうだが、取り調べの情報が外部に漏れているのが腹立たしいのだろう。

　続けてアルウィンが取り出したのは、小さな冊子だ。

「兄君に説明するまでもないだろうが、彼女は几帳面（きちょうめん）な性格だった。以前、鑑定品の盗難騒ぎがあったらしくてな、鑑定品についても細かく記録を取っていたようだ。ここに記録も残してある。『マシューへのお礼』と」

「ですが」

「この字は間違いなく。ヴァネッサ本人のものだそうだ。疑念があるのなら後で冒険者ギルドに確かめてみればいい」

　つまり、『仮初めの太陽（テンポラリー・サン）』は間違いなく、ヴァネッサの意志で俺にプレゼントされたものだ。太陽神の紋章など関係なしに。手渡す前であろうと後であろうと、太陽神の紋章では俺が殺す理由にはならない。

「ついでに言えば、この男の釈放手続きも終わらせた。だから先程こう言った。『引き取りに来た』と」

「……」

完膚なきまでに論破されて、ヴィンセントは額に手を当てる。ぐうの音も出ないのかと思ったが、目は死んでいない。

「それともう一つ言っておく」

アルウィンは書類をしまうと、高らかに宣言した。

「マクタロード王国は滅びてなどいない。必ずあの土地に帰る。必ずだ」

「……」

「用件は済んだかな。では失礼する」

「アルウィン嬢」

廊下に出て数歩進んだところでヴィンセントが後ろから声を掛けてきた。相手をする必要はない。放っておこう、と俺が言いかけたところで次の言葉が飛んできた。

「一年ほど前からあなたは『夜光蝶通り』に通っておられるようですね」

アルウィンの足が止まる。『夜光蝶通り』はこの街の歓楽街だ。娼館が立ち並ぶほか、『クスリ』の取引も後を絶たない。

確かに一年と少し前、彼女はその近くにいた。

「もちろん、違法でもなんでもありません。あなたがどこの男と寝ようと買おうと自由だ。そのヒモ男のようにね」

「……」

「よく行っていたのは確か『紅い棺』の、いや、あそこに男娼はいませんね。なら、何か別の用件でもありましたか？」

「あいにくだが」

アルウィンはゆっくりと振り返ると、気のない口調で言った。

「貴殿が何を言っているのかまったく理解できない」

「そうでしたか、それは失礼」

ヴィンセントは慇懃無礼に頭を下げる。

「またお会いするのを楽しみにしていますよ」

アルウィンは返事をせずに歩き出した。俺の手を取り、誰もいない廊下を先導する。二人の足音が響く中、俺は彼女の震える手をぎゅっと握り返した。

「災難だったな、マシュー」

外に出たところでようやくアルウィンが口を開いた。

「戻るのはもっと先だったはずだけど」

「『迷宮』の中で野営していたところに伝令が来てな。それで引き返してきた」

冒険者ギルドでは、いざという時のために『迷宮』内の冒険者に知らせる伝令役がいる。ちょびひげから事情を聞いたエイプリルがじいさまに泣きついた。で、じいさまは俺の始末をアルウィンに押しつけるべく『迷宮』から呼び戻した。そんなところだろう。

「あの『聖護隊（せいごたい）』の者からあらましは聞いた。『ロクデナシのヒモ男がへまやらかして牢屋にぶち込まれたら泣きながら命乞いをしてきた』だそうだ」

三文字くらいは合っているかな。

「こんなものを持っているとは初耳だな」

いつの間にか取り返してきたらしい。アルウィンが『仮初めの太陽（テンポラリー・サン）』を手渡してくれた。

「お前は太陽神を毛嫌いしていたはずだが」

「今もだよ」

名前も聞きたくない。

「けれど、今となってはこいつが形見になっちまったからな。捨てるに捨てられないんだ」

「そうか」

寂しそうに微笑（ほほえ）む。

「それより、あのヴィンセントってクソ野郎のことだけれど」

「ああ」

アルウィンが目を伏せる。

「おおかた犯罪組織を調べている時に耳にしたのだろう。気にするな。証拠などない。しらを切り通せば済む話だ」

だったらそんな風におびえた目をしないでくれよ。強がっているようにしか見えないじゃないか。

「いざというときには、お前に迷惑は掛けない」

「いや待って、それは……」

「それにしてもひどいケガだな」

アルウィンはこの話は終わりとばかりに強引に話を切り替える。

新しい布を取り出して、俺の顔に付いた血や汚れを拭き取る。

「痛いよ」

「我慢しろ」

そこでアルウィンは哀れむような顔をする。

「悔しいだろうが、今は耐えろ。いつか疑いも晴れる日が来る」

違うんだよ、アルウィン。

俺が殴られたのは自業自得だ。場合によっては、笑って許してやってもいい。

けれど絶対に譲れないものもある。そこに指先一つでも触れたら、あとは殺すか殺されるか、だ。たとえ脅しのつもりだろうと、この子に害をなす奴は俺の敵だ。

悪いな、ヴァネッサ。

お前の兄ちゃんにもそっちに行ってもらうことになりそうだ。

翌日、アルウィンたち『戦女神の盾(イージス)』は再び『千年白夜(せんねんびゃくや)』へと旅立っていった。アルウィンは気がかりって顔をしていたが、俺は半ば強引に送り出した。ただでさえ攻略が遅れているのに、俺のせいで余計な手間を取らせたくない。ほかの連中にも恨まれる。

それに、彼女がいたらヴィンセントの首を取るのもやりにくい。

とはいえ相手は王国の騎士様だ。場末のチンピラとは訳が違う。

普通に殺せば『聖護隊(せいごたい)』はメンツにかけて犯人を捕まえようとするだろう。できれば事故に見せかけたい。そのためにもあいつの動向を把握する必要がある。

まず住宅は『聖護隊(せいごたい)』本部近くの寮だし、仕事はたいてい本部の中だ。

たまに巡回や捕り物のために外に出るが、当然部下が侍(はべ)っている。

夕方になって仕事が終わると、飲みに出る。人気のない道を一人で進み、二杯飲んでから寮に戻る。判で押したような生活を見ていると否(いや)が応でも理解できる。

こいつはワナだ。

アルウィンを揺さぶれば、俺が動き出すと踏んだのだろう。それであんな寝言をほざきやがったのだ。ほかに人の気配はないが、勝算はあるのだろう。俺がのこのこ顔を出したところで返り討ちって寸法か。姑息（こそく）なマネを。

ワナと悟った以上は尾行も中断すべきと思ったが、この日はいつもと違った。黄昏（たそがれ）時になってから外へ出るといつもとは違うルートを進み出した。毎回同じではまずいと悟ってコースを変えたか、何かの気まぐれか。慎重に後を付けてみると、見慣れた道に出た。ここは、ヴァネッサの家へ向かうルートだ。

日も暮れて街が闇に覆われた頃、ヴィンセントがやってきたのは予想通り、ヴァネッサの家だ。もっとも、建物は火事で焼け落ちて、焦げた基礎や柱や壁の痕跡が瓦礫（がれき）となって残っている。ウワサではもう少しで瓦礫（がれき）の撤去と新しい家の建築が始まるという。妹の思い出でも探りに来たというところか。焼け跡に入ると、数歩歩いてからしゃがみ込み、炭となった家具の破片を拾う。角度から顔は見えないが、感傷に浸っているのだろう。

今なら殺せるか、と思ったところで方々から足跡が集まってくるのが聞こえた。

やはりワナか、と身を隠しながら身構えると、路地のあちこちから刃物を持った連中が現れた。十人はいるだろう。服装はまちまちだが、いずれも顔に覆面をして、問答無用でヴィンセントに襲いかかる。

ヴィンセントは不意を突かれて動揺はしているようだが、恐怖した様子はなかった。腰に付けた剣を抜き、囲まれる前に背を向けて逃げ出そうとする。

「待て！」

覆面の一人が追いかける。喚（わめ）いた口調は無頼漢のそれではなかった。駆ける足取りも軍馬のように力強い。人数を生かしてヴィンセントの行く手を阻（はば）む。一度足が止まれば、すぐに追いつける。ヴィンセントを取り囲むのに成功した。

「何者だ？　物取りか？　それとも、どこかの組織の手の者か」

誰何（すいか）の声を張り上げながらヴィンセントが目線をせわしなく動かす。声を出して相手を牽制（けんせい）しながら生き残る術を探っていようだ。大声を出したのも誰かが気づいてくれるかと願ってのことだろう。だが、この街で厄介事に自分から首を突っ込むようなお人好（ひとよ）しはごくわずかだ。事実、すぐに近くに何軒か家はあるが、出てくる気配はない。まだ夜になったばかりで寝静まる時間帯ではないというのに。

暗殺者とは思えない雄叫（おたけ）びを上げて覆面の一人が剣を振り上げる。ヴィンセントは慣れた手つきで剣を受け流すと、勢いを利用して、その手首に切りつける。鮮血とともに手首がぽろりと落ちる。悲鳴を上げ、地面を転がってもだえ苦しむ。一人を戦闘不能にしたのもつかの間、すぐに二人目と三人目がほぼ同時に襲いかかってきた。ヴィンセントは剣を振り回し、突破口を見いだそうとするが、覆面どもの動きは迷いがなく、正確だった。一人が傷つくとすぐに後退し、新たな攻め手がヴィンセントに斬りかかった。

ヴィンセントが懸命に抵抗しているようだが、足場も悪い。斬られた二の腕から出血すると、みるみるうちに動きが悪くなった。これはもうダメだろう。そこいらのチンピラではなく、どこかの組織の暗殺者、あるいは訓練を受けた人間の動きだ。

このままでは、妹が死んだ場所で命を落とす事になりそうだ。あのシスター・ファッカーなら喜んでイっちまうだろう。俺が手を下すまでもない。手間が省けた。

あばよ。俺の方こそお前さんと飲む機会がなくなって残念だったぜ。

立ち去ろうとした時、俺はまた自分の手を見つめていることに気づいた。

「……」

俺の決意は変わらない。必要なら何度だってヴァネッサの首を絞めるだろう。

罪滅ぼしなど柄ではない。ヴィンセントはお高く止まっていけ好かない奴だ。いなくなるなら大歓迎。俺にとっても、アルウィンのためにも死んでくれた方が好都合だ。

けれど、このやりとりとタイミングで死なれるのはちょいとまずいかもしれない。自分たちに疑いの目を向けているヴィンセントがいきなり死んだらアルウィンはどう思うだろう？　今までのような、アルウィンに知られることなく処理してきたケースとはわけが違う。いくらお姫様育ちでも不都合な人間が都合良く消えていく事実に違和感を抱きはしないだろうか。

それだけではない。どこの誰かは知らないが、暗殺者たちは事故死に見せかけるつもりはないようだ。俺とヴィンセントの揉め事は『聖護隊』の連中なら誰もが知っている。今度はヴィンセント殺しの容疑者として逮捕されかねない。それに今、ヴィンセントが死ねば、仮運用中の『更生院』とやらも白紙になる。今後のためにも希望の芽はなるべく残しておいた方がいい。

だからこいつはただの損得勘定だ。ヴァネッサへの借り、アルウィンに俺の秘密を知られる可能性、俺の身の安全、『更生院』や治療法、天秤(てんびん)がほんのわずかに傾いただけだ。

「こっちだこっち！　カーライル卿(きょう)が危ない！」

俺は鼻をつまみながら声色を作る。得意技である、色黒のモノマネだ。

覆面どもが振り返った。突然の声に動じる様子もなく、目配せすると三人ほどこちらに向かってきた。俺のモノマネが通じないだと？　慌てている間に物陰にいた俺の方に近づいてくる。こりゃまずい。

俺は背を向けて走り出す。二回ほど角を曲がり、路上で寝込んでいる酔っぱらいを飛び越え、ヴィンセントたちから死角になったのを確かめながら懐(ふところ)から半透明の球を取り出す。

「『照　射(イラディエーション)』」

俺の声と同時に『仮初めの太陽(テンポラリー・サン)』がまばゆい輝きを放つ。

三人の覆面は一瞬ひるんだ様子を見せるも覆面どもはすぐに目を伏せながら俺に向かってきた。バカが。

当然、瞬殺だ。拳で顔面を陥没させ、剣をかわしながら伸ばした腕で喉を握りつぶす。動きの止まった最後の奴(やつ)の頭をつかみ、壁にめり込ませる。

動かなくなったのを確かめたところで、懐(ふところ)を探る。すると見慣れたものを見つけた。呼び笛だ。俺は服で拭ってからそいつを鳴らした。

短く、連続で吹くのは、衛兵が応援を呼ぶときの合図だ。

不意に騒がしい音がした。戻ってみれば、覆面どもが駆け足で去っていくところだった。ヴィンセントは呆然とその背中を見送ったあとで膝を突く。呼吸も荒い。

「よう、久しぶり」

俺は後片付けをしてから声をかける。ヴィンセントは反射的に立ち上がろうとしたものの、途中で顔をしかめ、また同じ体勢を取る。

「無理すんなよ。そのうち巡回の衛兵も来るだろうからそいつに助けてもらえばいい」

「今の声と笛はお前か？」

「さあね」

正直に言うとまた面倒になる。俺は奥ゆかしい男だからな。助けてやった恩などいちいちふりかざさない。

「俺を殺しに来たんじゃないのか？」

「まさか」

俺は肩をすくめた。

「お前さん方にやられた傷がまだうずいてね。なかなか寝られやしないからこうして夜のお散歩中だよ」

「信用なるか」

「する、しないはお前さんの勝手だ。ただ、こうして出会ったのも何かの縁だ。お前さんに忠告ってものをしておこうと思ってね。本当なら結構な代金をいただくところだが、払いは気にするな。アンタの妹からもういただいている」

奪ったのも一つで助けたのも一つ。あとは借金さえチャラにすれば俺の気がかりはなくなる。

「忠告だと？」

二つある、とまず一本目の指を立てる。

「一つは今しがたの襲撃の件だ。あれ、お前さんの『お仲間』の仕業だろう？」

動きも訓練を受けた人間のそれだ。色黒のモノマネとてさすがに身内相手では効果も薄い。声を聞いてすぐにニセモノと判断したから迷いなく俺を殺そうと向かってきたのだ。

「心当たりはあるかい？　ま、どうせ裏社会の連中からお小遣いもらっている連中のお仕事だろうけどな」

「……そんなものはない」

ヴィンセントは気まずそうに目をそらした。返事とは裏腹に、目には記憶の底をさらおうと、懸命に組み立てている。

「……それともう一つ」

俺は二本目の指を立てた。

「アンタ、復讐(ふくしゅう)のためにこの街に来たと言ったな。あれ、ウソだろう」

「何だと？」

　ヴィンセントが声を荒らげる。

「アンタが正式に騎士として取り立てられたのが十九歳、つまりヴァネッサは十七歳だ。その時、お前さん方兄妹（きょうだい）にはとんでもない災いが振りかかった」

　家業の失敗と没落、そして父親の破滅だ。美術商だったヴィンセントの父親は失意から『クスリ』に手を染めてしまい、素行も思考もおかしくなっていった。ヴィンセントは養子先にいたし、母親も没落がきっかけで寝込みがちになってしまった。そのためヴァネッサは、父親とほとんど一人で立ち向かわなくてはならなかった。

「ヴァネッサはお前さんに手紙を送ったそうだが、返事はなし。それ以来、ロクに手紙もよこさなかったそうだな。もちろん、理由は騎士叙勲だ。これから誇りある騎士になろうとしているのに、実の父親が『クスリ』に溺れたなんて、知られたくないもんな」

「黙れ」

「気持ちは分かるよ。これから出世の糸口をつかもうってときに、折り合いの悪い父親に足を引っ張られたくない」

　だから妹の頼みを無視した。実の父親もろともに切り捨てたのだ。結局、父親は『クスリ』が元となって死に、ヴァネッサは借金返済のために、バカと荒くれの巣窟（そうくつ）である冒険者ギルドへ就職した。

「万事めでたし、と言いたいところだがお前さんの良心はそれを許さなかった。ヴァネッサへの負い目が残った」

やむを得ない理由とはいえ、一度は妹を見捨てたのだ。その負い目はヴィンセントの心でくすぶり続けた。会って謝ろうにも距離は離れすぎていたし、ヴィンセントも忙しさもあってか連絡一つ取れずに放ったらかしにしていた。会おうとはしなかった。

「その間にもヴァネッサは仕事熱心な一方で、変な男とばかり付き合っていた。オスカーなんて『クスリ』の売人や、スターリングなんてへぼ絵描きと付き合っていたのも、お前さんが側にいなかったからだろうな。少なくともお前さんはそう考えている」

あんなクズやゴミどもとばかり付き合っていたのも半分は父親と兄の影響だろう。もう半分は本人の好みだろうけど。

「けれどこの前、ヴァネッサが死んだ。それで謝る機会を永久に失ってしまった」

もしかしたら、あのとき戻っていたら、父親も適切な治療を受けられたかもしれない。店も手放さず、ヴァネッサが婿を取って継いでいたかもしれない。借金抱えて冒険者ギルドに就職などせず平穏無事に、今もこの街で暮らしていたかもしれない。「だろう」や「しれない」は、いつしか「だった」や「はずなのに」と変化していく。仮定は失った未来となってヴィンセントの心を縛り付ける。

ヴァネッサもそうだった。娼婦（しょうふ）にまで身を落とした挙げ句に行方不明になったポリーに対して、負い目を抱き続けた。妙なところでこの兄妹（きょうだい）はよく似ている。

「もういい」

「罪の意識は日に日に膨れ上がる。そこへやってきたのが『聖護隊（せいごたい）』の話だ。せめて妹の住んでいた街のために何かしよう、と罪滅ぼしのためにこの街へやってきた。そうだろう？」

「貴様に何が分かる！」

喚（わめ）きながら俺の胸倉をつかんで引き寄せる。

「聞いた風なことをべらべらと！　何を証拠に……」

「お前さんの目には怒りはあっても熱意がなさすぎる」

冷静だからじゃない。はなっから興味もないのだ。

「敵討ちにしてもただ、罪悪感から逃れるためにやっている振りがしたいだけなんだよ。だから管理記録もわざと見逃した。そうだろ？　お姫様育ちのアルウィンですら見つけられたような証拠を普通は見逃すわけねえもんなあ！」

貴重品の管理記録なんて普通は、真っ先に目をつけるはずだ。俺に目星をつけたのも、一番怪しくて『犯人役』に手頃だったからだろう。真実を突き止めたからではない。動機にしたって、俺の反応が一番良かったのを選んだだけだ。

ヴィンセントは、最初から真実など求めていなかった。望んでいたのは、妹からの『許し』だけだ。許されたいだけだ。

「罪悪感で仕事するなよ。ロクなもんにならねえぞ」

「黙れ！」

激高した様子で俺の頬を殴った。瓦礫と燃え残りの上にひっくり返ったところにヴィンセントが馬乗りになる。片手で俺の首に手をかけ、反対の手を何度も振り上げる。

「お前が殺したんだ！　お前がヴァネッサを殺したんだろう！」

仰向けに転がった俺の視界をヴィンセントの顔と拳が覆い尽くす。端正な顔が崩れて見る影もない。泣いているようにも怒っているようにも見える。ふと、俺はあの時どんな顔をしていたのだろうかと思った。ヴァネッサは、どんな顔の俺を見ながら逝ったのか。

「お前さんがそう思いたいのならそうすりゃいい。けれど、俺を処刑台に送ったところで罪悪感はなくならねえよ。そいつはお前さん自身の問題だ」

「黙れと言っているだろうが！」

「俺なんぞに関わるより墓参りの一つでもした方がいいんじゃねえのか？　まだ行ってねえんだろ」

拳が俺の眼前で止まる。

「何故、知っている？」

「今朝行ってきたが、前と何も変わってなかったからな。少なくともお前さんらしき手向けは何もなかった」

場所を聞いたくらいだから行くつもりはあったのだろうが、その勇気が出ないってところか。弱虫さんめ。

ヴィンセントから力が抜けた。その隙に体の下から滑り抜ける。

「まずは、お前さんの中のヴァネッサや父親と真正面から向かい合うんだな。復讐だなんだはそれからでも遅くはない」

ゆっくりと立ち上がり、ホコリを払う。ヴィンセントはもう殴りかかっては来なかった。

「これで忠告は終わりだ。じゃあ借金も帳消しってことで」

背を向けて歩き出す。

「どこへ行く？」

「帰るんだよ」

せっかく回復魔法で治してもらったばかりなのに、もう腫れ上がるまで殴られちまった。これ以上、アルウィンに心配をかけたくない。

「じゃあな。夜遊びもほどほどにしとけよ」

手を振ってその場を立ち去った。

「ここにいたのか」

数日後、昼間から『夜光蝶通り』を歩いていると、声を掛けられた。ヴィンセントだ。

「お前の仕業だな」

「何の話？」

「この前、俺が襲われた件は覚えているな」

「俺がお前さんにぶん殴られた件ね」

親切丁寧に訂正してやったが、ヴィンセントは礼すら言わなかった。

「あの襲撃に加担していた者たちを逮捕した」

犯人はやはり『聖護隊（せいごたい）』内部の人間だった。出向組には衛兵だけでなく、この街の領主に仕えている騎士もいた。そいつらは全員、ヴィンセントをはじめ王国騎士の部下という位置づけになっている。

いくら主人の身分に差があるからといって、よそ者がやってきて自分たちの領分を犯した挙げ句に部下にされたのだ。腹が立つのも無理はない。おまけに今までのように商人ややくざ者から賄賂や女を要求するのも難しくなってきた。いくらクズでもチンケなプライドと金、両方が侵害されれば仕返ししてやりたくなるものだ。

「襲撃に参加した者たちの中に、俺が切った者以外に三名が死亡している。いずれも人間離れした怪力で殺されていた」

死体を見たのだろう。ヴィンセントの顔に恐怖がよぎった。

「それで、どうして俺が犯人になるわけ？　俺がへなちょこなのは、知っているだろう？」

「取り調べによれば、死亡したその三人は、襲撃の時に怪しい声を追いかけていった者たちだ。その後に呼び笛が鳴り、お前が現れた。偶然にしては出来すぎている」

そこでヴィンセントは俺の二の腕をつかむ。

「この体格であれだけの非力というのは、普通はあり得ない。ケガをしているというが、お前の動きにはどこにも異常は見られない。つまり、お前は自分の怪力を隠している」

「チンピラどもにぶん殴られてカツアゲされてまで？」

「アルウィン嬢のために、ならあり得るんじゃないのか」

俺は鼻で笑った。

「俺がこの街に来たのはアルウィンよりずっと前だよ。その頃からしょっちゅう殴られたり金もふんだくられていた。ウソだと思うならそこらのチンピラ締め上げて聞いてみてくれよ」

「仲間が……」

「どこの誰だよ。言っておくが、あの日アルウィンたちは『迷宮』だし、デズも冒険者ギルドの夜勤だった。そんな奴（やつ）はいやしねえよ」

ヴィンセントは押し黙った。俺の一挙手一投足に注目し、俺の言葉に偽りがないか探っているようだ。しつこいな。

「大体、そいつらもお前さんを殺そうとした連中だろ。どうして犯人捜しをしてやる必要がある。お人好（ひとよ）しにも程があるんじゃないか？」

「それが秩序というものだ」

「ご立派」

俺には理解できないね。俺は腕を振り払った。存外すんなりとヴィンセントの手は離れた。

「もういいかな。俺は今から行くところあるんだけど」

「おい、まだ話は……ん？」

ヴィンセントはふと路地の方を向いた。

「おい、アルウィン嬢はまだ『迷宮』の中にいるはずだな」

「そうだよ。夕方には帰る予定だけど」

視線の先には、長い赤毛の女性が背を向けて歩いている。

俺が声を掛けるより早くヴィンセントは駆け出した。

「待っていただこうか」

ヴィンセントがどこか勝ち誇った口調で呼びかける。彼女は振り返った。

「え？」

間の抜けた声が上がる。髪型も服装も似通っているが、間違いなく別人だった。美人で通る顔だが、アルウィンとは似ても似つかない。

ヴィンセントは虚を突かれたものの、すぐに咳払いして気を取り直したようだ。『聖護隊』の騎士様の顔つきに戻っている。

「何者だ？　何故、『深紅の姫騎士』の格好をしている？　偶然ではあるまい」

「ああこれ。お店の格好なの？」

綿菓子のように甘ったるい口調で答えた。

「ほら、姫騎士様って人気あるから。でも本人には手が届かないでしょ。だからこういう格好するとお客さんにウケるのよね」

カツラを外すと、短く切りそろえた黒髪が現れる。

「本当はこの格好で外で出ちゃいけないって言われているんだけど、お客さんが忘れ物しちゃってあわてて出てきたの」

「……それはいつからだ？」

「うーんと、一年と少し前くらいかな。ほら、前に姫騎士様が誘拐騒ぎを解決したでしょ？その辺りからかな。あ、良かったらお兄さんも遊びに来て。うちの店、少し先なんだ。『紅い棺』って娼館の隣なの」

ヴィンセントは失望した顔でもう行っていいぞ、と言った。アルウィンの格好をした女が路地に消えていくのを見届けてから振り返った。

「お前は、知っていたのか？」

「本人には内緒で頼むよ」

俺はうんざりした口調で言った。

「あそこの娼館(しょうかん)では、『君の格好した娼婦(しょうふ)が男の上で腰振っているんだ』なんて知ったら、血の雨が降るよ、マジで」

「辞めさせようとは思わなかったのか？」

「言ったよ。そしたら『その分売り上げが下がるから金払え』だって。やってらんないね」

「そうか」ヴィンセントはひどく疲れた顔で首を振る。

「お前の言うとおりだな。ロクなものにならない。いや、今度アルウィン嬢には改めて謝罪しよう。すまなかった」

どうやら上手(うま)くいったようだ。

もちろん、さっきのお姉さんは俺の仕込みだ。ヴィンセントが巡回するタイミングに合わせてここを歩くようにあらかじめ打ち合わせしておいたのだ。あの格好で商売をしているというのも前から知っていた。不名誉極まりない話ではあるが、何かの役に立つかも、と生かしておいたのが功を奏したようだ。

「もう用事はいいよな、んじゃ俺は行くから。アルウィンにはちゃんと謝ってくれよ」

「待ってくれ」

「まだ何かあんの？」

若干苛(いら)つきながら振り返る。ヴィンセントは気まずそうに目をそらしながら言った。

「……ヴァネッサの墓に行ってきた」

「どうだった？」

「分からない。ただ胸のつかえが少しだけ取れた気がした」

事実、ヴィンセントの顔は憑き物でも落ちたかのようにすっきりしていた。

「墓前に改めて誓った。俺は諦めない。絶対に、ヴァネッサの敵を討つ」

「ご自由に」

厄介なのが残っちまったが、まあいい。とりあえずは生かしておくか。次はないけど。

用事も終わって、向かった先は冒険者ギルドだ。前からの予定がちょいと難航しているようなのでデズに応援を頼むところだ。

「なんだ？」

別棟の方が騒がしい。何やら冒険者諸君が建物の周りに物見高そうに集まっている。あっちは鑑定部屋のはずだが。

「何かあったの？」

とりあえず手近にいた冒険者に話しかける。

「もしかして、パツキンのイケてるねーちゃんが腰でも振ってたりする？」

「その通りだよ、ヒモ野郎」

ごつい兄ちゃんがにやりと言った。

「今度、入った鑑定士がまたいい女なんだよ。ケツもでっかくってよ。オメエんところの姫騎士様とはまた違うが、結構な美人だ」

「へえ」

美人と聞けば、気になるのが性分だ。野次馬どもの頭の上からどこだどこだ、と探していると、別棟へ入る扉が開いた。

「ほう」

背中まで届いたゆるやかな金髪に吊り目がちな青い瞳、高い鼻に厚めの唇は派手さを感じさせる造作だ。体もメリハリが利いているせいか、動くたびに首に提げた青い石の入ったペンダントが弾む。黒いジャケットの下には、膝上までしかない赤いミニワンピースだ。あれならちょいとしゃがみ込めば下着も見えちゃいそうだ。実にけしからん格好だ。両手には白い手袋をはめている。

両手には鑑定品でも入っているのか、小さな木箱を持っている。

すかさず冒険者のアホどもが卑猥な言葉を投げかけるが、どこ吹く風だ。後でね、とかそのうちに、とか適当に受け流している。アホのあしらいには慣れているようだ。あれなら問題もないだろう。

目の保養になった、と引き上げようとした瞬間、彼女と目が合った。

「ねえ」

野次馬の横をすり抜け。ちょいと低めだが、甘い声で話しかけてきた。

「もしかして、あなたがヒモさん？　名前はえーと、マーヴィンだっけ？」

「マシューね」

「そうそれ。ごめんなさいね。人の名前覚えるって苦手なのよ」

くすくすと笑う。

「もしかしてデートのお誘いかな。こう見えて忙しい身なんだが、君のためなら……」

ひょい、と肩を抱こうと伸ばした手はあっさりと空を切る。

「そうよ」

前のめりに倒れかけた俺を見下ろしながら彼女は言った。

「わたしの名前はグロリア。ちょっとあなたに頼みたいことがあるの。付き合ってくれる？　ヒモさん」

第三章　鑑定士の放逸

やってきたのは、別棟の中にある鑑定部屋だ。透明な板を挟んで俺とグロリアは向かい合って座る。

「衆人環視の前で情熱的に誘われたにしては色気のない場所だね」

ちらりと見れば、両側は見えないように木の板で仕切られている。狭っ苦しい上に、圧迫感がひどい。もっとも、これが普通なのだ。

冒険者ギルドの鑑定士は普通、三人一部屋だ。部屋の中を三等分に区切っている。

「せっかくギルドマスター直々に誘われたってのに、新入りだからって扱いひどくって。なーんか騙(だま)された気分」

一人部屋を与えられるのは、ヴァネッサのように優秀かつ実力を認められた者だけだ。

「誘われたってことは、よそのギルドでも鑑定士を?」

「そう、『ねじれた灯台(ツイステッド・ライトハウス)』から」

ここから北西にある港町だ。行ったことはないが、貿易が盛んだという。そういう街の冒険者ギルドには色々なものが持ち込まれる。当然、鑑定士の業務は膨大になる。

「どうしてこっちに？」

「お給金とかかな。倍出すって言われたから」

冒険者ギルドでも優秀な人材は引っ張りだこだ。特に鑑定士のような技能職は引き抜きもしょっちゅうだ。生前のヴァネッサも何度かよそのギルドから勧誘を受けていた。

「昨日から勤務で引き継ぎの真っ最中。な～んか、前任者さんが急死したとかで、鑑定待ちのが溜まっていてさ。昨日からてんてこ舞い」

きつそうに左手首をもんでいる。背後には木箱や小さな樽が山のように積まれている。

「そいつは大変だね」

俺は言った。

「ご同情申し上げる」

「そうよ、鑑定士って大変なんだから。なのに、冒険者ときたら戦いもしない気楽な仕事だろ、なんて言ってさ。イヤになるわ」

あごをテーブルに載せる形で突っ伏す。

「愚痴ならここよりも酒場の方がいいんじゃない？」

朝まで付き合ってもいい……あ、ダメだ。今日はアルウィンが戻ってくる日だ。

「忘れてた。実はね、ヒモさんにお願いがあるの」

グロリアが取り出したのは、古びた布切れだった。大きさは子供用のマントくらいだろう。

真ん中から半分以上が赤黒く汚れている。おそらくは血痕だ。残った部分も茶色く変色して虫食いのような穴も開いている。

「何それ？　年代物の初夜のシーツ？」

「『ベレニーの聖骸布』よ」

俺は鼻で笑った。典型的な詐欺商品じゃねぇか。


昔話によればこうだ。昔々、ある山奥の村にベレニーという貧しくも心の清らかな娘が住んでいました。両親は幼い頃に世を去り、小さな畑を耕しながらたった一人で生きていました。やがてベレニーも成長し、村の若者と結婚することになりました。そんなある日、洗濯物を取り入れていると、村の外れにまばゆいばかりの光が落ちていくのを見つけました。何事かと駆けつけると、そこには美しい青年が血を流して倒れていました。ベレニーはとっさに手にしていたシーツで青年の血を拭いてあげました。するとと青年は目を覚まし、ベレニーに礼を言うと天上へと帰って行きました。青年は神様だったのです。後に残されたベレニーはシーツを抱えて村へ戻ると、それを見た若者が激怒しました。

「その血はなんだ、お前はほかの男と交わったのか」

若者はベレニーを責め立て、そのまま村から追い出してしまったのです。

絶望したベレニーはシーツを抱えて崖から身を投げようとした時、シーツに付いた神の血が奇跡を起こしたのです。ベレニーの背中から翼が生えて、空を飛んだのです。その後も神の血が付いたシーツは奇跡を起こしました。ある時はパンとワインを生み出し、ある時は傷を癒やし、ある時は、巨大な盾となってベレニーを守りました。ベレニーは世界中を回りながらシーツの力で奇跡を起こし、人々を救いました。やがてベレニーは聖女と呼ばれるようになりました。彼女の死後、シーツは亡骸とともに墓に葬られました。シーツはいつしか『ベレニーの聖骸布』と呼ばれるようになりましたとさ。めでたしめでたし。

亡骸とともに葬られたはずの聖骸布だが、その後墓荒らしに遭って盗まれたらしい。たまに切れ端と称するものがどこかの教会に飾られたり、うさんくさい坊主が奇跡の小道具に使ったり、故買屋で雑巾のなれの果てが売られている。本物が出たという話はついぞ聞かない。

「偽物だろ？」

「年代からしてかなり古いの。それに魔力も感じるから本物でないとしても貴重なマジックアイテムかも」

俺にはただのぼろ布にしか見えないけどねえ。

「それが俺とどういう関係が？」

「これを持ち込んだ人を見つけて欲しいの」

「どういうこと？」

「これを持ち込んだ人がね、姿を消しちゃったのよ」

事の起こりは一ヶ月と少し前。とある男がこのぼろ布を持ち込んだ。『ベレニーの聖骸布』かもしれないので鑑定して欲しい、と。ところがその翌日に担当だった鑑定士が急死したため、どさくさで放置されていたらしい。引き継ぎをしたグロリアはさっそく鑑定したが、確証は得られなかった。とりあえず経過報告のために連絡しようとしたが、泊まっていた宿を既に引き払っていた。街を出た形跡はないが、居場所は行方不明のままだ。

「とんずらしちまったのならもうそいつはいらねえってことだろ。ギルドのものにしちまえばいいんじゃねえの？」

「そうもいかないの」

冒険者ギルドの規則では、処分するには連絡が付かなくなってから半年経過するか『依頼人のサイン』が必要なのだそうだ。昔、冒険者ギルドで鑑定品をちょろまかす事態が続出したため、そのような規則ができあがったらしい。

「依頼人が死んじまったらどうするんだ？」

俺がヴァネッサからもらった『仮初めの太陽（テンポラリー・サン）』もそういう経緯だったはずだ。

「その時はいらないけれど、死んだという確証もないの。このままだと処分も出来ない。半年後まで待つしかないの」

「ならそうするしかないね」

「鑑定品ってよくなくなるよね」

「ああ」

ちょろまかす奴がいるからね。さすがの俺もやらないけと。

「そうなってから依頼人がひょっこり戻ってきたらまずいじゃない？　それに、ギルドマスターからも鑑定品全部処理し終えたら個室に移してあげるって言われているの。わたし、人と一緒に仕事すると気が散ってイヤなの」

うんざりって感じで隣の板をノックする。

「そいつを探したいのは分かったが、どうして俺なんだ？　冒険者や君の同僚でもいいはずだ」

「ドワーフさんに聞いたら、人捜しはあなたの方が得意だろうって」

デズの奴、俺に押しつけて逃げやがったな。確かにここの冒険者は荒事向きで、人捜しなんて柄じゃない。職員連中だって男連中はそういう奴ばかりだ。かといって女を向かわせて間違いが起こっても大変だ。

「報酬次第では引き受けてもいい」

どうせ暇だしな。

「言っておくが俺は高いぜ。一応、とあるお方の専属なんでね。それ相応の条件が……」

「一晩相手してもいいよ」

俺は一瞬言葉を失った。

「それって男と女がする奴(やつ)だよね。ダーツやカードじゃなくって」

「セックス、性交渉、まぐわい、房事、同衾(どうきん)、情交、お床入り。とにかくそういう奴(やつ)。わたしあんまりお金ないし、ヒモさんってヒモだからそういうの好きでしょ」

「大好物」

「とりあえず避妊さえしてくれれば最後までいいよ」

マジかよ。俺は改めてグロリアの肢体を眺める。顔が好みなのはもちろん、お尻は割と大きめだが、形は悪くなかった。胸の膨らみも布地の下で窮屈そうに自己主張している。体つきはすこぶるそそる。

「どうかしら」

と、グロリアは前かがみになり、自分から胸元を見せつけるように開ける。いいね、そういうの。好きだよ。アルウィンにお願いしたら成敗されそうだけど。

「それなら、こういうプレイはイケる？」

グロリアへ透明な板越しに耳打ちする。最近は娼館(しょうかん)でも別料金のところが多いんだよな。

「……まあ、いいけど」

「オーケー、了解だ」

やや白い目で見られたものの、言質(げんち)は取った。張り切っちゃう。

「お願いね。これ、その人の資料」

二枚の紙を受け取ると、まるめてズボンの後ろにしまう。

「念のために聞くけど、前払いってダメ？」

「ダメ」

「手付金くらいは欲しいんだけど」

「ちょっと顔を貸して」

ささやくような仕草をするので顔を近づける。半透明な板に俺の顔が張り付く。グロリアの顔が迫る。

硝子（ガラス）板越しに赤い唇が重なった。

「今はこれだけ」

「子供のお駄賃じゃないんだから」

苦笑するが、こういう駆け引きは嫌いじゃない。

「期限はないけれどなるべく早めにお願いね、ヒモさん……じゃなくってえーと、マッシュルームさん」

「マシューね」


鑑定部屋を出る。

思わぬ厄介ごとを引き受けちまったが、報酬は素晴らしい。一晩もあれば十分だ。次は向こうからお願いするようになる。

めくるめく官能の世界に思いを馳(は)せていると、突然腹に激痛が走った。

「気持ちの悪い声を出すんじゃねえ」

気がつけばひげもじゃが俺の前でしかめっ面(つら)でにらんでいやがった。

「なんだデズか。あんまり背高のっぽなんで、柱と勘違いしちまったよ」

今度は脇腹を殴られた。肝臓ぶっ潰すつもりか、このもじゃ悪魔。

「いちいちぶん殴るなよ。今しがたお前さんのケツ拭いていたところなんだからよ」

と、俺はグロリアから受けた依頼の一部始終を話した。

「『ねじれた灯台(ツイステッド・ライトハウス)』から来たとか言っていたが、何者だ？　ただの鑑定士じゃねえだろ」

動きに隙がなかった。あれは武術を学んでいる人間の動きだ。

「俺も詳しくは知らねえが、あっちじゃ『番犬』もやっていたって話だ」

「へえ」

冒険者ギルドにはその支部ごとに雇われた冒険者がいる。行方不明になった冒険者の捜索や後始末、時として規則違反の輩(やから)に制裁も下す。『番犬』もしくは『猟犬』ともいい、それなりの実力が求められる。かくいうデズも『番犬』なのだが、こいつの場合は足が短すぎて犬というよりイノシシだ。口に出したらガチで殺されるから言わないけど。

「鑑定の腕も確からしいが、向こうじゃ変人グロリアで通っているってよ。妙ちくりんなものばかり集めているってウワサだ」

「死体とか言わないよな」

「贋作だとよ」

デズは理解できないって感じで顔を振る。

「有名な美術品だとかのニセモノばかり集めるのが好きなんだと」

「そらまた変わっているね」

偽物だらけの『ベレニーの聖骸布』に並々ならぬ関心を寄せるのもその趣味嗜好のせいか。

「それでお前は何しに来た？　また金でも借りに来たんじゃあるめえな」

「お前さんに儲け話を持ってきたんだよ」

ここに来た本来の目的を思い出した。元々俺は、デズに会いに来たのだ。

俺たちはデズの待機部屋に移動してから話を続ける。

「今度、おちびとリターンマッチをすることになったんだよ、腕相撲のな」

しばらく前に話の流れから腕相撲をすることになり、十三歳だか十四歳だかの女の子に俺は敗北した。

「お前さんはその場にいなかったが、あれはもう紙一重ってところだったな」

「俺が聞いたのは、オメエのボロ負けだったたって話だがな」

「そいつは話を盛っているんだよ。ウソつきだ。早いところ縁を切ったほうがいい。で、調子に乗ったエイプリルが再戦を申し出てきやがった。俺が勝てば金をくれてやるが、負けたら冒険者ギルドで働いてもらうってよ」

「そいつはいいな」デズは拳を鳴らした。「腕出せ」

「へし折る気満々じゃねえか！」

「冗談だ」

絶対本気だったぞ、こいつ。恐ろしいひげもじゃだ。気が変わっても怖いので話を進める。

「で、俺はその条件を呑んだ。試合の日時と場所を俺が決めていいって代わりにな」

どうやら俺の作戦が飲み込めたらしい。デズは呆(あき)れ果てた顔をした。

「場所はギルドの外。日時は昼間。もちろん晴れの日にやる。つまり、俺の勝利は約束されたようなものだ」

「イカサマじゃねえか」

「本来の力を出せるように戦う条件を整えるのがどうしてイカサマになるんだよ」

戦争だって兵隊の数だけじゃない。地形や天候と、有利な条件に持ち込んでから戦うものだ。

「本題はここからなんだが、この勝負を賭け屋(ブックメーカー)のサイモンに持ちかけた。ところが俺に賭けるやつがいなくて、このままだと勝負が成立しねえってほざきやがる」

「だろうな」

「だからよ、デズ。お前、俺に賭けろ。分かっているだろ。こんな安全な儲け話はねえぜ」

「詐欺師はみんなそう言いやがる」

「なあ、頼むよ。お前さんだからこの話をしてやっているんだぜ。ちょいと小金でも稼いで奥方にプレゼントでも買ってやれよ」

「姫さんに言え」

「もう言ったよ」

条件云々は抜きで、だが。

「そしたら何て言ったと思う？　『恥を知れ』だって」

「俺も同意見だ」

デズの分際で生意気な。

「それにお前は運がねえからな。安全パイでもババ引きやがる」

「普段はな。けど、ここぞって時に引き当てるのがマシューさんじゃねえか」

デズは疲れたようにため息をついた。

「まあ、賭けには乗ってやる。サイモンのとこだな。あとでやっとく」

「さすがデズ。話が分かる」

「俺が賭けるのは、お嬢ちゃんの方だよ」

デズは当然だろう？　という顔で言い切った。

「お前を働かそうってんだろ。だったら俺も協力するしかねえだろ。せいぜい汗水垂らして世間様に貢献するんだな」

長年の友人に裏切られ、失意の中、冒険者ギルドの階段を降りる。あのひげもじゃめ。せっかくの儲け話をふいにしやがって。すかんぴんになっても知らねえぞ。

「あ、マシューさん！」

一階に降りたところでカウンターの奥からエイプリルが飛び出してきた。

「ちょうどいいところに来た。これにサインしてよ」

会心の笑みで突きつけたのは、誓約書だ。冒険者ギルドで使われている書式にそっくりだが、文字から察するにエイプリルの手作りのようだ。よく出来ている。

「マシューさんのことだから絶対変な言い訳したりウソついたりしてごまかそうとするから」

変な知恵付けちゃってまあ。誰の影響だろうね。

とりあえず誓約書の内容を確かめる。俺はうめいた。

内容は簡単。俺が負けたらしばらくの間、冒険者ギルドで働く羽目になる。仕事内容は冒険者ギルドでの下働き全般と専属冒険者の補佐。早い話がデズの部下だ。

勘弁してくれ。あいつの部下になったらこれまで以上に殴られる。

「おじいさまに相談したら考えてくれたの。これならマシューさんでも働けるだろうって」

孫バカにもほどがある。

「さあさあ、書いて書いて。ちゃんと自分の名前だよ」

「へいへい」

見張られながらペンまで持たされては従うしかない。言われるまま名前を書く。実のところ本名でもないサインなど有効なのだろうかとも考えたが。

「これでよし。それじゃあ、決まったら教えてね。ずるやインチキはなしだからね」

「ああ、正真正銘の実力勝負だ」

見てろよ。俺が勝っておちびのお小遣いを闘鶏バクチに全額つぎ込んでやるからよ。


それはそれとして、俺はグロリアに頼まれた人探しをすることにした。鑑定依頼の資料によると、名前はコディ。年は十八歳。この街には『迷宮』に入るためにやってきた。といってもアルウィンのように本気で攻略するつもりはなく、浅い階で適当に魔物の皮やウロコを剝ぎ取ってそこそこに儲けるつもりだったようだ。

泊まっていた宿の主人の話では、ギルドに鑑定依頼を出したその日もいつもどおり冒険者ギルドに出ていった。が、帰るなり青ざめた顔をして「宿を引き払う」とやや多めの金を渡してそのまま出ていった。

つまり、その日のうちにコディに何かがあったのだ。姿をくらまさなければいけない何かが。

この街の出入り口には検問があるからおいそれと外には出られない。ギルド側の下調べでも出ていった様子はない。

コディはまだこの街のどこかにいる。問題はどこにいるかだが、割と目星はついている。察するに、コディは何かに怯えていた。命の危険を感じていたのだ。けれど、この街に来たばかりの奴が誰に頼るだろうか。冒険者ギルドという本来なら頼るべき筋にも頼らない、もしくは頼れないのなら行き着く先は決まっている。教会だ。

せっかく自分の頭と手と足があるというのに、神の奴隷になりたがる人間は世界中至るところにいる。なので、こんなイカれた街でも宗教は存在する。宗教家というのは自分を不完全な聖人君子と思い込んでいるし、自分のねぐらを聖地と思い込む人種だ。もし助けを求めてきたら匿う程度のことはする、はずだ。コディの故郷は南のバラデールらしい。あちらにも宗教はいくつもあるが、主に信仰されているのは大地母神だ。まずはその教会を虱潰しに当たっていく。この街に大地母神の教会は三つある。北側のは、金持ち専用なのでコディのような貧乏人は相手にされないだろう。南側の二つを当たればいい。

「さて、そのような方は存じ上げませんね」

二つ目、南西部の外壁近くにある大地母神教会『灰色の隣人』南支部の神父様は残念そうに首を振る。

「もしかしたら名前を変えているかも。黒髪に茶色の目で体つきはがっしりしている。日焼けもしていて冒険者というより田舎の農民って感じらしいんだけど」

宿で聞いたコディの特徴を並べてもさあ、と首をひねるばかりだ。

「ここには毎日、大勢の迷える子羊がやってきますからね。一人ひとりの名前と顔など、とてもとても」

教会はこぢんまり、の一言だ。俺より背の低い入り口から覗きこめば、大地母神の紋章が飾られた壁と説教台の奥に神像。申し訳程度のイスが何脚か置いてあるだけだ。横を見れば俺の腰程度の塀の中で、小さな菜園を作っている。少なくとも大勢の信者が詰めかけている教会には見えない。第一、人の顔と名前が覚えられなくて神父が務まるものか。白々しい。

教会の隣は派手な色に塗られた二階建てだ。看板はないからおそらく無許可か非合法の娼館だろう。昼間だというのに豚の断末魔のような喘ぎ声や聞くに耐えない嬌声が大音声で聞こえてくる。

「なんと言われましても、そのような方は来ておりません。お疑いでしたら、お調べになりますか？」

「やめとくよ」

こういう場合、調べてもムダな方が多い。確証があるから強気に出られるのだ。あと、神父様が俺に説法したくて目を爛々と輝かせているのも理由の一つだ。うかつに入ったらカギ掛けられて、信者入りするまで出られねえぞ、絶対。

「彼の家族が心配している。もし見かけたら冒険者ギルドに連絡をくれ。マシューっていえばみんな知っている」

知名度だけは高いからな。信用度はほぼゼロだけど。

「じゃあな、土と草と水の恵みがあらんことを」

大地母神の祈りの言葉を言ってその場を後にする。そのまま帰ると見せかけて俺は反対側に回る。そのまま教会の横を素通りし、けたたましい喘ぎ声を響かせる建物の裏口に出る。向こう側からは分かりにくいが、勝手口から菜園を通り、隣の建物の裏口まで一直線だ。

建物の陰で薄暗い中、小さな扉をノックする。

「神父様の使いで参りました」

極力整った声を掛けると、扉がわずかに空いた。中から小さな目が覗き込んでいる。俺はその隙間に足を入れると同時に指を掛け、一気にこじ開け……られたら良かったのだが、閉めようとする力と拮抗しているせいで、まだ顔半分程度しか開いていない。

「やあ、ごめんね。お嬢ちゃん。お兄ちゃん、怪しい者じゃないんだ。ここにいるコディってお兄ちゃんに用事があってきたんだよ」

必死に扉を閉めようとしているのは、十歳くらいの女の子だ。くせっ毛の金髪に緑の瞳。食べていないのか腕も足も胸もやせっぽちだが、なかなか可愛らしい。そんな女の子と俺は互角の勝負を繰り広げている。そりゃエイプリルにも勝てねえわけだ。

「帰れ！　消えろ、このデガブツ！」

口は悪いが、懸命に俺を追い出そうと扉の隙間から体を押してくる。なんともはや、いじらしくも愛らしい。引き換え、こちらは醜くも汚い大人なのでこういう手も使う。俺は手を伸ばして女の子の手首をつかんだ。女の子が青い顔をして仰け反る。

「早く出てこいよ、コディ。さもないとこの貧弱な腕が大変なことになっちまうぜ。痛い痛いって泣いちゃうかもなあ！」

扉の隙間から大声で呼びかける。ウソは言っていない。こんなに力を入れていたら明日の朝は筋肉痛になりそうだ。俺が泣いちゃう。

「やめろ！」

建物の奥から走ってきたのは、黒髪に茶色の目をした青年だ。日焼けした、がっしりした体つきで冒険者というより田舎の農民って感じだ。腕にはなまくらって感じの剣を持っている。

「その子から手を放せ。何なんだ、お前は」

「やあ、コディ。はじめまして。俺の名はマシュー。冒険者ギルドの使いで来た」

「よくここが分かったな」

通されたのは、ど派手な色をした建物の屋根裏部屋だ。ここにコディは匿われていたようだ。

まあね、と俺は言った。

「ここも教会の一部なんだろ?」

神の家に逃げ込んだところで俺みたいに不信心な奴はいる。けれど、隣に無関係な建物を作ってそこに逃げ込めるようにしておけば、追手の目もくらませる。本当に娼婦を雇って商売をしていれば、疑う奴もいない。無許可の娼館なんてこの街にはいくらでもある。俺が違和感を覚えたのは、あの喘ぎ声だ。無許可の娼館であれば声が漏れるのに気を使うものだが、むしろこれでもかと言わんばかりに響かせていた。ここは娼館です、とアピールしたいかのように。

「ここは元々、女子供を匿うための場所なんだよ」

夫に暴力を振るわれたり、実の親に殴られたりと、行き場をなくした女たちの避難場所だという。ここから大地母神の教会を通じてよその街へ避難したり、稼ぐ手段を見つける。そのための仮の宿だそうだ。

そこで目の前にティーカップが乱暴に置かれる。振り返れば、さっきの女の子が不満そうに俺をにらんでいた。挨拶するが女の子は無視をして、もう一つのティーカップをコディの前に静かに置いた。

「何かあったらすぐに声を出して」

それから俺をぷい、と無視して階段を降りていった。嫌われちゃったか。

「あのちっちゃい子も?」

「実の父親に売り飛ばされそうになったんで、妹と一緒に逃げて来たんだってさ」

嫌な世の中だ。

「で、どうしてお前さんはここにいる？　女房から逃げてきたってわけでもないんだろ？」

コディはしばらく黙っていたが、顔を青くしながら話し始めた。

「あの布切れには、悪魔が憑いているんだ」

コディがあの布切れを見つけたのは偶然だった。この街に来る途中、川で休憩していると、川岸に引っかかっていた例の布切れを見つけた。最初は捨てようとしたが、故郷の村で聞いた『聖骸布』の話を思い出し、持っていくことにした。それらしい話を作って故買屋にでも売りさばけば、小遣い程度にはなると思ったらしい。

ところがコディが街に着く直前、街道の横から奇妙な全身鎧を着けた男が現れた。サビの浮いた古めかしい鎧で、顔もわからないが、かろうじて声で男と判断できた。

「そいつが腕を伸ばして、地の底から響くような声で言うんだよ。『それを返してくれ』って」

恐ろしくなってコディは逃げた。拾ったのを後悔したがもう遅い。全身鎧は追いかけてきた。あわてふためきながら街の中に入り、ホッとしたのもつかの間。全身鎧はあちこちに現れた。いつの間にかコディの側に現れて、『その布を返してくれ』と頼み込む。誰かに助けを求めたときには、全身鎧はいつの間にか姿を消していた。そんなことが続き、次第にコディは平常心を失っていった。

「どうして捨てるなり渡すなりしなかった？」

「呪われそうだと思ったんだよ。捨てても、あんな不気味なやつの手に渡ったらどんな恐ろしいことが起こるか。それで、冒険者ギルドになんとかしてもらおうと預けて逃げてきた。ついでに鑑定もしてもらえば、あの布が何なのか分かるかなって」

冒険者ギルドを出た後でまたも全身鎧に遭遇したために、あわてて宿を引き払うどさくさで財布と冒険者ギルドの組合証を落としてしまったという。あれは荒くれどもの身分証も兼ねているので無くすと宿にも泊まれない。泊まれる宿もあるが、たいていは無許可営業や泥棒宿だ。

困り果てた挙げ句に、故郷の大地母神教会を思い出し、駆け込んだという。それ以来、全身鎧は出ていない。

「ふーん」

色々怪しい点はあるが、こうして本人も見つけたのだ。俺には関係ない。

「とりあえずお前さんがやることは一つだ。これにサインしてくれ。もういらないだろ？」

差し出したのは、鑑定品の権利放棄書だ。こいつをグロリアのところに持っていけば俺の仕事は終わる。

書類を見るとコディは不安そうな顔をする。

「いや、その。買い取ってくれねえの？」

「買い取るためには、鑑定費用を追加しないといけない。どうする？」

ただのぼろ切れならともかく何かしらの魔法がかかっているとあれば、調べるのに触媒だとか薬品だとか諸々経費もかかる。

「そんな金ねえよ」

「なら諦めろ。それともお外に出て、ギルドまで引き取りに行くか？　その間にその全身鎧に見つからないといいけどな」

「守ってくれねえの？」

「業務外だ」

十歳児と互角の男になんぞ、期待するだけ損だぞ。

「このまま一生、全身鎧に追いかけ回されるつもりか？　田舎に帰って畑でも耕せ」

「けど、金もねえし。帰るにしたって……ちょっとくらいは」

この野郎。全身鎧がしばらく出ていないからと欲出しやがって。

「どのみちお前さんに冒険者は無理だ。とっとと書け。さもないと痛い目みるぜ」

拳をこれ見よがしに鳴らすとコディは顔を青ざめさせた。図体ばかりのへなちょこと言われて久しいが、何も知らない奴には俺の見てくれも脅しに使える。本当に殴り合ったら痛い目を見るのは俺の方なのだが。コディは震える手でペンを握り、ゆっくりと書き始める。

「早く書けよ。お前の名前だぜ。間違っても『クソ野郎』だなんてお下品なマネは……」

俺が話している途中だというのにでかい悲鳴がそれを邪魔しやがった。声の主は、さっきのお嬢ちゃんか。

「リタ！」

コディが青ざめた顔で階段を駆け下りる。俺も後へ続く。一階へ降りて声のした方へ向かう。

俺は息を呑んだ。

狭い廊下の奥に、黒い全身に赤茶色にサビの浮いた鎧がそこに立っていた。関節部や首周りなど、本来であれば鎧の覆いきれない部分も黒い布地で包まれていて、中身をうかがい知ることはできない。こいつが、コディの言っていた全身鎧か。そいつの足元では、リタが腰を抜かしてへたりこんでいる。

「早く逃げろ！」

喚くなりコディが全身鎧に向かって花瓶を放り投げる。胴体の辺りに当たって破片が飛び散る。意に介した風もなく、全身鎧はこちらにむかって手を伸ばす。

【あれを渡してくれないか】

低く落ち着いた声だ。奇妙なほど耳にすんなり入る。

「ど、どうして、ここが……？」

【声が聞こえた】

さっきリタを助けようとコディ君は大声出しちまったからな。原因は俺だけど。

【頼む、返してくれ】

全身鎧はふらつきながら何かに導かれるようににじり寄る。まるでゾンビだ。

コディもびびっちまってへたり込みながら後ずさるばかりだ。

仕方がねえな。

俺は全身鎧の前に立ちはだかる。そこで腰を抜かしているバカはともかく、子供が目の前で殺されるのは胸糞が悪い。

「何者だ、テメエ。なんだってあんなぼろっ切れを欲しがる。娘のウェディングドレス作るにしちゃあちょいと寸法が足りないと思うがね」

【ワタシには聖骸布が必要なのだ】

全身鎧がすがるようにコディへと近づく。そうか、こいつまだ聖骸布をコディが持っていると思い込んでいやがるのか。

「何のために？」

【それがあれば、ワタシはまた、人、人間に戻れるはずだ】

「それじゃあ何か？　今は人間辞めて怪物にでもなっちまったってか？」

沈黙。つまりは肯定だ。勘弁してくれよ。

「何やらかした。悪魔とでも契約したか？」

【……似たようなものだ】

全身鎧の声には悲嘆とも憎しみともつかない感情がこもっていた。

鎧の下にどんなバケモノ顔が潜んでいることやら。こちとら臆病者のマシューさんで通っているってのによ。漏らしちゃったら聖骸布で拭いてやるぞ、この野郎。

【……証拠を見せよう】

全身鎧が兜に手を掛ける。自然と喉が鳴る。

——その瞬間、殺意が膨れ上がるのを感じた。

俺はとっさにコディに飛びかかるようにして覆い被さる。その頭上を風が通り過ぎていった。背中の産毛が逆立つのを感じながら顔を上げると、廊下の奥、板を張っただけの壁に金属製の輪が突き刺さっていた。

チャクラムか。珍しいものを使いやがる。チャクラムは見た目通り金属の輪なのだが、外輪が刃になっていて切り裂くこともできる。全身鎧が放ったものではない。

「誰だ!」

誰何の声を上げながら飛んできた方角を振り返ると、全身鎧の向こう側に白衣の男が立っていた。

年の頃は四十前後というところだろう。短く切りそろえた金髪に、青い瞳。黒のズボンとシャツに足首まで届く白のロングコート。両腕には金属製の輪をいくつもはめている。左右の数が不釣り合いなのは、今し方一個飛ばしたからだろう。首から提げているペンダントは、大地母神の紋章だ。

白衣の男は俺たちをねめ回すと、鬱陶しそうに手を伸ばした。

「『ベレニーの聖骸布』を返せ」

こいつもかよ。

「人に命令する前に、自己紹介が先だろ。せっかちなのは嫌われるぜ。ここが娼館だからって入るなり真っ先にズボン脱ぎ出すこたあないんじゃないか」

即座に俺の真横を鉄の輪が駆け抜けていく。来るのが分かっていたので余裕を持ってかわせた。

背後で再び壁が音を立てて砕ける。木の破片を浴びながらコディが悲鳴を上げる。

「娼婦を呼ぶ前からもう一発イっちゃったか。いやはや、お早いことで」

「何者だ、貴様」

ようやく興味を持ってくれたか。男でも女でも、気を引くのは苦労するよ。

「ご覧の通り、三国一の色男さ。今、そこの鎧さんからも聖骸布をよこせと言われているところでね。絶賛、交渉中」

「あれは、元々我が神のものだ」

「大地母神のか？」

「我が名はジャスティン・ルービンスタイン。『異端審問官』だ」

また厄介なのが出てきたな。

一口に宗教と言っても様々な派閥や教義が存在する。主流派からみれば正統な教えから外れた、不正確で邪悪なものもある。そういった異端とされる教義や信者をあぶり出し、正しい教えに導く。

早い話が主流派による少数派いじめであり、『異端審問官』はその尖兵、使い走りだ。その権限は幅広く、宗派内部での司法権や捜査権も与えられている。

特に大地母神の『異端審問官』は、その鉄槌を他教にも遠慮なく振るうと有名だ。別の宗教をあがめていること自体が異端で邪悪なのだそうだ。おっかない。

「聖骸布は元々、大地母神の教会で祭られていたのだ。それが盗まれた。そこの者によってだ」

ジャスティンが指さしたのは、全身鎧だ。

「聖なる宝を賊徒から奪い返す。そのためにここまで来た」

「だってさ。で、ワタシにとって必要なものだ】

【あれは、ワタシにとって必要なものだ】

あーあ、自白しちゃったよ。

「返して貰うぞ」

宣言するなりジャスティンが腕を横に振るう。その勢いを利用して手首にはめたチャクラムを放り投げる。全身鎧はかわすことも出来ず、鉄の輪を次々と浴びる。さすがに切り刻まれはしなかったが、衝撃で鎧がへこみ、奇妙な踊りを踊らされる。

たまりかねたように全身鎧が背を向ける。俺とコディの横をすり抜け、廊下の奥の壁にもたれかかるようにして倒れ込む。そこへジャスティンが跳躍する。一気に距離を詰めると、空中で腰から小剣を引き抜く。肉厚で鉈のようなそれを振り上げ、全身鎧の背中を切り裂いた。

ぐらり、と力なく倒れる。乾いた金属音がした。手足の関節が奇妙な形に折れ曲がり、兜が外れ、コロコロと転がる。

「あん？」

音が軽すぎる。何より深々と切り裂かれたにしては血も出ていない。隙間を覗き込めば、そこには何もなかった。がらんどうだ。血の跡すらない。兜も手甲も覗いてみたが、中身はどこにもなかった。

「逃げたか」

ジャスティンは口惜しそうに言いながらチャクラムを回収し、手にはめ直す。

「あいつは何者だ？」

「さあな。ただ、手応えはなかった」

幽霊か？　それとも魔術か何かで遠くから操っていたのか？

「だが気にするな。これから死にゆく者には関係ない」

と、俺の眼前に肉厚の小剣を突きつける。俺は両手を挙げる。

「あいつは聖骸布を持っていなかった。お前たちが持っているのか？　よこせ」

「聖骸布ならさっきそこのお姉ちゃんが雑巾代わりに……」

鼻先を風がかすめた。

「偽りは許さない」

生臭め。鼻先の血を指で拭い取りながら舌打ちする。ジャスティンは目を細め、俺の一挙手一投足に注目している。下手なウソは通用しそうにない。

「冒険者ギルドだよ。今は冒険者ギルドで預かっている」

「……本当だな？」

「早くしねえと便所の雑巾の仲間入りだぜ」

ジャスティンは舌打ちすると、剣を腰に戻した。ここに用はないとばかりに出口へと歩き出す。外へ出る寸前、振り返ると慇懃な態度で言った。

「それでは、あなた方に土と草と水の恵みがあらんことを」

少し待ったが戻ってくる気配はなかった。どうやら行ったようだ。どっと疲れが出て、その場に座り込む。ギルドの名前を出したのはまずかったが、あの状況では致し方ない。俺の命の方が大事だ。それに冒険者ギルド相手ではさすがの『異端審問官（インクイジター）』も強引な手は使えないだろう。下手すれば、大地母神（だいちぼしん）教会を巻き込んでの戦争になる。その程度の判断力はあるはずだ。狂犬じみた奴（やつ）ではあるが、本物の狂犬では『異端審問官（インクイジター）』にはなれない。

「それにしても、と」

あの全身鎧（よろい）の中身はどこに消えたんだ？　話しているときにはちゃんと気配はあったのに、いつの間にか空っぽになっていた。魔法でも使ったのか？

鎧（よろい）を改めて確かめてみても普通の鉄鎧（よろい）だ。年代物だが、それ以上でも以下でもない。

「ん？」

鎧（よろい）の内側に何かへばりついている。そいつを花瓶の破片で慎重にすくい取る。

紫色の粘液だ。触れてみると、わずかに指の皮がひりつく。まるで酸にでも触ったみたいだ。

こいつは……。

「おい、コディ。こいつは……」

振り返ると、コディの姿がない。さっきまで腰抜かしていやがったのに。どこに行きやがった、あいつ。すると、リタが階段からひょっこりと顔を出した。

「コディならさっき出て行った」

どさくさに紛れて、逃げ出してしまったらしい。リタや店の娼婦に聞いても心当たりはないという。荷物もそのまま。行方知れずだ。

「まあいい」

権利放棄書を確認したらサインはもう書き終わっていた。これで、あいつがどこで野垂れ死にしようと構わない。

「騒がせて悪かったな。こいつはお詫びだ。君と妹ちゃんの分だ」

リタにあめ玉とアーモンドを握らせる。最初は警戒していたが、毒など入っていないと証明すると恐る恐る口に入れ、破顔した。

「じゃあな」

手を振ってその場を立ち去る。

俺はこれからお楽しみの時間だ。帰りにどこかで蛇酒でも飲んでおこう。今日は徹夜だな。

振り返るとリタがよく似た女の子にあめ玉を手渡していた。あれが妹だろう。俺があげた分を握らせ、美味しそうに頬張る妹の頭を撫でていた。


夕暮れの中、駆け足で冒険者ギルドへ戻り、グロリアの鑑定部屋に飛び込む。

「ほれ」

サイン入りの権利放棄書を差し出す。ついでに一部始終も報告しておく。

「これで聖骸布はギルドの所有物だ。好きにすればいい。おっかない坊主と怪物がセットで付いてくるけど」

「何それ？　わたし、そんなの頼んでないんだけど」

「俺もそう言ったんだけどね。セットじゃないと売らないってさ。抱き合わせって奴だよ」

「参ったなあ」

グロリアは頭を抱えた。ムリもない。下らない書類手続きが解決したと思ったらもっと厄介なトラブルが舞い込んできたからな。

「心配ないよ」俺は彼女の右手を握った。手袋越しだが、柔らかい感触が伝わってくる。

「怖いのはムリもない。特に夜は不安で寂しいだろうからね。今日は俺が側にいるよ」

「別にヒモさんは……」

「ついでだよ。今夜はベッドで君のことをじっくり鑑定させてくれる約束だろ」

「いや、でも」

引っ込め掛けた手を逃がさないように、話しながら右の手袋を外す。あらわになった白い手の甲をなで回す。すべすべして気持ちいい。

「乱暴にはしないさ。こう見えても女性の鑑定は得意中の得意なんだ。そりゃあもう、ガラス細工の女神像を扱うみたいに優しく、慎重に、じっくりとね」

まずは包み紙を取り払って、傷がないか隅々まで確かめる。それから指先と舌で名工の職人芸を確かめた後は、いよいよ像の内側を堪能して……。

「鑑定額はどれくらいになるだろうね。もしかしたら、俺史上最高額になっちゃうかも」

「ほう、ならば私も鑑定してもらおうか」

その瞬間、頭の中で弔いの鐘が鳴り響いた。

俺の首に冷たくて固いものが当たる。

「マクタロード王家に代々伝わるこの宝剣。幾度となく『譲ってはもらえぬか』と希われたが、その度に金には換えられぬと断り続けてきた。だが、ここらで一度、金銭的な価値というものを知っておくのも悪くない。遠慮はいらぬ。その身を以て確かめるといい」

振り返るまでもない。凄まじい殺気を放ちながら俺の首に剣を突きつけるような姫騎士様は世界で一人だけだ。

忘れていた。ここは三人部屋だった。当然、グロリア以外にも鑑定士はいる。そいつらの誰かが、『迷宮』から戻ってきたばかりのアルウィンへご注進に及びやがったのだ。おまけに、いつの間にかグロリアまで姿を消してやがる。

「いやいや、落ち着こうよ」

刺激しないよう、慎重に振り返る。……うん、俺死ぬかもな。

「ご先祖様から伝わる大事な剣だろ。お金になんか換えられないさ。価値は自分で決めるものだよ。他人の評価なんか当てにしちゃいけない」

「そういうお前は、女性の品定めが得意と言い張っていたではないか」

「昔の話だよ。最近はもう、君という超一流で唯一無二の最高級ばかり見ているものだから。ほかの女性がお猿さんにしか見えなくって」

「謙遜するな。最初はどこがいい？　腕か？　足か？」

アルウィンが剣を振り上げる。

「そうか、やはりその節操のないものがいいか。安心しろ。一瞬で終わらせてやる」

敏感なところだから優しくお願い。刃は立てないでね。


その後、恥も外聞もなく平謝りして何とか息子とは生き別れにならずに済んだ。

久しぶりに命のありがたみを思い出した。いや、生きているって素晴らしいよ。

「お前という男は、どこまで腐っているのだ」

家に帰っても夕食中もアルウィンはお怒りだった。お陰で生薬入りのスープも香辛料をきかせた鴨肉もハーブ入りのサラダも全く味がしない。

テーブルに向かい合って座っているが、事実上の取り調べだ。

「ご婦人の弱みにつけこみ、体を要求するなど恥を知れ！」

「向こうから言い出したんだよ」

「それを了承したのならば同じことではないか！」

それは違う、と言いかけたのだが、鋭い眼光に口をつぐむ。

「この変態、助平、色魔、不埒者(ふらちもの)、エロ公爵、ロクデナシのヒモ男」

テーブルの下で俺の足を蹴飛ばしながら言いたい放題だ。

ひとしきり罵倒が終わると、アルウィンは頬杖(ほおづえ)をつきながらそっぽを向いた。すねたように唇をとがらせる。

「どうせ私は、ああいう派手な女性ではないからな」

「あらやだ。ヤキモチ？」

「断じて違う！」

アルウィンは頬を染めながらでテーブルを叩(たた)いた。

「私はただ、卑劣でイヤらしいマネが許せないだけであってだな……」

「照れなくってもいいよ。知っているだろ、俺の宝物は君だよ」

立ち上がると肩に手を回し、引き寄せる。甘い香りと肌の感触を堪能(たんのう)しようとしたら脇腹に肘を食らった。痛い。

「私の宝物はこの剣と、ともに戦う仲間。そして王国の民だ。お前は入っていない」

まあ、命綱を宝物とは言わないからね。

「それ以外は、全部奪われた。全部失った」

両親は死に、魔物によって王国は崩壊。国土は蹂躙(じゅうりん)されて今も戻れずにいる。

仲間や家来も大勢失っている。この街に来てからも一人が死に、一人が戦えなくなった。

アルウィンの手からは、あまりにも多くのものがこぼれ落ちる。

「どんなに大切にしようと守らねば、力がなければ失う。それを私は七歳の時に思い知った」

「何かあったの？」

「大したことではない」

アルウィンは苦笑した。

「昔、母が大切にしていた宝石箱があってな。あまりにキレイだったので、ワガママを言って母から譲り受けた」

お気に入りのリボンとか、拾った小石だとか、当時のアルウィンにとっての宝物を入れていたらしい。

「ところが、私が騎士になりたいと言い出したものだからな。怒った母から取り上げられた。私は泣き喚(わめ)いて懇願したが、結局返してくれなかった」

それでも騎士として戦う道を選んだのだから、相当ガンコな子だったのだろう。いや、今もそうか。

「あれから十数年。手元に残ったものはあまりにも少ない。それでも私は、失ったものを取り戻すべく、これ以上何も失わないために戦い続けている」

「それで？」

話の終着点が見えないので、つい聞いてしまった。

「つまり一度失ったものを取り戻すのは難しい。今あるものを守るのも大変ということだ！」

だから、とアルウィンは俺に身を寄せてきた。

「もっと私を大切にしろ。お前の宝物なのだろう？」

「もちろんだよ」

俺は彼女の肩を抱く。今度は抵抗しなかった。

「大切にするよ。本当に。絶対だ」

「言っておくが、『大切に』というのは、ほかの女に手を出さないという意味もある」

「……善処するよ」

いや、応えたい気持ちはあるんだけどね。経験上、三日と保たない。昔から飽きっぽくて、趣味といえば女遊びくらいだ。性分は簡単に変えられやしない。

とりあえずはグロリアに報酬を貰(もら)ってから考えよう。


翌朝、俺はこっそりと家を出た。

グロリアはあれでうやむやにしたつもりだろうが、そうはいかない。お預けを食った分を含めて、たっぷり払ってもらうからな。覚悟しやがれ。ちなみにアルウィンはまだお休みだ。ご機嫌取りで夜遅くなったから仕方がない。

鼻息も荒くギルドに乗り込むと、カウンターの前に人だかりが出来ていた。

何事かと覗（のぞ）き込めば、そこにいたのは昨日も見かけた顔だ。『異端審問官（インクイジター）』ことジャスティンだ。カウンターの上には金貨が山と積まれている。

「まだ足りないのか？　手持ちはこれで全部だが、待ってもらえれば倍の金を出してもいい」

ジャスティンは淡々と言ってのける。

「金なら用意する。『ベレニーの聖骸布』を譲ってくれ。ここにあるのは分かっている」

なるほどね。正攻法に出た訳か。冒険者ギルドは冒険者の持ち込んだ珍品を買い取り、高値で売るのが商売だ。リストアップしたものをめぼしい好事家（こうずか）に売り込んだり、ギルド主催のオークション、あるいは出入りの商人に引き取って貰（もら）ったりもする。だが、例外もある。貴重な武器なりマジックアイテムを冒険者が手に入れた、という情報が出回るとギルドへ持ち込まれる前から客がギルドへ買いたいと申し出る。

その場合は、細かい手順をすっ飛ばして買い取ったものをそのまま横流しする。ジャスティンが狙っているのもそれだろう。競争相手は一人でも少ない方がいい。

まだ『ベレニーの聖骸布』はコディから冒険者ギルドに権利が移ったばかりだ。本物かどうかもまだ定（さだ）かではない。なのに、ここまで大金を用意するからには、それなりの確証があるのだろう。ジャスティンがこちらを振り向き、威圧するような目をする。俺は肩をすくめた。

客として来たのなら俺にとやかく言う権利はない。お好きにどうぞ。あの金もどうせ大地母（だいちぼ）

神の教会から出ているのだろう。それも信者が汗水垂らして働いて稼ぎ、寄進した金だ。その使い道があのぼろ切れでは、報われないとは思うが。

　奥からエイプリルのじーじことギルドマスターが現れた。グロリアも一緒だ。今、『ベレニーの聖骸布』を管理しているのが彼女だからだろう。ギルドマスターは二言三言、ジャスティンと話した後で、『ベレニーの聖骸布』を持ってくるように命じる。

　そこでグロリアが俺に気づいたらしい。一瞬、目を見開くと柔らかい微笑みを浮かべ、ゆっくりと手を振った。おや、可愛らしい。俺も手を振り返す。

　やがてギルド職員が小さな木箱を持ってきた。カウンターの上に置き、箱を開ける。俺はとっさに背伸びをした。

　誰かが声を上げた。

　箱の中身は空だった。ジャスティンが箱を持ち上げると、紫色の粘液がしたたり落ちる。

「どういうことだ」

　ジャスティンは木箱を床に叩き付ける。木箱が砕け、振動で金貨の山が崩れた。

「『ベレニーの聖骸布』はどこだ！」

　ギルドマスターは言い訳も出来ず、忌々しそうな顔をする。

　グロリアが紫色の粘液に触れた後、俺の方を振り返った。

「ねえ、これって、ヒモさんが言っていたあの全身鎧の？」

「多分ね」

あいつがどこからか忍び込んだのだろう。先手を打ってきたか。

「どういう意味だ？」

ジャスティンが俺に詰め寄ってきたので、昨日全身鎧に付いていた紫色の粘液について説明する。

「犯人はまだ遠くには行ってないはずだ。手分けして探したら見つかるんじゃないの？」

「なら見つけたら知らせろ」

ジャスティンは金貨を袋にしまい込むと背中に背負うようにして担ぎ上げる。

「見つけたら金は払う。忘れるな。あれは、我々のものだ」

一方的に言い捨てて、ジャスティンはギルドを出て行った。おそらく外を探しに行ったのだろう。ギルドマスターはますます苦々しい顔をする。儲け話がフイになった上にメンツまで潰されたのだからムリもない。

その後、強権発動でギルド内部を捜索したが無論、聖骸布は見つからず、似たような雑巾やぼろ切れがカウンターに山と積まれただけだった。グロリアはそれを一枚一枚鑑定する羽目になり、うんざりした様子でテーブルに突っ伏した。

「全部、違う。ただの布切ればっかり」

「だろうね」

俺たちがいるのは、かつてヴァネッサが使っていた鑑定部屋だ。グロリアの部屋は捜索中なので、臨時でここを使う羽目になったのだ。ちなみに監視と称して職員が二名、部屋の隅っこで見張っている。

「君。偽物が好きなんだろ？　偽物の聖骸布に囲まれてむしろラッキーじゃないか」

「わたしが好きなのは贋作。こんなのは、ただのぼろ切れ。贋作っていうのは、もっと本物に近づける努力とか痕跡っていうのがね？」

「それより手を動かした方がいいんじゃない？」

「ああ、もう！」

やけくそになりながらグロリアは腐った臭いのする布を手に取り、顔をしかめる。

「それじゃあ、俺はこれで」

今日は口説けそうにない。何故か俺まであちこち調べられて疲れた。どうせなら女の職員に体の隅々まで調べて欲しかったのに、むくつけき野郎が二人がかりだ。手込めにされるかと思って漏らすところだった。

鑑定部屋を出て、広場を通って裏手に向かう。ゴミ捨て場だ。ここでゴミを焼くほか、業者が引き取るまでの一時置き場になっている。

「あったあった」

さっきジャスティンが叩き付けて壊した木箱だ。無残に壊れて用途は果たせそうにないが、まだ役には立つ。内側に付着した紫色の粘液を慎重に指ですくう。粘ついて親指と人差し指の間で糸を引いている。

案の定か。

それからズボンで粘液をこすり落とそうとしたが、粘っこくてなかなか落ちない。水で何度も洗い流してようやく落ちた。粘着力が強いな。

外に出ると、既に日も高くなっていた。朝方に来たはずなのにもう昼か。完全に予定が狂っちまった。娼館(しょうかん)って気分じゃないし、もうアルウィンも起きているだろう。今日は早めに帰るか。

「あ、マシューさん」

向こうからやってきたのは、おちびことエイプリルだ。

「何かあったの？」

「ちょっと盗難騒ぎがあってな」

「そうなの？」

目を丸くする。あわてて戻ろうとするので後ろから声を掛ける。

「君はどこに行っていた？」

「朝からギルドのお使い」

見れば、ぺったんこになった袋を背負っている。

「今日は件数が多くって。疲れちゃった」

「君がやる仕事じゃないだろう。危険だ」

そもそもエイプリルは正式な職員ではない。じいさま思いの女の子だ。この街の治安を考えれば、褒められた行為ではない。護衛は付いているが、間違いが起こってからでは遅いのだ。

「そうなんだけどね」

エイプリルは困ったように笑う。

「でもワタシ、この仕事好きだよ。街の中歩くのも好きだし」

「ずっとお手伝いってわけでもないだろう。君は将来、何になりたい？」

「分かんない。色々考えてはいるんだけどね」

「そいつは結構」

悩むだけ選択肢があるのはいいことだ。俺にはなかった。

「危なくなったらすぐ大声を出せ。孫思いのじーじが血相変えて飛んできてくれるよ」

そこでエイプリルが首をかしげ、表情をうかがうような仕草をする。背丈が違うので自然と上目遣いになっている。

「マシューさんは、助けてくれないの？」

「せいぜい君の代わりに殴られるくらいだよ」

今も昔も頑丈さが取り柄だ。

「仕方がないなあ」

エイプリルはやれやれって感じで首を振る。

「その時はワタシがマシューさんを守ってあげるとしますか」

「頼りにしているよ」

少なくとも今の俺なんかよりは役に立ちそうだ。

「でも腕相撲は、手を抜かないから」

「どうして俺をそんなに働かせたいわけ？　アルウィンのため？」

姫騎士様の同棲相手が無職のヒモでは外聞が悪い。それは分かるが、あくまで俺たちの問題だ。お節介も過ぎれば自己満足の押しつけだ。

「それもあるけど、マシューさんのためでもあるかな」

「俺の？」

「上手く言えないんだけど、マシューさんって絶対すごいことができる人だって思うんだよね。力はなくっても背も高いし、話し上手だし、いいところたっくさんあるから」

「……」

「だからさ、向いていないとかやりたくないとか色々あると思うけどさ。やってみたら出来ることとか向いていることとか、絶対見つかるから。だからさ、頑張ろうよ、ね？」

「そうか」

　俺はたまらず目をそらした。こういうのは直視出来ない。無垢な信頼を向けられるってのは気恥ずかしいというか、いたたまれなくなる。エイプリルは彼女なりに俺のことを慮ってくれているのだろう。お節介ではあるが、まあ、悪い気はしない。

「それじゃあ、俺は帰るよ。早く戻らないとアルウィンに叱られるからね」

　別れの挨拶をして歩き出すと、後ろから声を掛けられた。

　振り返ると、エイプリルは突き上げるようにして腕を上げた。

「腕相撲、今度もワタシが勝つから！」

「お手柔らかに頼むよ」

　俺は手で応じ、再び背を向けて歩き出した。

　一度は関わった以上、どうすべきか悩んだ。結局のところ、せこい話だ。俺にもアルウィンにも害はない。見なかった振りをしようかとも考えたが、やはり決着は付けておいた方が良さそうだ。おちびのためにもな。

　数日後、俺は小さなアパートを訪れた。石造りの二階建てだ。ここの二階にグロリアの家がある。最近建てられたらしく、まだ石の削り跡が残っている。

　ノックすると、返事があった。今日が非番なのは先刻承知だ。

「あれ、ヒモさん？」

俺の姿を見ると、グロリアは嫌悪（けんお）をあらわにした。

「家にまで押しかけてくるとかあり得ないんだけど。そんなにわたしと寝たいの？」

「魅力的な提案だが、先に俺の用件を済ませたい。安心してベッドに入れないからね」

グロリアの抗議を無視して部屋の中に入る。部屋の中は予想より整っていた。扉のすぐ横から真ん中に向けて小さな木箱の収まった棚が二台並んでいる。その前には作業場らしきテーブルとイスに水瓶（みずがめ）。まだ火の入ってない暖炉の横には、腰までの高さの棚が部屋を分割するように置いてある。その奥から私生活の場所になっているらしく、ベッドや書棚、鏡や宗教画らしき絵も飾ってある。

「なかなかいい部屋じゃないか。日当たりもいいし」

俺は奥の絵画を指さした。

「あれも全部贋作（がんさく）かな」

「そうだよ。全部贋作（がんさく）、偽物（にせもの）、コピー」

グロリアは不機嫌そうに言った。

「用件は何？」

「君のペテンに釘（くぎ）を刺しておこうと思ってね」

「何それ？」

「『ベレニーの聖骸布』を盗んだのは君だろう」

グロリアは胡散臭そうに俺を見る。

「いきなり何を言い出すのかな」

「君がコディを探してくれ、と俺に頼んだのは、『ベレニーの聖骸布』を盗み出すため、その前振りだったんだな」

俺は腰の後ろから紙の束を取り出す。冒険者ギルドの内規だ。小難しい言い回しが多いので読むのに苦労した。

「デズから借りてきた。俺知らなかったんだけど、鑑定士って思っていた以上に規則とかルールが厳しかったんだな」

客から預かった鑑定品なんて一番盗み出しやすい。なので鑑定士には持ち出しの制限や禁止事項が数多く含まれる。簡単には外には出せない。まして持ち主のいなくなった鑑定品の下げ渡しとなると、書類やサインが何枚も必要になる。ヴァネッサが例外だったのだ。長年の信頼と実績があってこそだ。

「いや、それだったら最初から普通に盗めばいいじゃない？　現物はわたしが持っているんだから」

「君の言ったとおりだよ。盗んだ後に、コディがふらっと戻ってくれば面倒になる」

偽物にすり替えるとか、「鑑定の結果は偽物だった」と言い逃れるって手もあるが、コディがどれだけ聖骸布について知識を持っていたか分からない以上、リスクが大きい。ウソがばれれば、待っているのは破滅だ。

「権利放棄のサインさえ貰えばこっちのものだ。あとは似たような偽物にすり替えればそれで片が付く、はずだった。ところが君のほかにも聖骸布を狙っている奴らが現れた」

俺から全身鎧の話を聞いて、あいつの仕業にしようと思い立った。ところが想像よりも早く、ジャスティンが現れ、大金で『ベレニーの聖骸布』を買い取ろうとした。あわてたグロリアは急遽、適当な紫色の粘液を用意し、空っぽの箱に入れて全身鎧の仕業に見せかける。

「あの粘液について知っているのは、俺と君だけだ。後で俺に証言でもさせるつもりだったんだろうけど、たまたま朝早くに現れたから話を振ったんだよな」

そしてジャスティンに渡すより早くエイプリルにお使いを頼んだ。あの子は、このギルドにおける不可侵だ。詳しく調べようなんて奴はいない。あの子だっていちいちギルド職員を疑うようなマネはしない。疑いもしない。

「君が小汚い布切れを欲しがろうと知ったこっちゃない。手首切り落とされようとデズにぶちのめされようと自己責任だ。好きにすればいい。だが、どうしても見過ごせない点がある。エイプリルを利用したことだ」

下手をすれば、二頭のバケモノに命を狙われていた。そうと知って、エイプリルを危険に晒した。

「けれど、実際には何もなかったじゃない」

「結果論だよ」

　崖崩れの危機を知らせずにその道を行かせておいて、無事だから良かったですね、では通らない。

「何よりここで食い止めておかないとお前さんは何度だって同じ事をする。つまり、その度におちびが危険にさらされるわけだ」

　グロリアはせせら笑った。

「ヒモさんって、あんな子供が好みなの？」

「俺はその手の冗談が大嫌いだ」

　ガキを手込めにするようなクソ野郎は死ねばいい。

「冗談ばっかり言っているくせに」

「その手の子供を山ほど見てきたから、では不服かい？」

　思い出したくもないこと思い出させやがって。

「もし今度同じようなマネをすればあのじいさまに言いつける。きっと喜んで君を八つ裂きにするよ。花占いの花びらみたいに」

　引きちぎる仕草をすると、グロリアは顔をしかめた。自分の行く末でも想像したのだろう。

「俺の用件はそれだけだ。ぼろ切れは好きにすればいい。本物があれば、贋作(がんさく)集めも見分け方も楽だろうからね」

そこまで見抜いていたのか、とグロリアは悔しそうな顔をするがすぐに顔を取り繕い、甘い目を俺に向けてきた。

「ねえ、ヒモさん」

上着を脱いで俺にしなだれかかる。

「お願い。誰にも話さないで。もしこれがギルドマスターに知られたらただじゃすまないもの」

「だろうね」

胸に頬ずりしながら腹や胸に手を這わせる。香水の匂いがする。

「そうだ。この前の報酬、今日払うから。迷惑掛けた分も含めて。ヒモさんがやりたがってたアレもしてあげてもいいよ」

「そりゃありがたい」俺の顔もついほころんでしまう。「どうしようかなあ」

「遠慮しなくていいよ。ここわたしの一人暮らしだから。誰も来ないし。姫騎士さんも『迷宮』なんでしょ」

俺の首に腕を回し、濡れた唇を近づける。俺も唇を近づけようとすると、喉に硬いものが当たる感触がした。

「だから」

グロリアがにんまりと笑った。指にはいつの間にかカミソリのような薄い刃を挟んでいる。

「死んでね」

その瞬間、短い呼吸とともに薄い刃を水平に払った。赤い筋が、俺の喉に刻まれる。

「え？」

グロリアが間の抜けた声を上げる。返り血を警戒していたのだろう。切ると同時に飛び下がったのはさすがだ。前のギルドで『番犬』だっただけのことはある。でも詰めが甘い。

俺は笑ってしまった。

「いや、ゴメンね。せっかく気を利かせて俺の無精ひげを切ってくれようとしていたのに、ご覧の通り肌が弱くってさ。すぐにカミソリに負けちゃうんだ。こんな感じで」

喉を撫でればひりひりするけれど、それだけだ。血も出ていない。グロリアの計算違いは、俺の頑丈さだろう。おまけにここは日向だ。喉笛をかっ切るには、カミソリ程度では薄すぎる。

「ヒモさんって、本当に人間？」

「おまけに、見ての通りの色男だ」

俺は肩をすくめた。

「おいでよ。口封じがしたいんだろう？　ほら、キスしてあげるからさ。それならお口もふさがっちゃう。舌も入れたらもう完璧」

グロリアは刃を捨てた。代わりに懐から取り出したのは、釘のように太い針だ。目が獣のように据わっている。おやおや、鑑定士から『番犬』に早変わりか。規則取り締まりの代行者がすすんで規則違反とは笑えない。

「わたし、舐められるのは嫌いなんだけど」

「俺は好きだよ。乳首でもアソコでも好きなだけ舐め回すといい。なんならハチミツでも塗りたくろうか？」

「気色悪い！」

吠えるなりグロリアが懐に飛び込んできた。手にした針で俺の顔を狙うふりをして足にタックルを仕掛けてきた。その勢いで俺の体勢を崩そうとしたのだろうが、俺の足は微動だにしなかったため、足に抱きついた格好になる。俺は服ごと彼女の背中をつまみあげる。

「失敬だね」

ひょい、と放り投げて天井に叩きつけた。轟音とともに木くずが舞い落ちる。そのまま落下してくるかと思いきや、グロリアは空中で体勢を変え、壁を蹴って向かってきた。俺の腕に蛇のように絡みつくと同時に足を上げ、肩に乗りかかる。まるで肩車のような格好だが、俺の片腕は彼女の足で極められているため、うまく動かせない。

グロリアは肘で俺の頭を固定し、反対の手で握った針で俺の目を狙う。

やだ、痛そう。

俺は腕を振り下ろした。グロリアの体は俺の体から離れ、壁に叩きつけられる。

よろめきながらもどうにか立ち上がるが、思いの外ダメージを受けているようだ。前のギルドでは『番犬』だったそうだが、魔物退治よりも暗殺の方が得意みたいだな。

「ヒモさんって何者？　もしかして、ギルドの『牧羊犬』なの？　それとも『羊』？」

『牧羊犬』というのは、冒険者ギルドの内部犯罪を暴くための密偵だ。普段は一職員の振りをして目を光らせ、不正があれば上に報告する。『羊』というのは、『牧羊犬』が捜査のために雇い入れた協力者だ。冒険者や依頼人を装い、捜査に協力する。

「どっちでもないよ。そこらをうろつき回っている野良犬だ」

今は姫騎士様の首輪付きだけどね。

「あっそ」

グロリアは扉に向かって駆け出した。逃げるつもりか。外に出たら俺に手込めにされかけた、とでも言って被害者ぶる魂胆だろう。追いかけようにも日陰に入ってしまうから確実に逃げられる。

だが、そうはいかない。

俺は手近にあった布切れをつかみ、水瓶に入れる。そして水を吸って固くなった布切れを彼女へ向かって放った。ムチのように細くしなった布切れが扉を開ける寸前だったグロリアの右腕に絡みつく。手応えを感じながら一気に引っ張る。グロリアの体は俺の横をすり抜け、窓枠に背中を打ち付けて止まった。

「おかえり」

俺はグロリアの背後に回り、彼女が捨てたカミソリを元の持ち主の喉元に当てる。あとはちょいと力を入れれば、一瞬で鉄錆(てつさび)臭いトマトスープが吹き出す。グロリアは武器を捨て、手を上げた。

「『ねじれた灯台(ツイステッド・ライトハウス)』から『灰色の隣人(グレイ・ネイバー)』に来たのも鑑定品の横領が原因？」

「大昔の英雄が使ってたっていう魔剣。我慢できなかった」

乾いた笑い声が漏れる。自分の性分に呆(あき)れ果ててはいるが、後悔している気配はない。

「よく生きていられたね」

「無事に、とはいかなかったけどね」

グロリアはゆっくりと手袋を外し出した。左の手袋を外せば、そこから出てきたのは、金属製の義手だった。

「おっと」

俺は振り向きもせずにグロリアの右手をつかむ。目の前で錐(きり)のような刃物が止まる。俺の注意が左手に向いた隙に、隠し持っていた刃物で今度こそ俺の目玉を突っつこうとしたのだ。油断ならない女だ。

「やっぱり君は長生きしそうにないね」

「ゴメン。今ので最後。もう武器とかない。本当。もう抵抗しない。助けて、お願い。ヒモさん大好き」

刃物を捨て、投げやりな口調で命乞いをしてきた。

「そんな苦労してまであのぼろ切れに価値なんてあるのかね」

「当然でしょ」

グロリアは恨めしそうに言った。

「持ち帰って調べた甲斐があった。あれは本物。神の血がついた聖遺物よ」

「神って、大地母神だっけ？」

「色々な説があるの。大地母神のほかにも、蛇神に水の神に太陽神、それから」

「……気が変わった。やっぱり返してくれないか」

「え、でも」

俺は指先に力を込める。

「分かった」

グロリアはのろのろとした動きで棚の木箱に手を掛ける。

「俺には区別が付かないだろうと思って偽物をつかませよう、ってのはなしだよ」

グロリアは一瞬、こちらを見た後、隣の木箱をテーブルに置いた。

「これが本物。間違いないわ」

グロリアがテーブルに手を起き、ふたを開ける。俺たちは同時に声を上げた。

箱の中には聖骸布らしき影も形もなく、紫色の粘液が隅にこびりつくように残っていた。

「君な」

「違う。ウソでも偽物でもない。盗まれた、本当に盗まれた、そんな」

呆然とつぶやきながら膝を突く。演技には見えなかった。

俺は紫色の粘液を指の腹に当てる。わずかに酸のようなひりつく感じがした。この感触については、グロリアにも話していない。つまり、こいつは本物の『全身鎧』の仕業ってことか。

「いつ盗まれたか分かる？」

「今朝まではあった。確認したから間違いない。でも怪しい人間どころか、ヒモさん以外は誰一人来ていないの」

忽然と現れ、忽然と姿を消したか。

「参ったね、こりゃ」

追いかけようにもどこから入ってどこから逃げたのかもはっきりとしない。ジャスティンはブチ切れるだろう、ギルドマスターはメンツ丸潰れだが、俺には関係のない話だ。気になるのは、あの全身鎧の目的だ。もし聖骸布に付いた血が本当にビチグソ太陽神のもので、あいつがローランドのようなイカレ太陽神の手下だとしたら、厄介なことになりそうだ。

「とりあえず、今のことは黙っておく。君も何も見なかった。それでいいね」

殺そうかとも思ったが、今回の件はアルウィンには無関係だ。それに立て続けに鑑定士が殺されたら今度こそ俺が疑われる。グロリアと話し込んでいるのは、ほかの鑑定士たちにも見られている。

「……分かった」

素直にうなずいた。意気消沈しているせいで、抵抗する気力も残っていないのだろう。

「じゃあ。俺はもう行くよ。報酬はまた今度でいいから。その時はハチミツを用意しておくよ」

「いらない！」

グロリアはぼろ切れを俺に投げつけた。

数日後、俺はエイプリルとの腕相撲勝負に挑んだ。

冒険者ギルドの広場まで運んだテーブルをはさんで、俺とエイプリルは向かい合って座っていた。

テーブルの周囲にはロープが円形に張られ、観客が近づけないようになっている。

一時は無効になるかと思ったが、直前になって俺に賭ける奴が現れた。逆張りをしたがる奴はどこにでもいる。レートは九対一。感謝するぜ。大穴を当てた喜びに酔いしれてくれ。

そして空は見事な晴天。雲一つない。

ついでに言えば、アルウィンも『迷宮』の中だ。これで不安要素は消えた。

だから試合も当然こうなる。

絞り出すような気合が広場に響く。

「残念だったな。本気を出せばこんなもんだ。大人の力を見くびったな」

「うーん！」

エイプリルが鼻息も荒く、全力を出して倒そうとしている。けれど俺本来の腕力ならばびくともしない。蚊に刺されたほうがこたえるくらいだ。

「ほれほれ、どうした。おちび。俺を倒すんじゃなかったのか？」

「おちびって言うなぁ！」

歯を食いしばり、顔を赤くして力を乗せるのだが、悲しいかな力の差は歴然だ。

「負けるな、お嬢ちゃん！」

「そんなインチキヒモ野郎なんぞぶち殺しちまえ！」

観客は、ほぼエイプリルの味方だ。拳を振り上げ、やかましいくらいに声援を送っている。

「こん、のお！」

軽く押してやるだけでもう手の甲がテーブルにひっつきそうだ。それでもエイプリルは必死に食い下がる。これでは明日は筋肉痛間違いなしだな。こんな細い腕をして、俺なんぞのために一生懸命になって。

審判役のデズが白い目で俺を見ている。言葉にしなくても長年の付き合いで分かる。

非力なのにこんなに頑張っているお嬢ちゃんを力ずくでねじ伏せて楽しいか？　と訴えてい

るのだ。

だからといってわざと負けてやるほど殊勝な心がけなど持ち合わせていない。悪いな、エイプリル。君も世間の厳しさに身を晒す日が来たんだよ。そろそろ決着を付けてやるとするか。

と、最後の力を入れようとしたところで異変が起こった。興奮した観客がロープを乗り越えて俺たちの側まで寄ってきたのだ。

「いけ、諦めるな！」

「ヒモ男をぶちのめせ！」

直接触りはしないものの、ほぼ間近まで迫ってエイプリルを応援する。見れば俺に賭けている奴までエイプリルの味方だ。状況に流されやがって。

人の波が後から後から押し寄せるため、人の輪が分厚く、高くなる。

「おい、やめろ。どっか行け！」

そう言い放った瞬間、俺の頭上に影が差した。ひときわ大きなデカブツが、テーブルの上から覗き込みやがったのだ。

力が抜ける。体が重くなる。そこをエイプリルは見逃さなかった。

「えい！」

渾身の気合とともに俺の手の甲はテーブルに打ち付けられた。一瞬の静寂。

「勝負あり。勝者エイプリル」

「やったあ！」

無情なデズの宣言と同時にエイプリルが飛び上がって喜ぶ。観客も大はしゃぎだ。

「いや、待て。今のは無効だろ！　こいつらがジャマしやがった。妨害だ！」

「ちょいと興奮しただけだ。お前にもお嬢ちゃんにも指一本触っちゃいねえよ」

俺の反論をデズはあっさり退ける。えこひいきしやがって。

「約束だからね。ちゃんと働いて貰うから」

勝ち誇るエイプリルだが、まだ甘い。

「そいつはムリだ。書類っていうのはただ書けばいいというものじゃない。責任者、つまりじいさまの決済印……ハンコがいる。そいつがなければただの紙切れだ」

「残念でした。ちゃんとハンコは貰ってあるから」

「それ本当に本物？　ハンコなら何でもいいってわけじゃない。君は正式なギルド職員じゃないからね。孫のお遊びに話を合わせるために適当なハンコを押したんじゃないのかな」

「そんなことない。じーじはちゃんと……」

テーブルの下に置いてあったカバンから書類を取り出す。

「ちゃんと押してあるよ。ほら、ここにちゃんと……」

「よっと」

エイプリルの手から書類を取り上げる。

「ちょっと。返して！」

必死に奪い返そうと手を伸ばすが、俺とエイプリルの身長差では届かない。

「ちなみにもう一つ。この手の書類は、しかるべきところに出して初めて有効になる。今回の場合だと、事務方なんだが往々にしてトラブルってのは付きものでね」

書類を小さく折りたたむと、手のひらに載せて大きな口を開ける。

「ああっ！」

エイプリルが絶望的な悲鳴を上げる中、俺は口の中を激しく動かし、ごくんと喉を鳴らす。

「残念だったね。また次の機会ってことで」

エイプリルの顔が真っ赤に染まる。

「こんの……最低！　バカ！　ロクデナシ！」

ぶち切れて俺のスネを何度も蹴ってくる。俺は急いで避難する。これ以上この場にいたらおちびのファンに袋叩き（ふくろだた）きにされちまう。

「覚えておきなよ。世の中、最後まで諦めなかったら何とかなるものなんだよ」

とりあえずいい感じのことを言いながら俺はその場を逃げ出した。

「戻ってこいバカーッ！」

第四章　『巨人喰い』の誤算

窓から見える夕暮れは赤から群青色に染まりつつある。

今日はアルウィンも休みだが、所用で冒険者ギルドに出掛けている。

もう少しで帰ってくる頃だ。今日は腕によりをかけて料理を作っている。遅くなってしまったので急がないと。

迎えに行きたいところだが、先日、ギルドマスターのお孫様から不興を買ってしまったのでほとぼりが冷めるまでは近づかないようにしている。

扉をノックする音がした。姫騎士様のお帰りだ。

急いで出迎えると、アルウィンは何も言わず、しかめっ面のまま二階へ上がる。こいつは愚痴を聞く時間だな、と火から鍋を下ろしてから俺も後へ続く。

無言ではあるが、背中からは機嫌の悪さが伝わってくる。俺から尋ねても「うるさい」の一言なので、ここは黙ってお手伝いだ。話したくなったら話すだろう。

「食事ならできているよ」

「あとでいい」

アルウィンは装備を外すとベッドに腰掛け、そのまま仰向けに倒れ込む。これがお誘いなら大歓迎なのだが、このままのしかかったら間違いなくぶちのめされる。何も言わず、突っ立っているとアルウィンが天井を見上げながら言った。

「十九階だ」

「何が？」

「もうそこまで到達したらしい。『蛇の女王（メデューサ）』と『金羊探検隊（アルゴー）』の合同パーティだ」

どちらも最近売り出し中の冒険者パーティだ。特にマレット姉妹率いる『蛇の女王（メデューサ）』は別の『迷宮』にも潜った経験もあり、アルウィンたちを追い越して『千年白夜（せんねんびゃくや）』攻略の急先鋒（きゅうせんぽう）に躍り出たともっぱらのウワサだ。

「そこに〜『黄金の剣士（クリユサオル）』も加わるらしい。本格的に『迷宮』攻略に乗り出すようだ」

一致団結して、か。ご立派。

「私たちも誘われたが、断った。絶対に取り分で揉（も）めると思ったからな」

アルウィンの目的は『星命結晶（せいめいけっしょう）』で故郷に巣食う魔物を一掃し、マクタロード王国を復興することだ。分け前なんて渡せない。

「……もしこのまま、先を越されたら」

「考え過ぎだよ」

「分かっている。けれど、これは負けられない戦だ。敗北は許されない」

「ならそう言ってラルフやノエルの尻でも叩くかい？　『もっと働け、穀潰しども』ってさ」

アルウィンが息を呑む気配がした。上が取り乱していては、下は付いてこない。強力なライバルが現れて焦る気持ちは分かるが、もっとどっしり構えていればいいのだ。今日明日で攻略されるほど『千年白夜』も浅くはあるまい。

「まずは一歩一歩確実に進むことだよ。近道しようとするとすっ転ぶ。進んでいけばそのうち最下層にたどり着くし、『星命結晶』も手に入る」

おまけに太陽神の鼻も明かせる。いいことずくめだ。

「そうしたら」

アルウィンは不意に起き上がり、俺を見た。

「お前はどうするつもりだ。その、私が『迷宮』を攻略したら……」

俺がここにいるのは、一人では戦えなくなったアルウィンを助けるためだ。そうなればお役御免だろう。一緒にいる理由はなくなる。

本来なら俺とアルウィンには接点なんてものは存在しない。チンケなヒモと亡国のお姫様。出会うはずのない二人が、奇妙な巡り合わせで一緒にいる羽目になった。それが元に戻るだけだ。寂しいとか離れたくない、なんてのは感傷だ。いつか、いい思い出になる。

「まあ、この街からは出て行くかな」

王国から魔物がいなくなればアルウィンは国に戻り、女王に即位するだろう。けれど俺が王配などなれるわけがないし、そもそもそんな関係ですらない。何より周りのお偉いさんが許さない。生木を裂くように引き離されるか、俺が暗殺されるかのどちらかだろう。

かといって俺一人がこの街に残れば彼女の醜聞欲しさにくだらない連中がわんさと狙ってくる。誘拐なり監禁なりされて、話したくもないことを話せと強要されるだろう。

幸せをつかもうとしている彼女の足手まといにはなりたくない。

「ま、どこででも生きていけるよ。俺ならね」

そうなる前にどこかへ姿を消すつもりでいる。故郷に帰るつもりはないし、そもそも親兄弟が生きているかも分からない。適当に旅をしながら居心地の良さそうなところを探す。根無し草の風来坊は昔からだ。働くとしてもロクな仕事には就けないだろうが、俺一人が食うだけなら何とかなる。別のお姉ちゃんのところに転がり込んでヒモ生活を続けるのもいい。これまでだって何とか生きてきたのだ。また孤独な一匹狼（いっぴきおおかみ）になるだけの話だ。

ただ、名前はまた変える羽目になるだろう、アルウィンと過ごしたマシューはどのみちいなくなる。

今度はもっと王子様っぽくて気品がある感じの名前にしようかな。

そこでアルウィンの顔が曇っているのに気づいた。

「心配しなくっても君のことは喋（しゃべ）らないよ。約束する」

「そうではない」赤い髪を波立たせ、もどかしそうにかぶりを振る。

「それでお前は、いいのか？」

「いいも何も。最初からそのつもりだからね」

いつまでも幸せに暮らしましたとさ、は昔話の中だけだ。どんな形にせよ、いつか必ず別れる日が来る。それまでは、ありがたく二人の時間を過ごす。それでいい。それだけでいい。

つとめて明るく話しかけたつもりだが、アルウィンは俯いたままだ。悔しがっているようにも恥じているようにも見える。俺は彼女の前にひざまずき、手を取る。

「ずっと先の話だよ。当分はここにいる。君の体のこともあるしね」

『迷宮病』と『解放』。心と体、両方に蝕まれたアルウィンを置いてはいけない。

「俺のことより、今は目の前に集中しよう。考え事ばかりじゃあ、それこそほかの連中に先を越されちまう」

「そう、だな」

アルウィンは微笑する。自分の気持ちをムリヤリ呑み込むように。

「なんだったらそいつらの料理に虫下しでもぶちこんでやれば、『迷宮』の中でピーゴロロだ」

本気でやるなら。腹下しよりは毒薬にするけど。『迷宮』へ潜る前に遅効性のしびれ薬でも盛れば勝手に魔物のエサになってくれるはずだ。

「やめろ」

アルウィンは真顔でたしなめる。

「冗談でもそういうことは言うな」

「はいはい」そういう生真面目なところ、嫌いじゃないよ。

「この話はおしまいだ。食事にしよう。虫下しは入ってないから安心してよ」

「当たり前だ」

そこでようやくアルウィンが笑った。立ち上がると、意気揚々と部屋を出る。どうやら機嫌も直ったらしい。階段を降りると笑顔で振り返った。

「腹も空いた。今なら何でもおいしく食べられそうだ。今日は何だ」

「ナスビとトマトとキノコの煮物に、ナスビと豚肉の炒めもの。あと焼きナス」

「外で食べよう」

そのまま外へ出ようとするので後ろから肩をつかんで回れ右させる。

「好き嫌いはダメだよ」

「腕によりを掛けると言うから金を渡したのに、よりにもよって紫のアレばかりとは、どういう了見だ！」

「おいしいからだよ」

色艶も良かったし、栄養もある。簡単な料理法も市場でいくつか教わった。

「お前という奴は、ロクな金の使い方をしない」

「あれが食べたくない、これはイヤだ。なんて君の大好きな民の前で言えるのかい？　この苦難の時期に。ついでに言うと、君の大好きな国民の中にも紫のアレを育てている農民だっていたはずだよ」

伝家の宝刀を取り出すと、アルウィンはそっぽを向いてむくれる。マクタロード王国の宮廷料理人の苦労が偲ばれる。

「昔もそうやってワガママ言っていたわけ？」

「ちゃんと食べていたぞ。鼻をつまみながら」

「なら、俺の料理だって食べてよ。君のために心を込めて作った」

俺に好き嫌いはない。食えるものは何でも食う。そうじゃないと生きていけなかった。

「そうやって力を付けて『迷宮』も攻略して、一日も早く王宮でナスビパーティとしゃれこもうじゃないか」

「絶対にお断りだ！」

アルウィンは不承不承という感じで食卓に座る。せっかくの料理を鼻つまみながら食べるのは勘弁して欲しい。

と、彼女との団欒を破るように玄関の扉をノックする音がした。誰だ、こんな時間に。

姫騎士様は焼きナスと格闘中だし、取り次ぎは俺の役目だ。いきなり開けると暗殺者が飛び込んできた、なんて可能性もある。慎重に隙間からのぞくと、そこにいたのはノエルとラルフだ。だが気配は……二人だけじゃないな。ほかにもいる。

「どうした、こんな時間に」

それが、とラルフが話しかけたところで女の声が被さった。

「ごめんなさいね、お休みのところ。どうしても姫騎士様と話がしたくて」

しばらくして、食堂には八人の人間が集まった。アルウィンの指示で料理は片付けられ、目の前に並んで座るのは四人の男女。その真ん中に座るのは、同じ顔をした女たちだ。ツバの広い帽子を被り、黒のロングコートを着ている。艶やかな金髪をまとめ、背中に垂らしている。ややつり上がった菫色の瞳は猫のようだ。コートの下には赤のシャツに黒のロングブーツ。同じ格好をした二人の女が全く同じポーズで座っている。

セシリアとベアトリス。双子のマレット姉妹だ。魔術師にして冒険者パーティ『蛇の女王』のリーダーでもある。その両端にはレックスにニック。どちらも『黄金の剣士』と『金羊探検隊』のリーダーだ。三つのパーティーリーダーがそろい踏みというわけか。

その向かいに座るのは我らがアルウィンだ。その後ろにはノエルとラルフ、そして俺が壁際に立っている。俺一人で夕食ってのも味気ないからね。ラルフからは「何故お前がここにいる」って目でにらまれているが、当然無視だ。

「合同パーティの話なら断ったはずだが」

開口一番、アルウィンが不機嫌そうに言った。

「いい話だと思うけど」

口を開いたのは、ベアトリスだ。こちらの方が妹らしい。顔は同じだが、髪を一つにまとめているのがセシリア、二つにまとめているのがベアトリスらしい。

「これから先、魔物はもっと強くなる。雑魚(ざこ)がいくら集まってもムダだし、強い奴(やつ)が足引っ張られるのも我慢できないの。だから各パーティから腕利(うでき)きを選(え)りすぐって、選抜パーティを作りたいのよ」

「残された者は、その補助に回るのだったな」

要するにベアトリスが作りたいのは『冒険者同盟(クラン)』か。複数の冒険者パーティが加盟し、必要に応じて合同作戦に参加したりパーティの再編を行ったりする。

ありがちなのは各パーティから凄腕(すごうで)だけを集めて最前線に挑み、残った者は予備人員や雑魚(ざこ)退治や補給、輸送など補助や裏方としてサポートする。ベアトリスがやりたいのもそれだろう。

「ちなみにうちからはアタシとセシリア(シシー)。『黄金の剣士(クリユサオル)』と『金羊探検隊(アルゴー)』からはレックスとニック。そちらからはそうね、アンタと後ろのちっちゃい子かな」

一応、見る目はあるようだ。ヴァージルたちも悪くないが、二人の力は飛び抜けている。俺でもそうする。ラルフなど問題外だ。悔しがる資格もない。

「私の返事は同じだ。いかに腕が立とうと、信頼できない人間と組むつもりはない」

合理的ではあるがクランの成功率はそう高くない。騎士や兵士ならいざ知らず、冒険者は我の強い人間ばかりだ。組織や集団のために身を粉にして働くような人間は、冒険者なんかやっていないし、やらない。数名ならともかく、人数が多くなればなるほど利益調整や意思統一が困難になる。それに個人的感情が絡めば不平不満も募り、やがて破綻する。

　アルウィンの言うように信頼の問題もある。互いの背中に命を預けるのだ。初めて組むような人間を信じ切るのは難しい。何よりアルウィンには大きな秘密がある。

「一時的な共同作戦なら考えてもいい。だが、同盟については何度言われても同じだ」

「新パーティのサブリーダーでもいいんだけど」

「降格ではないか」

　アルウィンは鼻で笑った。

「悪いがほかを当たってくれ。私たちは私たちのやり方で進む」

　どん、とテーブルが震える。ベアトリスが足をテーブルの上に載せたのだ。

「アンタ、何様のつもりよ。昔はお姫様だったかもしれないけど、今は帰る場所もない冒険者じゃない」

「……」

「五つ星のアタシたちが誘ってあげているのよ。感謝したらどうなの？」

　実力と知名度はともかく。冒険者ギルド内部でのアルウィンは、まだ三つ星だ。それ以上の昇進にはギルドの定めた依頼をこなす、など条件があるのだが、アルウィンはそれらをすべて断っている。彼女の目的は王国の再興であって、冒険者として名を挙げるためではないからだ。

引き換え、マレット姉妹は五つ星だ。まだ二十二歳という話だが、その若さで五つ星など、かなりの異例だ。相当の修羅場をくぐってきたのだろう。

「ありがた迷惑だ。それに、狭い世界の序列にこだわるつもりはない」

「はっ、生意気」

「それよりも」

アルウィンはテーブルの端をつかむと、一気に引き上げる。ベアトリスが悲鳴を上げる。バランスを崩し、後ろにひっくり返そうになるところを隣のセシリアが支えた。

「テーブルの上に足を載せるのは大変にはしたない。これは私の知る限り、世間一般の常識だと思っていたが、貴殿らは育ちが違うと見える」

「アンタッ！」

ベアトリスが激高しながら立ち上がると、袖から奇妙な形の杖を取り出し、アルウィンに突きつける。蛍のような輝きが杖の周りに集まり、やがて霧散する。

「これ以上狼藉を働くというのなら容赦はしない。賊徒とみなして叩きのめすまでだ」

アルウィンの抜き放った剣の切っ先が、喉元に突きつけられているからだ。ベアトリスは屈辱に顔をゆがめ、仰け反った体勢で硬直している。

レックスとニックが剣呑な雰囲気で立ち上がる。同時にノエルとラルフもいつでも武器を抜けるように構える。何も動いていないのは、俺とセシリアだけだ。

沈黙が流れる。人数だけなら四対四だが、俺は戦力外だしラルフも半人前だから実質は四対二・五ってところだな。不利は免れないが、それを何とかするのも我らが姫騎士様だ。あちらも無事では済まないだろう。

「帰りましょうか」

頰杖をつきながらつぶやいたのは、姉のセシリア・マレットだ。

「今日はお互い頭に血が上っちゃっているみたいだし、日を改めましょう」

「けど、このままなめられっぱなしじゃあ……」

「ねえ、ビー」

妹の反論をさえぎって立ち上がると、甘えた声を出しながら自分そっくりな顔を両手で挟み、振り向かせた。

「アンタは最高よ。とっても素敵。冒険者としても女としても超一流。けど怒るとすぐ頭の中が、ママの洗濯物みたいに真っ白になっちゃう」

今にもキスしそうなくらいの近距離で妹に言い聞かせる。

「この状況から姫騎士様に『うん』と言わせる方法があるのなら続きをしてもいいけど、そうじゃないのならまたお互いに冷静になってから、別の提案をすべきでしょ」

「だから力ずくで……」

「その前に死人が出るわよ。戦力アップのための交渉なのに、それじゃあ本末転倒よ。違う？」

ベアトリスは舌打ちすると姉の手を外し、アルウィンに向き直る。

「今日のところはシシーに免じて許してあげる。また来るから」

一方的に言い放つと、出口へと向かう。最悪の事態は免れたが、緊迫した空気はまだ緩む気配はない。

「ところでさ、そちらのお嬢さん方に聞きたい事があるんだけど」

そのような場の空気を読まずに俺は口を開いた。

「君たちってさ。ほかに姉妹とかいる？　姉か妹とか」

「いないわ」返事をしたのはセシリアだ。

「マレット姉妹はあたしとビーだけ。生まれてから今までずっとね。それがどうかしたの？」

「ああ、十分だ」俺は何度もうなずいた。「ほっとしたよ」

いざというときに、またぞろ三兄弟だ、四兄弟だと湧いて出てこられたら面倒だからな。

ベアトリスは釈然としない様子だったが、戯れ言と判断したのかそのまま出て行った。レックスとニックもそれに続き、最後にセシリアが振り返った。

「また次の出会いに」

扉の閉まる音がして、十ほど数えてからラルフが大きなため息を吐いた。

「危なかった。あいつら凄い腕だ」

「感心している場合か、ボケ」

テーブルを拭きながらラルフ坊やに文句を叩き付ける。

「夕食の時間にあんな客連れてきやがって。テメエで何とかしとけ」

「俺だって連れてくるつもりはなかったさ！　けれどあいつらが強引に」

「まあいい。過ぎた話だ」

アルウィンが慈悲深くアホの家来をかばってやる。

「何度来ようと返事は同じだ。私の仲間は私が決める」

でもラルフは外すべきだと思う。無能な味方ほど厄介なものはない。

「申し訳ございませんでした。それでは、私たちはこれにて失礼いたします」

「よかったら一緒に夕食でもどうだい」

わびて出て行こうとするノエルを呼び止める。

「君の分くらいならまだある。今日はナスビづくしだ」

「は？」

アルウィンがやんごとなき血筋にあるまじき声を上げた。

「私は片付けろと言ったはずだが」

「だからまた食べられるようにあっちに置いておいたんだよ、ナスビ料理」

「そうか」

釈然としない様子だったが、ノエルたちの手前、だだをこねるのは控えてくれたようだ。ノエルの前でならアルウィンも美味しそうに食べるだろう。実際、美味しいんだけどね。

「よろしいのですか？」

「……ああ」

きらきらした目で許可を求められればアルウィンもうなずくしかない。ついでにラルフも食っていくことになった。俺のとっておきを食わせてやるのは業腹だが、残すよりはマシだ。

「今持ってくるから。そういや、君、ナスビは食べられる？」

「大好物です。ナスビの嫌いな人なんていませんよ」

ノエルの返事は溌剌としていた。俺はアルウィンに向き直った。

「……だって」

「この子は世間に疎いところがあるから……」

好き嫌いと世間知らずをごっちゃにしないの。

翌朝。今日からまたアルウィンたちはしばらく『迷宮』に入る。朝食もそこそこに、鎧を身にまとい、家を出る。ノエルたちとは、冒険者ギルドで待ち合わせの予定だ。

「送っていくよ」

「いらない」

朝から姫騎士様は不機嫌だ。朝食に出したナスビのチーズ添えがお気に召さなかったらしい。おまけに「私が帰るまでに責任を持って紫のアレを全部食べておけ」とのご命令だ。後で市場のご婦人方から追加のレシピでも聞いておこう。

「じゃあせめて、『いってらっしゃい』のキスでも……」

しようかと思ったら出て行くところだった。

「あ、しまった」

今日の分のあめ玉を渡すのを忘れていた。あれが切れると、アルウィンは戦えなくなる。

追いかけようとあわてて扉を開けてとっさに仰け反った。

アルウィンはまだそこにいた。玄関の前でこちらに背を向けて立ち尽くしている。

「どうしたの？」

後ろから覗き込むと顔が蒼白になっている。震える手には、紙を握っている。俺は手を伸ばしてその紙をかすめ取る。汚い字で殴り書きしてある。

お前の過去は知っている。
どれだけとりつくろっても罪からは逃げられない。
英雄ぶったところで貴様の本性は、醜悪で浅ましい。
死肉漁りの鴉だ。

「この紙はどこに？」

「……見つけたのはたった今だ。壁の内側に、石の下に置いてあった」

風で飛ばされないように工夫までしてあるってことは、偶然どこからか飛んできた、という線はなさそうだ。誰かが意図的に置いたのは間違いない。最後に紙があった辺りを見たのは、昨日出かける前の昼過ぎだ。夜露に濡れて紙もやや湿気ている。置いてから半日は経っているだろう。昨日の夕方、俺が出掛けている間に置いたってところか。

「心当たりは？」

アルウィンは前を向いたまま首を振る。字もわざとなのか、ひどく乱れている。これでは誰が書いたかも分からない。少なくとも心当たりはない。アルウィンも同様のようだ。どこの誰ともしれない人間が、アルウィンを脅し、怯えさせている。頭に血が上りかけたところで目の前の女の存在を思い出す。

「マシュー、私は」

「大丈夫だよ」

凍えているかのように震える体を、後ろから抱え込むように抱きしめた。

「こんなのはただのイタズラだよ。具体的なことなんか何も書いちゃいない」

片方の手で頭を撫でながら言い聞かせる。

過去だの罪だのと、誰にでも通用するような文言ばかりだ。本当にアルウィンの秘密を知っていて、それをネタに脅迫するつもりならもう少し匂わせる言葉を散りばめるだろう。ご先祖様のネックレスとか、売人の名前とか。

「君の名声をねたんでからかっているんだ。気にするだけ損だよ」

つとめて優しい声音を出し、何度も頭を撫でる。震えが収まったところで切り出す。

「今日は休んだ方がいい。『迷宮』は逃げないからね」

「いや、それは」

「そんな青い顔して『迷宮』なんか入ったら魔物のエサになるだけだよ。とにかく今日は家でおとなしくしていること。ノエルたちには俺から連絡しておく。その間、誰も家に入れちゃダメだ。ムリヤリ入ってくるようならそいつは賊だ。ぶった切れ。いいね」

噛んで含めるように言ってから俺はあめ玉を取り出す。

「これ今日の分だ。一個だけだからね」

「……そうか」

「なんだったら口移しでもいいけど」

「やめろ」

俺の手から奪い取る。じっと緑のあめ玉を見つめてから手の中に収める。

「自分で食べる」

「へいへい」

まだ顔色は戻らないが、俺の冗談に言い返す程度には落ち着いたようだ。

「それじゃあね」

アルウィンが家の中に入り、中から鍵を掛けたのを確認してから冒険者ギルドへ向かう。先程の怪文書が手の中で紙くずに変わる。

どこのどいつだ、ふざけたマネしやがって。さしあたっては、書いた奴(やつ)の特定だ。イタズラだろうと容赦はしねえ。もしこれが脅迫の第一歩というのならなおさらだ。アルウィンの心の平穏のためにも絶対に探し出してやる。

「まずは、あそこだな」

九人目は長い銀髪の美人だった。

「ねえ、お嬢さん。旅の人？　今からメシ食うところ？　ここらは色々ぼったくりも多いからね。どう、これから俺と食事でも……あ、後ろ、彼氏君？　へいへい、退散しますよ。それじゃあね、いつまでもお幸せに」

おっかない目でにらまれたので小走りで退散する。

また失敗か。次こそは、と気持ちを切り替えたところで八人ほどの『聖護隊(せいごたい)』がこちらに向かっているのが見えた。先頭にいるのは、ヴィンセントだ。

「よう、ヴィンス。朝から巡回か。精が出るね」

「こんなところで何をしている？」

呆れ果てたような口調で問いかけてくる。

「見て分からない？　ナンパだよ」

ここは東の大通りだ。東の大門から入って少し歩くと旅人向けの食堂や宿屋が立ち並ぶ。人通りも多い上に、裏通りに入っていくと連れ込み宿もある。なので、道行くご婦人方と仲良くなりたい紳士や、その手の男から金をせびり取ろうとする淑女が集まりやすい。

「ああ、あの姉ちゃん。さっきは興味ないとか言っていたクセに、あんな優男と一緒に……」

悔しがる俺の横でヴィンセントが盛大なため息をつく。

「働きもせず、アルウィン嬢に戦わせて、か」

「だから勤勉にナンパしてんだよ。これが俺の商売だからな」

姫騎士様に飽きられないよう、会話や口説き文句の訓練は欠かせない。ちょっとした武者修行だ。

ヴィンセントが汚物でも見るかのように顔をしかめる。

「お前もどうだ、ヴィンス？　その面なら十人くらい声かければ一人は引っかかるぜ」

「俺には妻子がいる」

「マジ？　嫁さん美人？」

「お前には関係ない」

ああ、ピンときた。家同士の政略結婚ってやつか。

「子供は？」

「男の子が一人。五歳になる」

「こっちに連れて来ているのか？」

「そんなわけないだろう」

「だろうね」

こんな物騒な街に連れてきたらまず裏社会の連中に誘拐されて、ヴィンセントへの脅しに使われる。つまり俺もその方法は使えないってわけか。残念。

「いいか、これだけは言っておく」

考え事をしていたらヴィンセントが俺の眼前に指を突きつける。無作法だな。

「今は泳がせているだけで、お前はまだヴァネッサ殺しの容疑者だ。証拠さえ見つかれば、すぐにでも処刑台に送ってやる。それと、俺をヴィンスと呼ぶな。馴れ馴れしくするな！」

凄まじい剣幕でまくし立てる。

「そうは言うけどさ、ヴィンス。お前さんこそさ、ヴィンス。アルウィンに論破されたのをさ、ヴィンス。忘れたわけじゃねえだろ、ヴィンス。学習しろよ、ヴィンス」

胸倉をつかまれ、悪魔のような形相ですごまれる。

「これ以上、その『減らず口（ワイズクラック）』を並べ立てるなら牢屋（ろうや）にぶち込むぞ」

「承知しましたよ、カーライル卿（きょう）」

気の短い奴（やつ）だ。むしろこっちが本来の姿なのだろう。

ヴィンセントは舌打ちすると、俺を突き飛ばした。後ろによろめいたところで誰かとぶつかった。

「ああ、悪い。ケガは……あ、じいさんか」

「マシューか。何やっているんだ」

ふさふさ眉毛の下から見上げているのは、六十歳ほどのじいさんだ。小柄なのにくわえて、背中にでかいカゴを背負っているのでいつも腰が曲がっているように見える。だが、見た目に反して体つきはがっしりしている。

「ご覧の通りナンパだよ。じいさんもどうだ？　老いらくの恋も悪くないぜ」

「そんな元気はねえよ。気力もあっちの方もな」

しわがれた声で手を振る。年寄特有の自嘲めいた笑いだ。

「昨日はすまなかったな。ほれ、こいつも持っていけ」

カゴの中から取り出したのは、赤や黄色のパプリカだ。礼を言って受け取るが、アルウィンはこれも苦手なんだよな。なんとかして食べさせる方法はないものかね。

「もらいすぎだな。そのうち何かお返しでもするよ。欲しいものでもあるか？」

「なら、さっさとあの姫騎士と別れるんだな」

じいさんは言い聞かせるような口調で言った。

「お前にゃあ、あの王女殿下はもったいねえ」

「言ってくれるぜ」

不釣り合いは百も承知だっての。

「じゃあな。いつまでもブラブラ遊んでねえで仕事しろよ」

「そのうちにな」

じいさんは手を上げて雑踏の中へ消えていった。入れ違いにヴィンセントが尋ねてくる。

「知り合いか？」

「元々は冒険者ギルドの『運び屋』なんだが、時々ああやって野菜仕入れて市場で売っているんだよ」

『運び屋』はその名のとおり、ギルドお抱えの運搬係だ。冒険者の倒した魔物の死体や体の一部、手に入れたお宝などの戦利品、時として冒険者の死体なんかも運ぶ。この街では冒険者とともに『迷宮』にも潜る。基本的には戦わないので、力だけが自慢の奴（やつ）や引退した冒険者が就く場合もある。普通は冒険者に同行して荷物を回収するだけだが、時折たちの悪い冒険者に肉の盾や囮（おとり）として利用される。

危険だが、実入りは少ない。必要な仕事なのだが従事する人間も少ないため、ああいう年寄が現役だったりする。

「昨日、南の市場でチンピラに絡まれていたところを助けたんだよ」

代わりに袋叩きになっただけ、ともいうが。幸いにも衛兵がすぐに駆けつけたのでじいさんにもケガはなかったし、俺も財布までは取られずに済んだ。

「……市場の巡回を見直しておく」

生真面目だねえ。

「お前はさっさと消えろ。これ以上、路上でいかがわしいマネをするなら本当に逮捕するぞ」

「ちょっち小耳に挟んだんだけどさ」

言い捨てて早足で通り過ぎようとするヴィンセントの背中に声を掛ける。

「今、『聖護隊』の再編成の真っ最中だって?」

ヴィンセントを中心として、綱紀粛正に乗り出しているという。不正役人や裏の連中の息がかかったのを追い出している。ウワサでは、衛兵上がりの半数が首になり、元の職場に復帰しているそうだ。

「足下がぐらついていては、この街の治安回復など不可能だからな」

それで、残っているのがあれかよ、とヴィンセントの後ろを見れば色黒とちょびひげが、文句あるのか、と言いたげににらんでやがる。あれが残留ってことは、首になった連中はよほどひどかったのだろう。

「だからお前に構っているヒマはない。くだらない騒ぎを起こすな」

釘を刺すように言って、ヴィンセントは去って行った。その背中を見ながら俺は頭を掻いた。

こいつは、ハズレかな。

何か情報でも握っているかと通りそうな場所で待ち伏せしていたのだが。名前を出しても気配に変化はなかったし、隠している様子もない。無関係とみて間違いなさそうだ。

あと怪しいのは、昨日来たマレット姉妹たち合同パーティの連中だが、ノエルの話では今朝からまた『迷宮』に潜っているらしい。聞き出そうにも帰ってくるのは二日か三日後だそうだ。紙を置いた奴が分かれば話は早いのだが、夜中だし、目撃者もいない。うちの近所には素性の確かな連中ばかりで、胡散臭いのは俺の知る限り俺だけだ。

目撃者となるような路上の紳士もいなかった。金持ちの住宅街に近いので、衛兵どもも重点的に見回っている。道端で寝転がっていれば、お偉い方々のジャマになるからとすぐに追い払われてしまう。

念の為に一番手近にいた路上の紳士に聞いてみたが、それらしい人物は見ていなかった。

あの手の紳士諸君は一見、自由に見えて厳しい縄張りがある。それを管理・統括しているのが『紳士同盟』というギルドであり、その上にいる裏社会の連中だ。善意と哀れみから施された金や食い物の一部が、そうした連中に流れていくのだからイヤになる。

つまり今のところは、手詰まりだ。アルウィンも気がかりだし一度戻るとするか。

「ねえ、そこのお兄さん」

帰ろうとしたところで声を掛けられた。旅芸人らしき派手な造作のお姉さんだ。乳もでかい。

「あなたここの人？　この辺案内してくれない？」

色気たっぷりの粘っこい口調でしなだれかかってくる。

「悪いけど、用事を思い出してね。また今度にしてよ」

手を振ってその場を後にした。お姉さんたちは当てが外れても気にした様子もなく、頭髪の薄い大男に声を掛けていた。


家に戻ったのは昼頃になっていた。様子を見にアルウィンの部屋に向かう。ノックをすると返事があった。

アルウィンはイスに座り、本を読んでいた。さすがに鎧（よろい）は外していたが、服は朝出かける時のままだ。

「寝てなくていいの？」

「眠くもないのに寝ていられるか」

それで気晴らしに本を読んでいたと。まあ、顔色も落ち着いたようだし、問題はなさそうだ。

「何を読んでいるの？」

「パーシー・モルトハウスの詩集だ」

「面白い？」

「百年以上読み継がれている」

読んでみろ、と渡された。

「口を開けばいつも下品な冗談ばかりではないか。お前もたまには詩を読め」

「育ちが悪いもんでね」

とはいえ、せっかくなので読んでみる。

「己の醜さを恥じて洞窟の中に閉じこもった騎士に、優しき心を持った姫が語りかける場面だ」


「わたしは怪物。傷だらけの醜い顔だ」

「いいえ、誰よりも勇敢に戦った証（あかし）。私の愛はその顔にこそ捧（ささ）げたいのです」

「もはやこの身は魔物の毒で腐りきり、明日をも知れぬ命」

「わずかな時間であっても懸命に守り抜いたそなたをどうして笑えましょう」

「もはや戦う魂も勇気も失い、捧（ささ）げられるものは姫君に何一つ持たぬ」

「あなたの愛が、いにしえの都市を塗り固めた黄金よりも、満天にきらめく星々よりも、私にとって掛け替えのない宝石」

俺は腹を抱えて笑ってしまった。

「何がおかしい」

「いや、ゴメン。笑うつもりはなかったんだけどさ、つい。ダメだね。こういうの」

美辞麗句とか俺の辞書にはない。『クソ』と『小便』と『ケツ』と『ファック』、あとはその類語で埋め尽くされている。

「もういい！」

アルウィンが俺から詩集を奪い取った。

「お前に読ませた私がバカだった」

サイドテーブルに詩集を置くとそのまま部屋を出ていく。

「どこに行くの？」

「外で食べて来る。腹も減った」

今朝はあまり食べなかったようだし、怒ったので胃袋が刺激されたのだろう。

「俺も行くよ」

「お前は紫のアレでも食べてろ」

「機嫌直してよ。分かったよ。もうナスビは出さないからさ」

三日に一度くらいしか。

その後も謝り、甘え、なだめすかしてどうにかアルウィンのご機嫌も落ち着いた。

食事も終わり、大通りをぶらついていると、すぐ横を通る馬車から声を掛けられた。

「アルウィンさん！」

少し離れたところで馬車が止まり、銀髪の少女が飛び出してきた。エイプリルだ。

アルウィンに嬉しそうに抱きついた。と思ったら俺を軽蔑の眼でにらんだ。

「なんだ、バカマシューもいたんだ」

先日の腕相撲の件で、俺の評価はガタ落ちになってしまった。約一年間、こつこつ築いてきた信用も水の泡だ。けれど自業自得なので笑ってやり過ごすしかない。大体、今の俺はアルウィンの専属のようなものだ。冒険者ギルドなんぞの飼い犬になるのは御免被る。

「えーっとね、今から新しいドレス作ってもらうんだ。今度領主様のお屋敷で建国祭のパーティがあって、お爺様と一緒に出席するの」

この子は一応お金持ちのお嬢様なんだよな。ふと見れば、馬車の側で初老のご婦人が頭を下げている。エイプリルの侍女のノーラだ。ご婦人連れでは馬車の方がいいだろうな。

「君なら仕立屋を屋敷に呼びつけた方が早いんじゃゃない？」

「アホマシューは黙ってて」

またもにらまれてしまったので、口をつぐむ。

「こういうのはお店に行くからいいんじゃない。自分の部屋で選んでも面白くないって」

これだけからダメなんだ、と言いたげに首を振る。環境を変えて特別感を出したいのだろう。ムダ遣いって感じだけど。

「そうだ。アルウィンさんも付いてきてよ。一緒にドレス選ぼうよ」

「いや、私は」

ドレスよりも剣とか武器が好きなお方だからな。あとはよく分からない詩集か。

「じゃあ、ワタシのドレス選んでよ。お姫様っぽいの」

「止めておいたほうがいいと思うよ」

「クズマシューには聞いてない！」

心からの忠告も一言ではねのけられる。いいのかねえ。

結局、エイプリルに押し切られる形で俺たちも仕立屋に同行する羽目になってしまった。

俺たちが向かったのは西の大通りに面した『白雛菊（しろひなぎく）』というお偉方御用達（ごようたし）の店だ。オーダーメイドのほかに既製品も扱っている。ここで体の寸法を測り、山ほどある見本の中から生地や服のデザインを決めて、裁縫師が縫って完成するわけなのだが……。

「これなどどうだ、ほら、女の子だし、花柄とかぴったりだろう」

喜色満面でピンクに黒と紫の花の生地など高々と掲げられて、どう返事をすればいいのだろうか。鏡を見れば、俺とエイプリルが同じ顔になっている。

「ちゃんと正直に言った方がいい。着るのは君なんだから」

姫様の高貴な感性で選ばれた服は、我々下々の者には着こなせるものではございません、と。

エイプリルは何故か責めるような目をしながら俺に小声で問いかける。

「どうしてアルウィンさんってああなの？　お姫様じゃないの？」

「お姫様だからだよ」

他人の服を選んだ経験なんかまるでない。特にあの子は服装に無頓着で、お袋さんや侍女の選んだのを言われるままに着ていたという。今も俺や仕立屋や周りの人間に勧められたのを身につけている。それ故に彼女の感性は世間の波風にさらされることなく原石のままだ。

「では、これなどどうだ？　ほら、フリルがたくさん付いているぞ」

自信満々で百年前の流行を持ってこられて、エイプリルの顔が可哀想なほど引きつっている。

自分から言い出したので断りづらいという責任感と、こんな独特の感性でお選びあそばされたドレスなんか着たくない、という本音の板挟みになっている。

「交代だ。俺が選ぶよ」

このままではおちびが哀れだ。パーティで口さがない雀どもに陰口を叩かれてしまう。

「ズルマシューが？」

「お前、変なの選ぶつもりではないだろうな」

女性陣からの視線が痛い。あと君には言われたくない。

「ちゃんとエイプリルに似合うのを選ぶさ。まずは色だね」

「色？」

「当ててあげるよ。君の持っているドレスは黒とか青、あとは白ってところだろう」

「あ、うん。教えたことあったっけ？」

「君の銀髪に合わせるならそんなところだ」

じいさまの趣味ではどうしても無難になる。実際、普段も黒だ。

「いつも同じ色じゃあ退屈だし、飽きるだろ。今回はもう少し別の色にしよう」

生地見本がずらりと並ぶ中からお目当てを引っ張り出す。

「赤なんてどうかな」

両手に持った布地をエイプリルの髪に当てる。

「いいね。もうちょい明るめの赤がいいかな。君にぴったりだ」

「へえ」エイプリルが感心したような声を出す。

アルウィンは何も言わない。少し離れたところから物言いたげに髪をいじっている。

布地が決まればドレスのデザインだ。

「せっかくだから背伸びして大人っぽいのにしたいね。最近は胸元の開いたのが流行らしいけれど君にはちょいと早い。そんなのを見たらじいさまがひっくり返っちまう。代わりにこっちの肩の開いたのにしよう」

　見本のドレスの中から一番イメージに近いのを選ぶ。

「代わりにスカートは足下までだから。歩き方には気をつけなよ。いつもみたいに駆け回っていたら裾踏んづけてひっくり返っちまう。背筋を伸ばして歩くんだ。靴も赤で統一すればバランスがいいけれど、ヒールは低めなのを選ぼう。履き慣れないと足をひねる」

「すごい、なんかいい感じ」

　一つ一つ決まっていくたびにエイプリルが目を輝かせる。

「ドレスはこんな感じかな。あとは首元にネックレスだけれど、ドレスと合わせてルビーってところかな。ダイヤとか真珠でもいいけど、じいさまの財布と相談だな。まあ、君が頼めば冒険者ギルドをたたき売ってでもこしらえるよ」

「こんなに詳しいなんて知らなかった。いっつも同じような服ばかりなのに」

　ご婦人方の歓心を買うには服装と美容は欠かせない。あと俺が似たような服ばかりなのは、しょっちゅうチンピラにタコ殴りにされるし、金目のものを身につけていれば財布と一緒に持っていかれるからだ。高級な服など着ていたら金がいくらあっても足りやしない。

　一連の装(よそお)いをコーディネイトし終えた頃にはすっかりエイプリルの機嫌も戻っていた。あとはドレスの完成を待つばかりだ。帰りに俺たちを家まで馬車で送ってくれることになった。

　四人乗りの馬車に、俺とエイプリルは向かい合って座る。

「ありがとうね、マシューさん。助かっちゃった」

信用も何とか元通りだ。

「……」

俺の隣に座っている姫騎士様は、たいそうご立腹のご様子だけど。馬車に乗ってから窓の方をじっと見て、一言も喋(しゃべ)らない。

「また今度選んでよ」

「君のためならお安いご用だ……っいた！」

足を踏まれた。振り返ると、アルウィンがそっぽを向いて恨めしそうに言った。

「調子に乗るな」

「すねないでよ」

「すねてなどいない」

むくれながら言っても説得力ないよ。

「私だってその気になればあれくらい」

「じゃあ、君がどうしてもって言うから道化師みたいな格好して街歩いたら指さされて笑われた話する？」

「あれは、お前の顔を見て笑ったんだ」

「そうだね。黄色い声で『あのおじさん面白い格好』って言われたのも全部俺の聞き間違いだってことだよね」

「いつまでも過ぎたことをグチグチと」

「女々しい男なんでね。だからヒモなんてやっている」

不満げに言うアルウィンこそ最初は並んで歩いていたはずなのに、少しずつ距離を取っていったのもきちんと覚えている。

「ほら、機嫌直して。ふくれっ面なんか君には似合わない」

肩を抱いて引き寄せるもすぐに手で払われる。

「触るな、気持ち悪い」

「ウソばっかり」

今度は彼女の頭を軽く引き寄せる。身長差があるのでアルウィンの頭が俺の胸にもたれかかる形になる。

このままだとまた抵抗されるので頭を撫でつつ指で赤く艶やかな髪を梳る。

「今度君にも選んであげるからさ」

「……どうせ金を出すのは私じゃないか」

「俺は見てみたいな。俺が選んだドレスで着飾った君をさ」

甘い声音を作り、耳元でささやくように言う。

もう片方の手で彼女のあごをつかみ、まだそっぽを向いたままのお顔をこちらに振り向かせ

る。

「何色がいいかな。君なら白でも赤でもなんでも似合いそうだ」

潤んだ瞳を見つめながら顔を近づける。そこで咳払いが聞こえた。

「そういう事はご自宅に戻られてからでお願いいたします」

と、侍女のノーラが冷ややかな目をして告げた。

そこでアルウィンが我に返ったように俺から体を離し、馬車の隅っこに身を寄せる。

いいところだったが、まあ他人の馬車の中だからな。

「ああ、悪い。つい家の中にいるみたいになっちまってね」

「ううん、いいの」

エイプリルが顔を赤くしながら首を振る。子供にはちょいと刺激が強かったかな。

「ちょっとびっくりしただけだから。その、アルウィンさんっていつもは格好いい感じだから」

「可愛いところもあるんだ。今度うちに遊びに来なよ。フリフリのドレスで踊るところ見せてあげるってさ」

バカモノ、とアルウィンに脇腹を殴られる。

それからしばし雑談をしたところで俺たちの家に到着した。

「それじゃあね、また明日」

エイプリルは馬車の中から手を振って去っていった。空もいつの間にか夕暮れだ。

「それじゃあ夕食にしようか」

ここに戻る途中で馬車に市場へ寄ってもらっているので買い物もばっちりだ。

もちろん紫のアレは入れるな、と念押しするのも姫騎士様は忘れなかった。

「それじゃあ急いで……」

と、そこで俺は扉の横にしゃがみ込む。

「どうした？」

「犬のウンチ見つけた。多分、野良犬(のらいぬ)が入り込んでやらかしたんだ。捨てておくから先に入っていてよ。後で水と砂を撒(ま)いておくよ」

「手は洗っておけ」

アルウィンは、先に扉を開けて中に入る。

扉が閉まるのを確かめてから俺も二枚目の怪文書を丸め、ズボンのポケットにしまい込んだ。

俺たちが出掛けている昼から夕方の間に置いたのだろう。

二枚目の怪文書にはこう書いてある。

お前に安息の場所などない

必ず罪をつぐなわせてやる
淫蕩(いんとう)にふけるのも今のうちだ
中毒者の如(ごと)き狂人め

内容自体はほぼ同じだ。悪口ばかりで、具体的にああしろこうしろという中身がない。

マレット姉妹たち合同パーティの誰かが書いたのかと思ったが、あいつらはまだ『迷宮』の中だ。別の人間に代筆させている、という手もあるがまだ証拠が足りない。

ただ、短期間に続けて置いてくるとなると執念も感じる。どちらにせよ、早いところ手を打たないとまずい。アルウィンが見たらまた気分を悪くしちまう。


翌朝、大あくびをしているとアルウィンから白い目でたしなめられる。

「はしたないぞ」

「昨日は君が相手してくれなかったから一晩中むらむらしちまってどうにも眠れなくってさ」

「……好きなだけ寝ていてもいいぞ。なんなら永遠にな」

謝るから笑顔で剣を抜かないで。

「朝食にするぞ。今日こそは遅れを取り戻さないとな」

体調も戻ったようなので今日こそ『迷宮』に行くと大はりきりだ。

朝食と着替えも終わり、出陣の時だ。

はい、とあめ玉を取り出す。

「あーん、してあーん」

「いらない」

俺の手からあめ玉を取り上げると懐にしまい込む。

「行ってくる」

アルウィンは扉を開けてからちらりと足元を見て、ほっと息を吐く。

「行ってらっしゃい」

その背中を見送りながら俺は息を吐いた。一晩中見張っていたのに成果なしとは。来てくれれば即座にぶちのめしてやったのに。

後片付けをしようと食堂に戻ると、テーブルの上に小さな袋を見つけた。あめ玉を入れた袋だ。忘れていったのか。『迷宮』の中で『クスリ』が切れたら命に関わる。俺は急いでカギを掛けて、『迷宮』の入り口がある街の中心部へ向かう。

「間に合ってくれよ」

ギルドの前まで来ると、建物の前に人だかりができていた。

頭越しに覗くと、向こうにアルウィンの顔が見えた。良かった、まだ入ってなかったか。

ただその顔は険しい。誰かともめているのか？

「ゴメンよ、ちょいと通してくれ」

もみくちゃにされながら進もうとするが、こういう時に限って体格のいい連中に阻（はば）まれて前に進めない。遠くから見れば、アルウィンたちと対峙（たいじ）しているのは、マレット姉妹率いる『蛇の女王（メデューサ）』の面々だ。実力もさることながら六人全員が若い女性というなんとも華やかなパーティだ。俺も交ざりたい。現役復帰しようかな。

俺が近づこうともがいている間にも、アルウィンの声は苛立（いらだ）ちを増していく。

「合同作戦の件はまあいい。タラスク相手ならば、それもうなずけよう。だが、私たちが一割とはどういうつもりだ？　いくら何でも不公平が過ぎる」

どうやら取り分の件で揉（も）めているようだ。ちなみにタラスクというのは、どでかい亀の魔物だ。ただし頭が獅子（しし）で手足は熊、尻尾が蛇になっている。俺も昔戦ったことがあるが、ちょっと固くてそこそこ強かった。あいつなら人数集めて袋叩（ふくろだた）きにするのが一番だろう。『蛇の女王（メデューサ）』が予定より早く戻ってきたのも人数をそろえるためか。

「そりゃあそうでしょ。アンタたちは最高で三つ星。アタシたちは五つ星。どっちが偉いかなんて子供でも分かるじゃない」

アルウィンの抗議にもベアトリスはどこ吹く風だ。姉のセシリアは少し離れた場所でイスに座り、真っ昼間からワインを傾けている。

「星の数は関係あるまい。人数あるいはパーティの数で平等に分けるのが原則ではないのか？」

「何事にも例外は付きものよ。アタシたちがそれぞれ三割で九割、アンタたちが残りの一割。これは決定よ。ほら、召集状にも書いてある」

と、手に持った紙を見せつけるように振る。招集状というのは、冒険者ギルドが必要に応じて冒険者を呼び集めるために使われる文書だ。普通は取り分まで書くはずなどないのだが、ベアトリスがごり押ししたのだろう。あるいは色仕掛けで職員でもたぶらかしたかな。

正式な要請なので、理由もなく断るとペナルティが発生する。状況次第では、『迷宮』の出入り差し止めもあり得る。『迷宮』の所有権は国にあるが、管理は冒険者ギルドに一任されている。

「もちろん例外はあくまで例外よ。そこは交渉次第じゃないかしら。ねえ？」

言外に、クランへの参加を呼びかける。要するに、ベアトリスはギルドの権力を盾にしてアルウィンを屈服させようとしているのだ。

「それで私たちが納得すると本気で思っているのか？」

「あたしは止めたんだけどねえ」

姉のセシリアが困ったわね、と言いたげに首をかしげるが、本気で止める気配はない。

「さあ、どうするの？　世間知らずのお姫様。それともあのヒモ男に慰めてもらう？」

むしろ泣きついてくれた方がまだやりやすいんだけどね。変に我慢強いから。

　こういう時こそほかの連中がアルウィンをサポートすべきなのだが、どいつもこいつもギルドの権力を前にものが言えないでいる。役立たず。

「一つ質問なのですが」

　そう思っていたらノエルが不思議そうな顔をして進み出る。

「わたしはギルドに加盟してまだ日が浅いのですが、五つ星というのはそんなに偉いのですか？」

「当たり前じゃない」

　ベアトリスがせせら笑う。

「では、もし七つ星の方が同じような提案をされたら、あなたはおとなしく従うのですね。七つ星の方が偉いのですから」

「星だけの問題じゃないわ。総合的な実力や実績からの判断よ」

「実績はともかく実力とは誰が決めたのですか？　あなたですか？　ギルドですか」

「そんなもの、分かりきって……」

　最後まで言い終わる前に、ベアトリスの体が宙に浮く。地を這うように低く沈み込んだノエルによって足を払われたからだ。四つん這いの格好で倒れ込んだところにノエルがその上からのし掛かり、腕をベアトリスの首に回す。同時に体を半回転させて、自身の背中を床に付ける。仰向けに寝転がったベアトリスをその下から締め上げる形だ。

「これで今日からわたしも五つ星ということでよろしいでしょうか。いえ、わたしの方が強いのなら六つ星でしょうか」

ノエルにしては珍しく、冷やかすような口調だ。一昨日から大切な姫様を侮辱され続けて、一人静かにぶち切れていたのだろう。

「アンタ……」

ベアトリスが怒りと屈辱に顔を真っ赤にする。

「もう一度話し合いと参りましょうか。今度はお互い公平に。招集状とやらについても今度はわたしたちを含めた全員で」

「放せ、この野郎！　クソ、どきやがれ！」

ベアトリスは口汚く喚きながら身をよじるが、ほとんど動きはない。まるでひっくり返った亀のようだ。ノエルの足が腰に絡みついているので思うように動けないのだろう。

「何しているのよ、このチビを殺しなさいよ！」

仲間に呼びかけるが、ためらうばかりで棒立ちになっている。ノエルは小柄の上に、ベアトリスの体に隠れているので攻撃しようにも出来ない。それにこの体勢ならノエルが本気になれば首をへし折ることも可能だし、手っ取り早く隠し持っているナイフで喉を切り裂く手もある。

ベアトリスの顔が青くなる。首を極められているくせに叫びまくるから窒息し始めている。あれ、そろそろ手を緩めないと本気で冥界行きになるんだが。

ける。

「ちょ、助けて……シシー」

名前を呼ばれ、無言でセシリアが立ち上がった。空になったワインボトルを片手に、歩きながら腕を振り、袖の下から小さな杖を取り出す。そして足下の妹を見下ろすような形で杖を向ける。

「『浮遊』」

光の粒が包むと、音もなくベアトリスの体が浮き上がる。予想外の出来事だったのだろう。ノエルの手が離れ、尻餅をつく。その背後からセシリアがワインボトルを振り上げた。

ガラスの破片が床に飛び散り、その上に赤い滴が落ちる。

セシリアはもだえ苦しむノエルの頭をわしづかみにして強引に振り向かせる。

「あたしのビーに触らないで」

黒い炎のような殺意と、地の底から響くような声音に、ギルドの中が静まりかえる。

「もう、ダメじゃない、ビー」

セシリアの表情が変わった。子供のように頬を膨らませると、宙に浮いたままの妹の頬を両手で挟み、自分の方に振り向かせる。

「アンタってばいつも冷静で行動力も判断力もあって、最強で最高なんだけど、すぐに油断するから結婚指輪無くした時のパパみたいに真っ青になっちゃうのよ」

「ノエル！」

　アルウィンが体当たりのような形でセシリアに突っ込むが、身軽な動きで右に左にかわす。魔術だけではなく、体術も鍛えているようだ。セシリアは握ったままのボトルの口を投げ捨てると、袖の下からもう一本の小さな杖（つえ）を取り出す。狙いは、アルウィンか。

「『障壁（バリア）』」

　魔術により、アルウィンの周囲に透明な壁が生まれる。拳で叩（たた）き、蹴りつけるが、びくともしない。

「特等席で見てなさい」

　おどけたような口調でまたノエルへと向き直る。ラルフたちはというと、残りの『蛇の女王（メデューサ）』の面々に阻（はば）まれて膠着（こうちゃく）状態だ。さすがにこれ以上はまずい。デズに仲裁させようと名前を叫べば野次馬からは今朝から『迷宮』で行方不明者の捜索だと答えが返ってきた。間が悪い。

「『浮遊（フローティング）』」

　セシリアの魔術だ。ベアトリスと入れ替わりに、ノエルの体が宙に浮く。意識はまだあるようだが、打撃のせいで動けないでいるようだ。その間にもセシリアは飛び散った破片を足で払いながらノエルの真下に集める。

「止めろ！」

　セシリアの意図に気づいてアルウィンが叫ぶ。ノエルは俊敏な動きを得意とするので防具も軽装だ。場所によってはガラスの破片でも血まみれになる。セシリアは杖（つえ）を払った。

その瞬間、ノエルを包んでいた光は消え、落下する。

ガラスの破片が飛び散る。続けて床を転がる音がした。

「ノエル！」

「無事だよ」

アルウィンの声に手を挙げて応じる。

俺がとっさに床を滑りながら飛び込み、ノエルを受け止めたのだ。足から飛び込んだのでガラス片もほとんど弾(はじ)き飛ばした。ちょっとだけお尻に食い込んじゃったけど。

「大丈夫か？」

俺の腕の中では、ノエルがぐったりとなっている。血は止まっていないし、目もうつろだ。

「怖かった？　もし、おもらししちゃったのなら申告してくれ。今なら許す」

「頭から出ているのは、違いますよね？」

「君が奇人変人でなけりゃね」

ノエルを『回復役(セラフィナ)』に任せようとした時、今度は俺の頭が殴られた。

見上げれば、ベアトリスが怒りの形相でイスを振り上げているところだった。俺はとっさに覆い被(かぶ)さる形でノエルをかばう。衝撃が来た。頭がしびれる。ベアトリスは狂ったようにイスで殴りつけて来る。女の腕力と甘く見ていたがなかなかやる。魔術で強化しているのかもしれない。逃げようにも腕の中にはノエルがいる。殴られるのは慣れているとはいえ、いい加減誰か何とかしてくれよ。この際、ラルフでもいいぞ。今度はキスしてやってもいい。

衝撃とともに木の破片が頭に降りかかる。イスの方が耐えきれなかったようだ。舌打ちしてイスの脚を放り投げると、業を煮やしたように魔法の杖(つえ)を俺たちに向ける。この姉ちゃん、本気で俺らを殺すつもりか？

「やめろ！」

陶器を打ち砕いたような音がした。アルウィンが魔術の壁を自力で破ったのだ。獣のように飛びかかるなり、ベアトリスの顔を殴り飛ばす。続けて腹、顎、と拳を叩(たた)き込む。速度のある打撃に、ベアトリスはよろめきながら壁に倒れる。更にムリヤリ立ち上がらせると頭突きを見舞う。

「ベアトリス様！」

『蛇の女王(メデューサ)』の面々がヴァージルたちの横を掻(か)い潜(くぐ)ってアルウィンにつかみかかる。背後から二人がかりで羽交い締めにして、残りの連中が真正面から殴りかかる。アルウィンが吼(ほ)えた。拳が当たる寸前、体を強引にひねって背後の女を盾にする。同士討ちにひるんだ隙に蹴り飛ばし、殴りつけ、背負い投げを喰(く)らわせる。

「ざけんな、クソッタレ！」

セシリアが口汚く喚(わめ)きながら横合いから杖(つえ)を構える。アルウィンは手近なイスを投げつけるなり、跳躍する。

　魔術を中断し、飛んできたイスを払いのけた隙を狙って、セシリアの顔を蹴り上げる。顎が跳ね上がるほどの一撃だったが、セシリアは倒れなかった。逆にアルウィンに覆い被さるようにしてつかみかかり、壁に叩き付ける。ギルドを揺るがすかのような衝撃だった。続けてアルウィンの赤い髪をつかみ、壊れたイスの破片を振り上げる。いびつにとがった破片がアルウィンの眼前で止まる。アルウィンの手がその手首をつかみ、強引にひねり上げていた。

「私の髪に……触るな！」

　片手でセシリアの頭をつかみ、壁に叩き付ける。二度、三度と、打ち付けられて目が朦朧としている。そこを見逃さず、顔面を殴りつける。鼻血を流し、セシリアは仰向けにひっくり返った。アルウィンは喚きながら馬乗りになり、顔を殴りつける。反撃どころか、防御すら出来ずに殴られるがままだ。

「おい、止めろ！　もういい。君の勝ちだ」

　これ以上やったら本当に死ぬ。いくらギルドが原則不介入といっても衆人環視の前で殺せば処罰は免れない。だが、俺の声など聞こえないかのように殴りつける。どうなっている？　いくら怒っているといってもやり過ぎだ。

「止めるんだ。アルウィン」

　俺はノエルから離れ、アルウィンの体を後ろから抱きすくめる。

「放せ！」

強引に俺の体を振りほどく。肘が顔に入った。一瞬、目がくらむが今は痛がっている場合じゃねえ。もう一度、アルウィンに抱きつく。

「落ち着け。君は今正気じゃない。落ち着くんだ」

「黙れ！」身もだえして俺の腕を払いのける。自分の非力が恨めしい。

その瞬間、体中を揺さぶられる感覚を覚えた。俺だけではない。建物全体が揺れている。地震か。

まるで巨人がギルドの建物全体を振り回しているみたいだ。唸り声のような地響きに野次馬どももしゃがみ込み、悲鳴を上げる。

「お前らテーブルの下に隠れろ。頭をかばえ。ラルフ、テメエはノエルを守れ！」

柄でもない指示を出していると、亀裂の入る音が聞こえた。見上げれば、天井にひびが入っている。あそこは、この前どこかのひげもじゃがアホな冒険者でぶち抜いたところだ。まだ仮修理のままだったから脆くなっている。ヤバいな。落ちてくる。

「おい、アルウィン。逃げろ」

ダメだ。興奮して気づいていない。俺は彼女たちの上に覆い被さる。一瞬遅れて俺の背中に固いものが当たる気配がした。痛え。ホコリが舞い散る。

そこがピークだったらしく、少しずつ揺れは小さくなっていった。落ちてきた天井の一部も思いのほか軽かったので、そこから抜け出すのは簡単だった。

「ケガはない？」

体の下でアルウィンが呆然（ぼうぜん）としている。目から怒りは消えている。どうやら正気に戻ったらしい。セシリアも無事のようだ。

「マシュー……」

このまま感謝のキスでも受けたいところだが、もっと大切な話がある。

「来て」

アルウィンの腕を取り、立ち上がらせると、そのまま歩き出す。

「ちょいとアルウィンのケガを確認したいから部屋借りるぞ」

適当な言い訳をでっち上げると腰を抜かしているギルド職員に構わず、カウンターの中に手を突っ込み、部屋の鍵を取って二階へ上がる。

「マシュー、私は……」

アルウィンが何か言いかけたが返事をする気もなかった。ついでに言えば頭も痛いし、背中も多分血が出ているが、こんなものはかすり傷だ、一言言っておかねば、俺の気が済まない。

正直に言えば、俺はぶち切れていたのだ。二階にある密談用の部屋に入り、鍵を掛ける。アルウィンをイスに座らせる。うなだれた顔は、ひどく疲れて見える。縮こまって、表情は叱られる前の子供のようだ。だが、俺が怒っているのは、マレット姉妹を殺しかけたことでもなければ、俺に肘鉄を浴びせたことでもない。

「いつからだ」

「……」

「いつから君は、あめ玉を食べていない？」

もっと早くに気づくべきだった。ここのところ特製のあめ玉を食べているのを見ていない。手渡しても後で食べると言い訳して、ポケットにしまい込んでいた。照れ隠しだろうと思っていたがそうではなかった。

アルウィンは俺をちらりと見ると、罪を告白するかのように言った。

「……一昨日から」

「どうしてそんなマネをしたんだい？」

平静を取り繕って入るが、俺の腹の中は煮えくり返っている。

思い返してみれば、前兆はあった。他人の前ではいつも『深紅の姫騎士』の仮面を被っているのに、二人きりの時のように子供っぽい態度をとり続けていた。てっきり心を開きつつある、といい兆候だと思っていたが何のことはない。禁断症状で感情が制御できていなかっただけだ。

挙げ句の果てが今日のケンカだ。

「……すまない」

「謝って済む話じゃないよ。君自身の命に関わる話だ」

もし『迷宮病』が再発すればその時点で戦えなくなる。

自分を破滅に導く『クスリ』など飲みたくないという気持ちは理解できる。けれど、解毒薬も『迷宮病』の特効薬もない以上、少しずつ量を減らしながら慣らしていくしかない。気力や根性でどうにかなるのなら俺など不要だ

俺は医者でも薬師でもないが、この一年間アルウィンのためにやりたくもない『クスリ』を触り続け、それなりに調べもしてきた。体にいい薬草やハーブがあると聞けば、手の込んだ料理だって作った。そして彼女の秘密を守るため、憎くもない人間の命すら奪った。

挙げ句の果てがこれだ。いくら俺が努力したところで、アルウィンにその気がないのなら何をしようとムダだ。自分のバカさ加減に腹が立つ。

「……俺が信用できないのなら言ってくれ。今すぐにでもこの街から出て行くよ」

「違う！」

アルウィンがすがりつくように叫んだ。

「……知り合ってからこの一年、お前はよくやってくれている。私の想像以上だ。本当に頼りになると思っている。いや、なりすぎた」

「なりすぎ？」

「思ってしまったのだ。私たちが『迷宮』を攻略したらお前はこの街を去るのだろう？　その時に私の体はどうなっているか、とな」

体が戻っているのならそれに越したことはない。けれど、もし体より先に『迷宮』を攻略し

てしまえば、アルウィンは弱った心と体を抱えて故郷に戻る。俺なしで。その時に彼女は一人で『クスリ』を手に入れ、秘密を守りきれるだろうか。

それだけではない。アルウィンは思い至らないだろうが、不都合な人間を始末してくれる人間もいなくなる。

「だから、一人でも戦えるように、少しでも早く抜こうと？　君がそこまでうぬぼれ屋だとは知らなかったよ。『千年白夜（せんねんびゃくや）』が何階まであるかも知らないのに？」

誰も到達したことのない『迷宮』だ。一生かかっても攻略できるかどうかも定（さだ）かではないのに、攻略した後の事を気にしたところで意味がない。

「すまない」

アルウィンは申し訳なさそうに目を伏せる。翡翠（ひすい）色の瞳を曇らせ、処刑を待つ罪人のように項垂（うなだ）れている。

「謝らないでよ」

怒るに怒れねえじゃねえか。自分が漏らした言葉のせいで、知らず知らずのうちにアルウィンを追い詰めていたなんて、自分の首を絞めたくなる。

「とにかく君は、何でもかんでも焦（あせ）りすぎだ」

「そうかもしれないな。いや、そうだ。……私は一日も早く強くなりたいのだ」

アルウィンが心細げに微笑（ほほえ）む。

「私のフルネームは知っているよな。プリムローズというのは母の名前だ」

「君に似合っているよ」

「私は嫌いだ」

きっぱりと言った。

「正確に言えば、私は母が、弱い母が嫌いなのだ」

それからアルウィンはぽつりと話し始めた。

「母は、優しい人だった。侯爵家の姫として生まれ何不自由なく育ち、父に見初められ、王妃となった」

けれど、小国とはいえ王宮の中は魔窟だった。嫉妬に怨恨、つまらない揚げ足取りにあてこすり。悪意と欲望がドロドロに煮えたぎった、魔女の大鍋のような世界。王妃という責務と重圧に、お袋さんは耐えきれなかった。心身を病み、公務を欠席することも多かった。

「周囲の者は慰めるどころか、だらしないと責め立てる始末だ。ある者は『男も産めない王妃など無用の長物』とまで呼ばわった。誰だと思う？　ローランドの父親だ」

子が子なら親も親か。

「娘の目の前で何を言われても微笑むだけで言い返すことも出来ない。私は悔しかった。……だからこそ剣を取り、強くなろうとした。七歳の頃だ」

そこから先は前にも聞いた話だ。父親は笑って許したが、肝心のお袋さんから反対された。

『女が剣など持つものではない』と言われ、何度も叱られた。言うことを聞かないからと罰を受け、一度は叩かれもした。

「当然、私は反発した。『私はお母様のようにはなりたくありません』とな。それ以来、母とはうまくいかなくてな。ろくに口も利かず、ただ、がむしゃらに剣を振るい続けた。おかげで国一番の剣士と言われるまでになった」

けれど魔物の大量発生で両親は死に、国は滅びた。

「お前は焦るなと言うが、時間は待ってくれない。あっという間に大切なものは消える」

アルウィンは懐かしそうに自分の手を見つめる。その目には失ったものの幻が見えているのだろう。

「一つ聞いていいかな」

沈黙を破って俺は言った。

「結局のところ、お袋さんは君のことを認めてくれたの？　君が戦うことを」

「どうかな」

アルウィンは曖昧な表情で首を振る。

「私が剣の修行を始めてから『その志を忘れなければ、いつかあなた自身の目で確かめることになるでしょう』と言われたが、結局その日は来なかった。母の真意は永久に闇の中だ」

「……」

「もしかしたら、聞かない方が良かったのかもな」

もし否定されてしまったら、アルウィンは立ち直れなかったかもしれない。

「とにかくだ」

俺はアルウィンの肩に手を置く。

「これからは何かやる前に相談してくれ。俺は、君の命綱なんだろう？　あんまり無茶なマネされたらいくら丈夫(じょうぶ)が取り柄でもぷっつり切れちまう」

もう片方の手で赤く艶(あで)やかな髪を撫(な)でる。さっきのケンカで乱れてしまったので手櫛(てぐし)で整える。小さい声が漏れる。

「そうだな」

アルウィンは自分の手を俺の手に重ねる。

「頼りにしているぞ、マシュー」

その後、戻ってきたギルドマスターによって『戦女神の盾(イージス)』と『蛇の女王(メデューサ)』、両パーティが処分を受けた。冒険者同士のもめ事は原則不介入だが、ギルドの中で大暴れしてイスやら壁やらぶち壊したのを咎(とが)められた。ただ、ギルド側でも召集状を一冒険者(ベアトリス)の命令で発行したという弱みがあるため、ギルドマスターの拳骨(げんこつ)と罰金で済んだ。ちなみに、ノエルは既に頭をかち割られているため、俺が代わりに殴られた。理不尽な。

招集状は撤回・破棄された。それからノエルの治療や、後からやってきたエイプリルからの説教、ギルドの片付けなんかを手伝っていたら昼過ぎになった。『迷宮』攻略は今日も中止となった。今後の打ち合わせをするアルウィンを残し、家に戻る。あめ玉も食べさせたからひとまずは大丈夫だろう。

今日はお仕置きでナスビ祭りだ。パプリカも追加する。お残しは許さない。家の前に来ると、扉の上に白い紙が風に吹かれてはためいているのが見えた。その紙をひったくるように取る。

三枚目の怪文書だ。

神から見捨てられた屍食鬼（グール）め
臆病者にふさわしい最期（さいご）を見せてやる
正義の鉄槌（てっつい）を受けるがいい
太陽は二度と貴様を照らさない

足下を見れば、俺以外に往復分の足跡が付いている。俺は息を吐いた。
どうやら俺はとんでもない思い違いをしていたようだ。

その夜。恨みのこもった視線を受けながらの夕食を終え、アルウィンが眠ったのを確認してから外に出る。

ロウソク入りのカンテラを手に、いくつか角を曲がって狭い路地に入る。しばらく進むと路上の紳士たちが道端に寝転がっている。この辺りは紳士の社交場なのだ。俺が近づくと、蜘蛛の子を散らすように逃げていく。その片隅で一人の紳士が逃げもせずに、疲れたようにうずくまっている。ズボンは伸びているし、袖や裾も引きちぎられたように破れている。袋叩きにされたのだろう。明かりを近づけると顔に青あざが出来ているのが見えた。

「大丈夫かい？」

「あ、ああ」

まだ若い男だ。俺の顔を見て、悪魔にでも出くわしたような顔をした。

「どうした？　あんまり色男なんで腰でも抜かしたか？」

紳士の顔から脂汗がしたたり落ちる。俺はカンテラを側に置き、そいつの肩に手を置いた。

「俺の家に下らない紙を置いたのはお前さんだな」

「な、何を」

反論するより早く、俺はやっこさんの足首をつかみ、ひっくり返す。靴の裏には白い粉が付いている。

「玄関先にな、粉々に砕いた貝を撒いておいたんだよ。こんな感じのな」

紳士の顔に動揺と恐怖が浮かぶ。

「ど、どうして」

「分かったかって？　簡単だよ。三枚とも俺たちの留守に置いてあった。つまり、俺たちをどこかで見張っていたってことだ」

　隣近所は身分の確かな人間ばかりだ。見張り場所として一番手っ取り早いのは道端だ。つまり、路上の紳士ってわけだ。目星を付ければ後は簡単だ。衛兵どもに聞けばいい。最近、俺の家の近くで商売しようとしたおのぼりさんに心当たりはないか、ってな。そうしたら、縄張りや商売できる場所など、紳士のマナーも知らないような新入りが浮かび上がった。

「お前さんのお目当ては俺だろ。だからこうして来てやったんだよ」

　そう、あの怪文書はすべて俺宛だったのだ。アルウィンが真っ先に自分のことと思い込んだから俺もつられてしまったが、よく読めば昔の俺にも通用する。特に「神から見捨てられた」だの「太陽は二度と照らさない」だのは俺の方がしっくりくる。

「見覚えのある顔だな。昔俺が小突いてやった奴（やつ）の親類か」

「『熊殺し』のデールの弟だ」

　おっかないあだ名だが聞き覚えはなかった。殺した人間の名前など把握していられない。

「俺は、兄上を殺したお前をずっと探してきた。『太陽神の塔』で神の怒りに触れて、冒険者を引退したというウワサを聞いてからもずっとだ。そしてこの前、市場で年寄りをかばって蹴られているお前を見つけた」

　あれが英雄的行為に見えたのか。チンピラに手も足も出なかっただけなのに。

「それで、俺の後を尾けて家まで嗅ぎつけたのはいいが、殴り込む根性もなかったので、しょうもないポエム書いてイヤガラセしてたってわけね」

ぐっと、肩をつかむ手に力を込めると、紳士の体がぴくりと跳ねた。

兄上のカタキを追い続けてきた割には腕も度胸もない。見れば顔立ちに気品もある。いいところの生まれなのだろう。敵討ちは親兄弟か親類への義理立てか。

「お、俺を殺すつもりか。いいぜ。やれよ。覚悟は出来ている」

「手を出せ」

声を震わせ、虚勢を張る紳士の手に小さな財布を置いた。封を解いたので、銀貨や銅貨のこすれる音が鳴る。

「たかが紙の二、三枚書いたくらいで殺すほど俺はケツの穴の小さい男じゃねえよ。手を汚す価値もない。その金はくれてやるから故郷に帰る足しにしろ。あと、これもやる」

手渡したのは鞘付きのナイフだ。

「業物とはいかないが、道中は物騒だからな」

それだけ言って俺は立ち上がった。

「今度見かけたら命はねえぞ。さっさと帰れ」

カンテラを手に元来た道を戻る。十歩ほど歩いたところで振り返ると、若き紳士が財布を手に涙を拭いながら立ち上り、俺に一礼した。それから俺に背を向け、ゆっくりと歩き出した。

その背中に向かって俺は声を掛ける。

「そのナイフはよく研いであるからな、鞘から出すときは気をつけろよ」

紳士が振り返った瞬間、横っ腹から黒い影が組み付いた。一緒に倒れ込むとぜえぜえと荒い呼吸で紳士のズボンをつかみ、財布を奪おうとする。同業者だ。

「どけ！　失せろ！」

紳士は必死に財布を守ろうとするが、その横から別の同業者が現れた。紳士の顔を蹴り飛ばすと二、三発殴りつける。獣のような声が上がる。鞘からナイフを抜こうとしたところで三人目が現れた。紳士の両腕をつかみ、動けなくする。二人目が路地の影から大きな石を持ってくると、両手で大きく振り上げた。鈍い音が何度も続いた。紳士の足が殴られるごとに痙攣する。靴の裏から貝の破片がこぼれ落ちるのが見えた。

動かなくなると同業者たちは財布とナイフを手に、路地の奥へと消えていった。

動揺したように見えるよう、わざとよろめきながら近づく。覗き込めば、紳士は死んでいた。

「なんてこったあ、すまねえ。まさか、こんなことになるなんてえ」

俺は膝を突いて慟哭する振りをした。金を持ったおのぼりさんをすんなり通すほどこの街の紳士諸君は甘くない。金だけならまだ奪われるだけで済むが、武器を持っていれば紳士諸君もより過激になる。傷つきたくない、死にたくないのは誰でも同じだ。

手を汚す価値もないが、あのまま国に戻って俺が生きていると喋られても困る。何より姫騎士様のお心を乱した罪は重い。生き延びるチャンスは与えた。こいつは選択を誤ったし、運がなかった。それだけの話だ。

「悪い、許してくれぇ」

大劇場でやればスタンディングオベーション間違いなしの名演技を披露した後、俺は悲しみの帰路についた。

翌日の夜。俺とアルウィンは夕食を取っていた。ちなみにメニューはナスビと挽肉(ひきにく)の炒(いた)め物、ナスビの酢漬け、ナスビとトマトとキュウリのサラダである。

「今日で最後だから、ほら食べて」

「もう一生分食べた……」

げんなりした顔でアルウィンはうなだれる。きっちりナスビだけ残しているくせに。

「おなかいっぱい食べて、力付けないと戦えないよ」

ノエルのケガも良好なので、明日からまた『迷宮』に潜ることになっている。怪文書についても昔の俺に恨みを持つ者の犯行であり、金を渡したら満足して去って行った、と告げてある。ウソは言っていない。街を出る前に殺されただけで。

「むしろ力が抜けそうだ」

姫騎士様の泣き言に構わず、ナスビを口元に近づけようとすると、扉をノックする音がした。

「私が出る」

高貴な身分にあるまじき勢いで立ち上がると、満面の笑みで玄関へ向かう。食事中だというのに、はしたない。俺も後を追いかける。

「大変です、姫」

扉を開ければ、慌てた様子のノエルだ。またかよ。

「どうした？　またあの姉妹が乗り込んでくるっていうのか？」

「正解」

声とともに扉が全開になる。そこには同じ顔が二つ。セシリアとベアトリスのマレット姉妹だ。昨日、アルウィンに叩きのめされた時には顔なんか倍近くに腫れ上がっていたのに、すっかり元に戻っている。

「何の用だ？」

「ケジメ付けに来たのよ」

はい、とベアトリスがアルウィンに渡したのは、値の張るワインだ。

「もちろん毒なんか入ってないから安心して。昨日は悪かったわね。正直、アンタのこと誤解してた。お姫様っていうから、いけ好かないお澄ましさんかと思っていたけど、結構タフなのね。あのパンチ、マジ効いたわ。超イケてる」

「あ、ああ」

興奮した様子で一気にまくし立てられて、アルウィンも戸惑い気味だ。

「そこのおちびちゃんも頭かち割ってごめんなさい。今度おごるわ」

セシリアも軽い口調だが、謝罪を口にする。

「とりあえず合同パーティの件は保留でいいわ。また気が向いたら声かけて。いつでも大歓迎だから」

「それを信じろというのですか？」

ノエルが横合いから疑問を口にする。昨日、派手なケンカをしたのに、急に仲直りを口にするのが信じられないのだろう。だが、答えは簡単だ。

「アタシ、強い子が好きなの」

ベアトリスも冒険者だからだ。実力を示してやれば、見下すような態度もなくなり、相手への敬意や尊敬も生まれる。力の信奉者であり崇拝者、それが冒険者だ。

「あなたも、ですか？」

「ビーがいいなら、あたしもそれでいいわ」

ノエルの質問に、セシリアはあさっての方を向きながら答える。納得していないというより、退屈とか、どうでもいい、という風に見える。含むところはなさそうだ。ならば俺も手を出すつもりはない。この状況で殺したら容疑はアルウィンに向かう。

「私たちの方こそ済まなかった。先に手を出したのはこちらの方だ。改めて謝罪する」

「も、申し訳ありませんでした」

アルウィンが頭を下げると、ノエルも遅れて謝罪する。

ベアトリスが笑って手を叩く。

「それじゃあ、これで仲直りってことね。今度からお互い仲良くやりましょう」

「ムリじゃない？　財宝は一つきりなんだから」

「もう、シシーってば素直じゃないんだから」

「ビーが優しすぎるのよ」

セシリアがベアトリスの後ろから抱きついた。

「寛大で慈悲深くって包容力があって、まるでグランマのおなかみたい」

妹の肩に顎を乗せ、甘えた声を出す。

「もういいでしょ。あたし、飲みに行きたい」

「もう、シシーってばアタシがいないと何も出来ないんだから」

仕方がないって感じで姉の頭を撫でる。

「とりあえずアタシたちはまた明日から『迷宮』に入るわ。……忘れないで。『千年白夜』を攻略するのはアタシたちだから」

にやり、と不敵に笑うと背を向ける。

「それじゃあね。また会いましょう」

「セシリア・マレット。ベアトリス・マレット」

名前を呼ばれ、姉妹揃って振り返る。

「合同パーティはお断りだが、共同作戦の方なら考えてもいい。もちろん、取り分は折半だ」

考えておくわ、と言ってベアトリスはまた背を向ける。セシリアも妹に抱きつきながら酔っ払いのように敷地の外へ出て行った。

「それじゃあ。食事の続きといこうか。ノエルも食っていくか？」

「もう済ませましたのでお気遣いなく。それより姫、明日の件についてですが……」

アルウィンとノエルが明日の『迷宮』について相談し始めたので、俺は食堂で夕食再開の用意をしておく。

しばらくすると扉の閉まる音がした。戻ってきたアルウィンは機嫌良さそうに笑っていた。気味が悪いほどに。

「ノエルから聞いたのだが先日、南の市場で老人をかばったそうだな」

「ん、ああ」

曖昧に返事をしながら心臓が高鳴る。聞かれたくない人物に聞かれたくない質問をされたのだ。ノエルめ、余計なマネをしてくれる。これはもしや、最悪の展開になるのか？

「それはいい。素晴らしいぞ、マシュー。褒めてやる。だが何故、私に言わなかった？」

顔を寄せる。キスなら大歓迎なのだが、どう考えても目的は尋問だ。

「言うまでもないと思ったからだよ。ただボコボコに蹴られまくっただけだからね」

「では、その老人からお礼にと紫のアレを貰ったのも言うまでもない、と？」

目の前が真っ暗になる。その奥に処刑台が浮かび上がる。

「いや、それはだね」

「その姿を見ていた者たちからも肉や別の野菜をもらったそうではないか。大人気だな」

「……」

「問題は、だ。あの大量のアレやその他諸々がタダなら、その分の材料費は一体どこに行った？　使わずにまだ持っているなどとは言うまいな」

処刑台に拘束される。あとは処刑人が斧を振り下ろせばマシューさんの命は終わる。

「正直に話せ。何に使った？」

この期に及んでウソやごまかしは通用しない。腹をくくるしかなかった。

「……お姉ちゃんのところ。市場の件を見ていたらしくて。安くしてくれるって言うから」

「つまりお前は、無料で手に入れたアレを私に食べさせ、浮いた金でよその女と寝ていた訳か」

なるほどな、とアルウィンは何度もうなずいた。俺の脳裏に処刑人の斧がちらつく。

「で、どうだった？」

ここで俺は少しでも機嫌を取るような言葉を言うべきなのだろう。たいしたことはないとか、君の方が素晴らしいとか。少しでも生き残る努力をすべきなのだが、生来のへそ曲がりが、俺に正気を失わせた。

「すっげえ良かった」

鏡を見れば、俺は満面の笑みを浮かべていることだろう。

「そうか、良かったか」

「うん」

「そうか」

アルウィンは笑い出した。俺もつられて笑った。二人の笑い声が食堂に響く。

やがて笑い声が止まる。アルウィンは目に溜まった涙を拭い、大きなため息を吐くと、俺に向き直った。

「マシュー」

「何？」

「地獄へ落ちろ」

姫騎士様直々の死刑執行だ。

この後何が起こったかは語りたくないし、語るつもりもない。思い出させないでくれ。

とりあえず俺は生きているというだけで勘弁して欲しい。

今回の件であえて教訓を探すのなら『自分自身すら思い通りにならないのだから、世の中なんて思い通りにならなくても当然』といったところだろう。

だからといって流されるままでは生きている甲斐もない。

腹ばいになって降伏すれば、踏みつけられるだけだ。

この後、俺は嫌というほど思い知る羽目になる。

ほかならぬ飲んだくれ太陽神と、『迷宮』のせいで。

第五章　聖職者の棄教

一問着あったものの、アルウィンたち『戦女神の盾』は『千年白夜』の奥へと進み続けている。マレット姉妹やほかの連中も追いつけ追い越せと『迷宮』へと挑んでいる。活気づいているのは最前線だけではない。腕利きが活躍すれば下の連中も「俺だって」と勢いづいて挑むようになる。

　おかげでギルドは大忙しだ。職員どもも冒険者の相手や依頼の受注で駆けずり回っている。エイプリルもその手伝いのために字の読めない奴の代筆に、お使いや配達と、あちこち動き回っている。

　なので、ヒモの手も借りたいと無関係な俺まで駆り出される始末だ。背中に背負い袋、両腕には手提げ袋を抱えて荷物持ちを仰せつかった。

「マシューさん、しょっちゅうギルドに出入りしているんだから職員みたいなものじゃない」

　茶色い袋を抱えながらエイプリルが唇をとがらせる。大通りを並んで歩けば傍目には親子だな。中身はお嬢様とその下僕だが。

「どうせお酒飲んでいるだけでしょ。だったら荷物持ちくらい、やってくれてもいいじゃない」

「タダで？」

「だったらあんなズルしないでおとなしく働けば良かったんだよ」

まだ根に持っているのか。けれど、デズの部下にはなりたくない。あいつ手加減ってものを知らねえからな。

「だいたい、マシューさんは……」

なおもエイプリルがグチを並べかけた時、足下がぐらついた。俺は覆い被さるようにしておちびの頭を押さえる。

「動くな。頭を低くしてしゃがめ」

地鳴りとともに周囲の建物が小刻みに揺れ動く。

地震だ。

周囲でいくつもの叫び声が上がる。石壁にひびが入る。

屋根の瓦が滑り落ち、目の前でいくつも落ちて砕ける。エイプリルが袋を取り落とし、頭を抱えながら悲鳴を上げた。

「大丈夫だ。当たらないよ」

ここは道の真ん中で両端の建物とも離れている。建物ごと倒れてこない限りは問題ない。この程度ならすぐに収まる。

予想通り、少しずつ揺れは小さくなり、やがて完全に止まった。安堵した空気に包まれる。

「もう立ってもいいぞ。怖かっただろ」

「うん、ありがとう……もう平気」

言葉とは裏腹に、顔が青い。

「今日はもう戻ろう。きっとギルドの方も大騒ぎだ。じいさまも君の帰りを待ち望んでいるよ」

茶色い袋を拾い上げて歩き出す。エイプリルは小走りで俺の横に並ぶと、両手で俺の袖をつかんだ。荷物は持ちにくいが、とがめるほど野暮でもない。

通り沿いの店では、ひっくり返った品を棚に戻し、落ちてきた瓦や壁の破片を片付けている。驚いて転ぶ者や、落ちてきた瓦でケガをした者もいるようだが、死人はいないようだ。

「今の大きかったね」

エイプリルがぽつりと言った。

「そうだね。腰が抜けるかと思った」

「ちょっと前に大きいのが来たし、一昨日も起こったよね。どうしたんだろう？」

「自然なんてままならないものだからね」

今まで起こらなかったものが、明日には起こることだってある。

「だけどもし、自然の地震じゃないなら、厄介なことになる」

「何が厄介なの？」

「『スタンピード』だよ」

魔物の大量発生事案のことだ。本当はもっと長ったらしい名前なのだが、一般的には『スタンピード』と呼ばれている。魔物がエサを求めて大移動するか、恐慌(きょうこう)に駆られて暴走するのが原因らしい。

世界中どこでも起こりうる現象ではあるが、これが、『迷宮』由来となるとまた危険度が跳ね上がる。魔物の大量発生自体は変わらないが、『迷宮』の多くは周囲に街が作られ、『迷宮都市』と呼ばれている。街の真ん中で魔物があふれかえったら、そこは地獄になる。犠牲者は桁違いだ。『迷宮』での『スタンピード』において予兆とされているのが、地震だ。

「『迷宮都市』はここみたいに街の周りを城壁で囲われている。何故(なぜ)だか分かるかい？」

「よそから魔物が入り込まないようにするため？」

「逆だよ」俺は首を振った。「中からあふれ出た魔物を閉じ込めておくためだ」

だから『迷宮都市』の城壁には石弓の発射台や、投石器が内と外、両側に付いている。

「ほかにも城壁を何重にするとか、主要な通りに門を何枚も作って街を区切る。外へ出さない。ここは魔物の牢獄(ろうごく)でもあるんだよ」

「でも、それだと街の中の人は……」

「一応、避難勧告はするけどね。逃げ遅れたらそれまでだ」

そんな、とエイプリルが口元を手で押さえる。魔物が拡散すれば被害はより甚大になる。そのためには犠牲はやむを得ない、と偉い連中は思っている。この街に……『迷宮都市』に住むというのはそういうことだ。

「でも、『灰色の隣人』には街を区切るような門なんてないよね」

「ないよ」

この街が出来て、何年になるかは知らないが、『スタンピード』が起こったという話は聞いていない。そのせいかほかの街よりも対策は遅れている。

門で街を区画ごとに区切ってもいないし、街を囲う壁も分厚いが、一枚だけだ。その手の設備が整う前に発展してしまい、区画整理が思うように進まないから、という話を聞いたこともあるが多分建前だろう。金と手間暇を惜しんだだけだ。

「じゃあ、もし『スタンピード』が起こっちゃったら……」

「そこまで」

俺は不安そうなおちびの頭を撫でた。

「もう着いたよ」

目の前には冒険者ギルドの門だ。案の定、地震の影響でごたついているようだ。

「とりあえず俺はあっちに荷物を下ろしてくるから。君は建物の中を頼む。また地震が起きたらすぐに机の下に隠れろ。逃げるのは揺れが収まってからだ」

まだ不安は拭えないようだったが、気持ちを切り替えたらしく、こくりとうなずいた。

「あと、さっきの話はあまりしない方がいい。確証のない話だ」

街が危ういだのなんだのと、おかしなウワサを流したと衛兵にしばかれるのはゴメンだ。エイプリルは無事でも、俺は牢屋行き確定だ。

「特にアルウィンの前では『スタンピード』の話は絶対にしないでくれ。頼む」

「分かったけど、どうして？」

俺はしばしためらった後、ため息をついてから言った。

「彼女の故郷を滅ぼした魔物もね、『スタンピード』が原因だと言われているんだ」


マクタロード王国は魔物の大群によって滅ぼされ、彼女は国を失った。

ではその魔物はどこから来たのか？

しかも魔物は今もとどまり続けて、国の外に出る気配がない。

マクタロード王国の周囲は山岳地帯で囲まれているため、といわれているが確証はない。

正確なところは今を以(もっ)て不明だが、一番有力なのが『スタンピード』説だ。

マクタロード王国には未発見の『迷宮』があり、それが何らかの原因で暴走し、『スタンピード』を引き起こした。都を滅ぼし、国中を踏み荒らした。

ただこの説も色々と怪しい点がある。『スタンピード』はあくまで一時的な現象だ。時間が経てば魔物も落ち着き、元のすみかに戻る。『迷宮』由来なら大半は元の『迷宮』に戻るとされている。けれど、マクタロード王国では今も魔物の大群が徘徊を続けている。

確かめようにも魔物の大群に突っ込む命知らずは一人もいない。いたかもしれないが、帰ってきた奴もいないのだろう。

結局、真相は闇の中だ。

「それじゃあ、もしかしたらこの街もマクタロード王国みたいに」

「私の国がどうかしたのか？」

急に後ろから声を掛けられた。振り返れば、我らが姫騎士様のお戻りだ。

「やあ、お帰り。無事みたいだね。何よりだよ」

うむ、とアルウィンはうなずく。

「あ、そうだ。さっきすごい地震があったんだけど、アルウィンさんは平気だった？」

「いや、私は特に何も感じなかったな。地上はかなり揺れたようだが」

エイプリルの問いかけに、周囲を見渡しながら痛ましそうに言う。

「それより、マクタロードがどうかしたのか？」

エイプリルが戸惑いがちに目を伏せる。亡国の姫騎士様に何と言っていいのか分からないのだろう。だから助け舟を出す。

「さっきこの子と話してたんだよ。君の国はどんなところだろうってね」

山に囲まれた小国、というだけで俺も行ったことはない。何百年という歴史はあるが、これといった特産品や観光地もないようだ。有名なものといえば、『深紅の姫騎士』様くらいだろう。

「いいところだ」

アルウィンは笑顔で言った。

「お世辞にも豊かではなかったが、作物は豊富で飢える者も犯罪も少なかった。湖はきらめき、森は優しく、街は輝いていた。私の大好きな故郷だ」

懐かしそうに語る彼女の顔が不意に険しいものに変わる。

「だからこそ、絶対に取り戻す。何としても。何をしてもだ」

「顔が怖いよ。ほら、リラックス」

後ろから肩をもんでやる。肩当て越しだからマッサージ効果はないに等しいが、言わんとすることは伝わったようだ。

アルウィンは微笑むと、エイプリルの手を取る。

「また聞きたいことがあったらいつでも聞いてくれ。そうだ、いつか再興を成し遂げた暁には、エイプリルを招待しよう。その時は、私が案内する」

「本当に？」

エイプリルが破顔する。

「約束だ」

「うん」

それからアルウィンは用事があるとかでエイプリルと一緒にギルドの建物の方に向かった。

「おい、マシュー」

荷物も置いたので先に帰ろうとしたところで、ギルド職員に呼び止められた。

「ギルドマスターがお前をお呼びだ」


「うちの孫に妙なこと吹き込んでいたみてえじゃねえか」

「そんなことでいちいち俺を呼び出したのか」

耳が早い。護衛という名の監視役を付けているから当然か。

目の前にいるのは六十がらみの老人だ。名はグレゴリー。いかつい顔だが中身はもっとえげつない。冒険者ギルドのギルドマスターにして、エイプリルの祖父だ。

孫には甘いが、冒険者からは悪魔のように恐れられている。

「実際のところはどうなんだ？　『スタンピード』対策は打っているのか」

『迷宮』の出入り口は冒険者ギルドの目の前だ。魔物が飛び出してきたらここが最前線になる。

「一応、見張りの人数は増やしてあるし、事が起こった場合には籠城(ろうじょう)の用意もしてある。食料の備蓄も倍に増やす予定だ」

「小手先じゃねえか」

その場しのぎで耐えきれるほど『スタンピード』は甘くない。

「実を言えば、まだ俺がここに来たばかりの頃にそういう話が出たことがある」

「ほう」

「当時の領主も国に頼んで予算組んで貰ったそうだが、いつの間にか立ち消えになってた。金もどっかに行っちまったよ」

ありそうな話だ。

「いつ起こるかも分からねえものに金は出せねえってのが、本音だろうさ。テメエの時代さえやり過ごせたらそれでいいのさ」

後のことは後の人間が何とかしてくれる、か。

「で、そのツケを今の俺たちが払う時が来たかもしれないってわけね」

「オメエが何かしてくれるってのか？　ええ？　ヒモ野郎がよ」

ギルドマスターは鼻で笑った。

「せいぜいあのお姫様の尻撫でるくらいだろ」

「今のセリフ、孫の前でもう一度言ってみてくれよ」

じーじ、嫌われちゃうかもな。

「オメエが他人に説教できるクチかよ」

「知らねえの？　俺こう見えても田舎じゃあ信仰心の厚い男で通っていたんだぜ」

「ああ、そうだ。思い出した」

ギルドマスターは気怠(けだる)そうにイスにもたれかかる。背もたれが悲鳴を上げる。

「テメエに会いたいって奇特なお方が訪ねておいでだ。呼んだのはそっちが本命だ」

「美人で乳がでかくて体を持て余した三十がらみの未亡人なら大歓迎だけど」

「悪いがお前の期待と違って、身持ちの堅いお方だ」

扉をノックする音がした。職員の兄さんが扉を開けると、見知った顔が部屋に入ってきた。

胸から下げた大地母神(だいちぼしん)の紋章がきらりと光った。『異端審問官(インクイジター)』ジャスティンは俺の目の前に来ると丁寧に一礼した。

「また会ったな」

「俺は会いたくなかったけどね」

確かに身持ちは堅いだろうよ。多分、童貞だろうし。

「先日は失礼をした。遅くなったが、無礼を働いたことをお詫(わ)びする」

ジャスティンは頭を下げたまま謝罪の言葉を口にする。

「その上で、改めて貴殿に頼みたいことがある」

ここから先は二人きりで話がしたい、とジャスティンが言うので、連れてきたのは冒険者ギルドの部屋だ。つい先日、隣の部屋でアルウィンと他聞をはばかる話をしたばかりだ。今は胡(う)

散臭い坊主と二人きりだけれど。

「話って何だ？」

坊主と狭い部屋で二人きりなんて、尻の貞操を狙っているとしか思えない。

「先日のあの全身鎧を覚えているな」

忘れるわけがない。『ベレニーの聖骸布』を狙って俺の前に現れ、ジャスティンにボコボコにされたら中身は空っぽ。残ったのは奇妙な粘液だけだ。しかもその後、どこで嗅ぎつけたのか、グロリアの部屋から本物の『ベレニーの聖骸布』を盗み出した。

残された鎧も調べたが、いたって普通だった。正体は今を以て不明のままだ。

「奴が何故、『ベレニーの聖骸布』を欲していたか知っているか？」

「『元の姿に戻りたい』とか、どうとか言っていた気がするけど」

「あれの正体は、『太陽神』の『伝道師』だ」

ほんの一瞬、呼吸が止まる。薄気味悪い奴だと思っていたが、案の定か。そうと分かっていたらぶち殺してやったのに。

「目的は分かっている。この街の『迷宮』を刺激して、『スタンピード』を発生させるためだ」

「何のために？」

「『スタンピード』の直後は、『迷宮』内の魔物の発生率が通常より落ちる。出てくる魔物も弱体化するという」

「つまり、『星命結晶（せいめいけっしょう）』を狙うにはもってこい、ってわけか」

そういうことだ、とジャスティンはうなずく。

「『スタンピード』が起これば当然、大勢の犠牲者が出る。私はそれを阻止するためにこの街にやってきた。できれ秘密裏に片付けたい」

それはそうだろう。うかつに話せば混乱の元だ。

「アンタはどうしてそれを知った？　まさか、教会の会報かチラシにでも書いていたわけじゃないんだろう？」

「先日、太陽神の信徒を捕まえてな。その男から聞き出した情報だ。確か『ソル・マグニ』だったか。そこの教祖が『啓示』を受けたそうだ」

太陽神は自分の手下にふさわしい奴（やつ）を選んで『啓示』という形で、指示を出し、そのための力を与えている。

「『ベレニーの聖骸布』を手に入れた以上、奴（やつ）らは計画を進めるつもりだ。猶予はない。なんとしても探しだし、あの全身鎧（よろい）を始末しなくてはならない」

なるほど、一応の理屈は通っている。

「そいつを食い止めたい、ってのは分かったが、何故（なぜ）俺にその話をする？　ご存じだろう？俺は最低最弱のヒモ男だ」

「私には土地鑑がないからな。見知らぬ土地に隠れた怪物を探し出すのは骨が折れる」

「せめて顔は分からないのか？」

「意味がない」

まあ、あの鎧姿では、な。

ジャスティンは部屋の中を見回すようにして言った。

「それに太陽神を憎んでいる貴殿なら喜んで協力してくれると思ったからだよ、『巨人喰い』マデューカス」

「それは大地母神の啓示か？」

ジャスティンは忌々しそうに唇をゆがめる。

「私にもそれなりの目と耳がある、ということだ」

「どうやら、どこかの誰かと勘違いしているようだが、まあいい」

俺は言った。

「協力してやってもいい。もちろん、それなりの報酬はいただく。まさか神への奉仕と献身は無償とか言わねえよな」

ジャスティンは俺の目の前に金貨の詰まった袋を置いた。

「先日、高い買い物をする予定だったが、必要なくなった。見つけたら知らせてくれ。それを全部くれてやる」

俺は口笛を吹いた。

「一体何人の信者を騙したらこれだけ稼げるんだ？」

「イヤならほかを当たる」

「冗談だよ。偉大なる大地母神のためだ。喜んで引き受けようじゃないか」

ジャスティンは不快そうに眉をひそめた。が、すぐに気を取り直して金貨の袋に手を突っ込んだ。

「前払いだ」

手づかみで渡すとは剛毅なお方だ。

「残りはあの全身鎧を捕まえたらくれてやる。頼んだぞ」

報酬までくれるとあれば断る理由もない。どのみちゲロまみれ太陽神絡みとあれば、何であろうと叩き潰す。下水を這いずり回るアレみたいなものだ。それに、ローランドの話ではこれからもこの街に『伝道師』がやってくるという。少しでも情報を集めておきたい。


翌日から俺は全身鎧の中身探しを始めた。普通に考えれば街の中からたった一人、顔も分からない男を探し出すなど、不可能に近い。けれど何もしなければ、始まらない。

まずはとっかかりから攻めよう。

やってきたのは、街の門にある衛兵の詰め所だ。時間節約もかねて些少の情報料を払うとベラベラと喋り出した。街の出入り口である門は東西南北四つある。人通りの多い、南と東と西と順番に回って聞いてみたが、全身鎧らしき人間が通ったという証言はなかった。

「そんな奴がいたら絶対に覚えている」

戦争中でもあるまいに、頭からつま先まで全身を鎧で覆う騎士なんぞ目立って仕方がない。しかもあれだけ古い鎧を来ていたら悪目立ちする。つまり、記憶に残りやすい。

全身鎧が門を通ったという証言はどこからも得られなかった。金で口をつぐんでいる様子もない。だが、東の門で荷物検査を担当していた衛兵から面白い証言を得た。

似たような鎧がとある防具屋が持ち込んだ木箱に入っていたのを見たという。一応鎧の中身も調べたそうだが、空っぽだったそうだ。おそらく門を通るときには鎧を脱ぎ、無事に検問を通過してから鎧を着込んだのだろう。だが、それにも疑問が残る。

あいつはどうやって検問をくぐり抜けたのだろう。外見だけは真人間なのか、それとも脱ぎ捨てた鎧の内側に残っていた、あの指先のひりつくような感触の粘液と関係があるのだろうか。

不明な点も多いが、ひとまずルートは分かった。

ならば次の作戦、ということで向かったのは、鎧を持ち込んだはずの防具屋だ。

その防具屋、あるいはその周囲に全身鎧の中身がいるかもしれない。検問に当たった衛兵は店の名前を覚えていた。

それでは、と向かったものの中身に関する証言は得られなかった。代わりに得たのはあの日脱ぎ捨てていった鎧についてだ。盗まれたものだという。

「商品じゃあない。家にでも飾ろうと思って持ってきてもらったんだ」

古い上に重いから売れないため、家の飾りにしようと知り合いから譲って貰ったものだそうだ。当然、鎧を盗んだ犯人についても聞いてみたが、心当たりはなさそうだった。

「盗むならもっと高くて運びやすい鎧はいくらでもある。訳が分からない」

早速手詰まりか、と天を仰ぎたくなったところで、ひらめくものがあった。

「ほかにあの手の鎧を扱っている店ってある？」

全身鎧が様々な防具からなぜあの鎧を何故選んだのか？　おそらくあれが手近にあって、体をすっぽり覆い隠すことが出来るからだ。

あの全身鎧は姿を見られたくないのだ。脱ぎ捨てた鎧の内側に残っていた、あの指先のひりつくような感触の粘液がその原因なのかもしれない。

大地母神の隠れ家で脱ぎ捨てたのだからまた新しい鎧をどこかで盗み出しているはずだ。

何軒か教えて貰い、足を運ぶ。三軒目にそれらしい店を見つけた。やはり前と同じような全身鎧だ。しかもこの前の大地母神の教会と、目と鼻の先だ。さっそくその店や近所に聞き込みに回ったが、それらしい目撃情報はなかった。どこかに一歩も出ずに潜んでいるか、夜中の目立たない時間帯を狙って移動しているのだろう。念のため、隠れられそうな場所はないかと聞いてみたが、首をかしげるだけだ。

手がかりも途絶えてしまい、道端で水を飲みながら休憩する。

空を見上げれば曇り空だ。俺の洗濯物は取り込んでおいて正解だったな。うちの洗濯物は、俺のは自分で、アルウィンのは洗濯屋に任せている。本当はアルウィンのもまとめて洗いたいけれど、上等な布地を使っているから洗い方も手間がかかるんだよな。布地を傷めるのは論外にしても生乾きで変な臭いをさせたくはない。

これからどうするか。簡単に諦めるわけにもいかない。豚のエサ太陽神の手下を野放しには出来ないし、金も惜しい。

「おい」

呼びかけられた。顔を上げると、『聖護隊（せいごたい）』のヴィンセントだ。

「こんなところで何をしている」

「休憩だよ。お前こそ何をしているんだよ」

「任務だ」ぶっきらぼうに言うと詰まらなそうに顔を背ける。

「どこかへ行け。ジャマだ」

「ひどくない？」

道で寝転がっているわけでもねえのに。

「そんなにカリカリしてたら張り込みもうまくいかねえぞ」

ヴィンセントが俺の胸倉をつかんだ。

「お前、何を知っている？」

「訳ありってことくらいかな」

ヴィンセントが一人で行動するのも妙だ。この近くで何人かが見張っていて、ヴィンセントはその現場を見に来たってところだろう。その途中で俺を見つけた、あるいは俺がいるとの報告を受けて声を掛けたってところか。

「……お前には、関係ない」

「今、ちょいと言葉に詰まったな。もしかして俺にも関係あることか？」

「だから関係など」

「もしかして、『ソル・マグニ』絡みか？」

ヴィンセントの表情が硬くなる。この前散々、太陽神の信徒扱いしてくれたからなあ。太陽神絡みでヴィンセントが動くとしたら、と踏んだが大当たりか。

「教えてくれよ。じゃないと大声で言いふらしちまうかもよ、俺」

ヴィンセントは露骨に不機嫌そうな態度で俺を物陰へと引っ張る。

今から話すことは他言無用だと前置きしてから話し始めた。

「『ソル・マグニ』はあの手この手で信者を勧誘し、勢力を拡大している。その中にさる方のご令息もいるらしい」

なるほど、侯爵令息みたいにはまっちゃったわけね。

「そのご令息が、先日大金を持って家出をした。どうやら『ソル・マグニ』のアジトに匿われているらしい」

　イカれた宗教にとち狂ったお坊ちゃまを救い出すために『聖護隊』に命令が下った、という
わけか。ご苦労なこった。

「アジトに乗り込んでしょっぴけばいいじゃねえか。そのくらいの権限はあるだろ？」

「いくつかの集会に乗り込んだが、それらしい者はいなかった。どうやら秘密のアジトがある
らしい。おそらく武器もそこだ」

「武器？」

「最近、『ソル・マグニ』が武器や防具を買い集めているという情報が入ってな。今は聞き込
みの最中だ」

　そのお坊ちゃまが持ち出した金が使われているかも、と危惧しているわけか。

「隊長さん、直々に？」

「人手が足りない」

　テメエで不浄役人の首を切っちまったものだから責任取って大将自ら動いているのか。

　責任感が強いというか、バカ正直というか。

「調べた限りでは百人分近い武器を集めているらしい。おそらく俺の知る以外にもあちこちの
信者から金をかき集めているようだ」

　宗教ってのは儲かるんだな。俺も始めようかな。『姫騎士様教』とか。

「そこらの信者を手当たり次第、引っ張ってお遊戯会でも開けばいいじゃねえか」

俺の時みたいによ、と言うとヴィンセントが気まずそうな顔をする。

「大半はただの無知な連中だ。冥界での幸福だの『啓示』だのと聞き心地のいい言葉に酔っているだけだ」

貧しい者たちに手当たり次第に声を掛けて、食事や着る物や寝床を与える。恩を売ってから教義を教え込む。そうやって狂った教義にどっぷり浸からせて操り人形にする。武装蜂起の時が来たら扇動して、命知らずの兵隊にしようって魂胆か。

「ここで会ったのも何かの縁だ。俺も手伝ってやるよ」

これ以上、鎧の方面からあの全身鎧を探すのは難しいようだ。けれど、あの全身鎧が『伝道師』なら太陽神の信者とも何かつながりがあるかもしれない。信者か教団の中に紛れ込んでいるって可能性もある。

「失せろ」

返事はにべもない。だが俺にも事情がある。簡単に諦めるわけにもいかない。

「情報が欲しいんだろ。この街のウワサならそこらの紳士諸君より詳しいぜ」

「……」

「迷っている場合じゃない。今はお坊ちゃまの身が最優先だ。違うか？」

ヴィンセントは舌打ちした。そして忌々しそうに今回だけだ、と言った。

「そのお坊ちゃまが誘拐じゃねえなら、どこかで勧誘でもされたってところだろ。心当たりはねえのか？」

「昨日、東の大通りで怪しい女を取り調べた。派手な顔立ちをした、一見旅芸人風の女だ」

そういえば、前に見かけたな。あの時はアルウィンが心配だったからすぐに別れたけれど。

「ご令息について問いただしたところ、『頼まれてある場所に連れて行っただけ』だそうだ。頼んだ男も初めて見る顔だった、と証言している。誘拐以外にも傭兵無頼漢のような戦力になりそうな連中に声を掛けていたようだ」

話しかけてきたのもそのためか。見た目だけはごついからな、俺。怪しい話だが、金さえ積まれたら後先考えずに飛び込む人間は多い。

「で、そのある場所っていうのは？」

ヴィンセントは振り返りながらあごで指し示した。その先には、派手な色をした二階建ての建物が見えた。前にコディやリタが匿（かくま）われていた娼館（しょうかん）じゃねえか。

お坊ちゃまが鼻の下伸ばしてついて行くのが容易に想像できる。

「けど、あそこは大地母神（だいちぼしん）の……」

「事情は知っている。娼館（しょうかん）は隠れ蓑（みの）なのだろう？　だが、娼館（しょうかん）となれば二人きりになってもおかしくない。ましてやあそこは非合法だ。犯罪に利用されやすい条件が揃（そろ）っている」

「ならどうするんだ？　乗り込まねえのか？」

「それはだな……」

照れくさそうに言いよどむ。俺はピンときた。

「もしかしてお前、娼館に行ったことねえの？」

「立ち入り調査ならある」

「客としてはないわけね」

「当たり前だ！」

嫁さん至上主義か。デズみたいな奴だ。

「乗り込むなら早い方がいいんじゃねえの？」

「今、人手を集めている最中だ」

準備が整うのを待っている間にお坊ちゃまがどうなることやら。死体になるか、おかしな病気をもらっちまうかの二択だな。

「んじゃ、行ってくるわ」

「ちょっと待て」

ヴィンセントに肩をつかまれる。

「勝手なマネをするな」

「なんでよ。俺、お前の部下でも家来でもねえじゃん」

客として行くのなら俺の自由だ。

「捜査妨害をするなら捕まえるぞ」

「だったらお前も来いよ」

俺一人では荒事に対応出来ない可能性もある。ヴィンセントなら多少なりと腕は立つ。用心棒にはもってこいだ。ここで押し問答するのは時間のムダでしかない。

ヴィンセントの手を取りながら建物の前で掃除をしていた姉ちゃんに声を掛ける。

「男二人だ。そっちも二人ね。かわいい子頼むわ」

案内されたのは二階の隅にある小部屋だ。狭いが、ベッドが二つ並んで置いてある。懐かしいね。俺も昔は、三人同時とか四人同時とかやったもんだ。あの頃は若かった。

ヴィンセントは落ち着かない様子で部屋の中を見回している。イスもないので扉の横に突っ立ったままだ。ベッドの端にでも座るように言ったのだが、無視された。

せっかく来たのだからリタにでも挨拶しようかと思ったが、聞けば既にこの隠れ家を出たという。この隠れ家で知り合った若者と一緒に、妹ともどもよその国に旅立ったらしい。俺としては、彼女たちの幸せを願うばかりだ。

「これからどうするつもりだ？　まさか客として性行為に及ぶつもりか」

「いや、俺そのために来たんだけど」

ヴィンセントが青筋立てながら拳を振り上げる。

冗談だってのに。

「要するに、ここの店を利用して犯罪をしている奴がいるかどうか調べるんだろ。簡単じゃねえか」

俺は言った。

「声だよ、声」

この娼館は安普請なので、牛のような喘ぎ声や、断末魔のような嬌声がひっきりなしに聞こえる。さっきからヴィンセントがしかめっ面をしているのもそのせいだろう。

「悪巧みしている連中が腰振っているわけもねえだろ。そういう部屋を探せばいいんだよ」

と、廊下に出て一部屋ずつ耳を澄ませる。

「ここが怪しいな」

やってきたのは二階の階段手前にある部屋だ。気配はあるのに、よその部屋と違って声がほとんどしない。キスをしたり腰を打ち付けている様子もない。実に怪しい。

当然内側から施錠されている。ここには鍵だなんてしゃれたものはなく、細い棒を横に下ろせば開かなくなる打ち掛け式だ。扉の隙間から針金を差し込み、ひょいとこじ開ける。

「よし、開いた」

「どけ！」

ヴィンセントは俺を押しのけると、扉を蹴り開けた。

「動くな！」

剣を構えながら部屋に飛び込んだヴィンセントはその場で固まった。

部屋の中では、ベッドの上で裸の男女が、まあ、その、なんだ。少々特殊なプレイで睦み合っていた。そりゃあ声は出せないよな。うん。納得したよ。

「ああゴメン。部屋を間違えちまった。ささ、続きをどうぞ」

俺はヴィンセントの襟首をつかみ、外へと連れ出す。扉を閉めようとしたところで肝心なことを思い出した。部屋の中では、まだ男と女が同じ体位で固まっている。

「ところでそのやり方ってどう？　あとで感想聞かせてよ」

「いいから来い！」

ヴィンセントに引っ張られて俺は外に出た。


「お前なんかを信じた俺がバカだった」

廊下を早足で先行しながら文句たらたら、おかんむりだ。顔も赤い。少々刺激が強かったようだ。

「お前が勝手に飛び込んだんじゃねえか。さすがは騎士様だよな。『動くな！』だって」

思い出したらまた笑えてきた。腹が痛い。俺、笑いすぎて死ぬんじゃねえか。

「笑うな」

「参考になったじゃねえか。今度、奥方に試してみろよ。惚れ直しちゃうかもよ」

ヴィンセントが急に振り返るなり俺をぶん殴った。衝撃とともに廊下の壁に叩きつけられた。

「妻を侮辱するな」

「悪かったよ」

本気で怒ったようなので素直に謝る。

「バカにするつもりはなかった。本当だ。お詫びに今度、お前さんと飲みに行くときは一杯おごるよ、ヴィンス」

「飲みにも行かないし、おごらせるつもりもない。あとヴィンスと呼ぶな！」

言い捨てるなり階段を降りていく。

「待てよ」

一階に降りると、俺はある部屋を指さした。

「ここも怪しい。さっきから声がしない」

「使ってないだけだろう」

「この店に入った時に男が入っていくのを見た。一人だ」

取っ手に手を掛けるが内側から鍵がかかっている。二階と同じ打ち掛け式なので簡単に開けられる。

「おい、また勝手に……」

「お静かに、カーライル卿」

ほい、完了。扉を開ける。

部屋の中に客の姿はどこにもなかった。ベッドを使った様子はない。窓はあるが、やはり内側から施錠してある。

「誰もいないな」

さすがに怪しいと思ったのだろう。ヴィンセントも部屋を見回す。

俺も手探りで壁や床を触りながら叩く。

「これか」

部屋の隅にある大きな置物を動かすと、床板ごと外れた。存外に軽い。

出てきたのは、地下へと続く階段だ。

「これは何だ？」

「隠し階段だな」

これはまた随分と大掛かりな仕掛けだ。だが、ここは大地母神の教会が運営している。それなのに太陽神のカルト教団が利用しているってのはどういうわけだ？　大地母神の信者の中に裏切り者でもいるのか？

俺が頭を抱えている横を素通りして、ヴィンセントが階段へ足を踏み入れる。

「応援とか呼ばなくていいのか？」

「時間がない」

言うだけ言って階段を降りてしまった。焦ってもロクな結果になりゃしねえってのに。まあいい。隠し通路を見つけた以上、相手に気づかれるのも時間の問題だ。だったら相手の態勢が整わないうちに乗り込んだ方がいい。

俺も後を追った。

通路の中は真っ暗だった。どうしたものかと考えていると、目の前で火花が飛び散った。ほのかに明るくなる。

目の前には、燭台を持ったヴィンセントが立っている。

「ロウソクなんていつ用意したんだ？」

「階段の横に置いてあったのを頂戴した」

連中の物か。なるへそ。

ヴィンセントは足音を殺し、壁に手を当てながら猫のように歩く。手触りからして石造りの通路か。すり減っているからここを通った連中は壁を触りながら進んだのだろう。

天井が狭い。気を抜くと頭を打っちまいそうだ。俺だけではなくヴィンセントも背が高いので歩きにくそうにしている。お互いに苦労するね。このままモグラの仲間入りするかと思いきや、奥の方にわずかな光が差し込むのが見えた。思いの外、距離は近かった。出口は近い。先を行っていたヴィンセントの足音が止まる。行き止まりのようだ。

通路の先はやはり階段になっている。階段の先は扉のようだが、鍵がかかっているのかヴィンセントが押しても開かない。

やむを得まい。リスクはあるが、ここで引き返すわけにもいかない。

「おっと」

よろめいた振りをしてヴィンセントの持っていた燭台(しょくだい)を床に落とし、火を消す。

再び、地下通路が暗黒に包まれる。

「ああ悪い。ちょっち待っていてくれ」

そう言いながら俺は懐(ふところ)から『仮初めの太陽(テンポラリー・サン)』を取り出した。

「今度は俺がやってみるよ。うまくいけば扉の隙間から鍵を開けられるかもしれねぇ」

呪文を唱えるとまばゆい光に包まれる。

強い光を受けてヴィンセントが顔を背ける。

その隙に俺は扉に手を当て、一気に持ち上げる。金属のカンヌキが外れ、耳障(みみざわ)りな音を立てる。扉が開いたので素早く、『仮初めの太陽(テンポラリー・サン)』を解除する。全力を出せる時間は限られているのだから有効に使いたい。

「開いちまったなあ」

「お前一体何をした？」

「いや、ちょっと押しただけだって。明かりのお陰で錆び付いているところが見えたんだよ」

「いや、だが」

「あるいは、彼女が手を貸してくれたか、だな」

手のひらの『仮初めの太陽(テンポラリー・サン)』を見せると、ヴィンセントは何故(なぜ)か悔しそうな顔をした。

「ほれ、行くんだろ。先頭は譲るぜ、カーライル卿(きょう)」

「言われるまでもない」

ヴィンセントは階段を上がっていった。すぐに格闘の音がしたが、これまたすぐに収まった。

続けて階段を上がると、見張りらしき男が倒れている。死んではいないようだ。

「どうやらここが連中の本拠地っぽいな」

見回すと周囲を土の壁が広がっている。まだ地下のようだ。そこらに石の棺桶(かんおけ)が並んでいる。覗(のぞ)いてみたら、中に武器や鎧がぎっしり詰まっていた。

「『地下墓地(カタコンベ)』が武器庫の代わりか」

ヴィンセントが不快感と怒りを込めてつぶやく。罰当たりというか、趣味が悪いというか。大地母神(だいちぼしん)の信者もこれでは浮かばれまい。

「おい、見ろよ」

ずらりと並んだ棺桶(かんおけ)の奥に大きな穴が開いていて、ロウソクらしき光が見える。人の話し声もする。見張りらしき人影はないが、気づかれないよう、棺桶(かんおけ)に隠れながら近づいていく。

吹き抜けの大広間に巨大な女神像が建っている。

悪趣味極まりない。でかい剣を高々と掲げ、もう片方には巨大な盾を持っている。大地母神（だいちぼしん）の戦う姿を象（かたど）っているのだろう。しかも石かと思ったら鋼鉄製かよ。金の掛け方がえげつない。だが、顔のところは無残にも削られている。

壊れた神像の手前には祭壇らしき石の台。祭壇の横には縛られた金髪の少年が転がっている。ヴィンセントに確認したが、例のお坊ちゃまに間違いなさそうだ。

猿ぐつわを噛（か）まされた上、逃げられないよう足首には鉄枷（てつかせ）まではめられているようだ。あれでは自力で脱出するのは不可能だろう。

祭壇の手前には長机とイスが並んでいる。イスは全部で十一脚だが、半分は空席だ。座っているのは、年もバラバラな男女が五人。全身鎧（よろい）の姿は見えない。

遠いので声は聞き取りづらいが、あのお坊ちゃまの処分を検討しているようだ。殺すよりも人質にして金を請求すべきだとか、金の受け取るタイミングが一番危険だから欲をかかずにこのまま殺したほうが後腐れがない、とか。残された時間は長くなさそうだ。

「どうするよ」

「もちろん、救出する」

ヴィンセントが取り出したのは、白い紙で固めた玉だ。

「もしかして、『煙玉』？」

「いや、『爆光玉』の方だ」

『爆光玉』はでかい光と音で敵を撹乱する。材料費は高いが、その分効果も大きい。非殺傷の武器として俺も何度か使ったことがある。地下でやったら音が響いて難聴になりそうだな。

「お前が作ったのか？」

「『聖護隊』の備品だ」

そんなものまで用意してあるのかよ。まあ、どこかのひげもじゃ製には劣るだろうが。

「まず俺が様子を確認する。合図をしたらお前はあいつらの中に飛び込んで撹乱しろ。その隙を見て俺がこいつを投げつける。連中がひるんだところであのご令息を逃がせ」

「俺にオトリになれって？」

「勝手に付いてきたんだ。それくらいやれ」

人使いの荒い騎士様だ。

「んじゃ、やるとしますか」

「待ちなさい」

その声は俺に向けられたものではなかった。

神像の真下に、灰色の髪をした闖入者が現れた。年の頃は四十から五十というところだろう。全身黒ずくめで、はしばみ色の目は細く、糸のように鋭い。温厚そうにも見えるが、目の奥には油断のならない光が灯っている。手には宝石のついた杖を持ち、その先端をあの連中に向けている。いつの間に現れたんだ？

「誰だ、あれは？」

闖入者の登場に、ヴィンセントも困惑気味だ。

「その子をおとなしくご両親のところに返しなさい。従ってくれれば危害を加えるつもりはない」

そこで傭兵らしき大男が手近なイスを投げつける。闖入者がよけるかかわすかした隙を見て飛びかかるつもりだろう。

だが、闖入者は避けることなく杖からまばゆい電光を放った。電光は激しい音とともにイスを弾き飛ばし、大男を地面に這いつくばらせた。見た目は派手だったが、気絶しているだけのようだ。

「もう一度言う。大人しくしていてくれ」

続いて飛びかかろうとしていた連中を牽制する。間違えようもない。多少雰囲気は違うが、あの全身鎧の声だ。あれがあいつの中身だってのか？　普通のおっさんじゃねえか。

何より背格好が違う。あいつはもっと背丈が低かった。魔術であの全身鎧の中身を操っていたのか？　それとも使い魔か何かが別に潜んでいるのか？　手の内が読めねえ。何よりも妙なのは、何故あの男が、お坊ちゃまを助ける？　味方同士じゃなかったのか？

ヴィンセントも手を出すべきかどうか迷っているようだ。

「安心しなさい。ワタシは味方だ」

謎の男がお坊ちゃまの縄を解いた瞬間、暗闇を金属の輪が切り裂いた。当たりはしなかったが、謎の男とお坊ちゃまの距離が離れる。

「見つけたぞ、ニコラス・バーンズ」

そう呼んだ声には、憎悪と歓喜がこもっていた。大地母神の『異端審問官』ジャスティンだ。

何故あいつがここにいる？

「野良犬に追い立てられて巣穴から出て来たか。まさか自分から姿を見せるとはな」

「君か。いきなり攻撃とは感心しないな」

ニコラスと呼ばれた男が杖を振るうと、稲光が巻き起こる。

「こちらの少年がケガでもしたらどうするつもりかね」

ジャスティンは雷雲のような連続攻撃を掻い潜りながら手にチャクラムを握りしめたまま殴りかかる。当たれば骨も砕けそうな勢いだったが、寸前で空を切る。

ニコラスが膝を折り、大きくのけぞってかわしたのだ。まるで柳の枝のような柔軟でしなやかな動きだ。拳が通り過ぎると同時に膝をまた伸ばし、むき出しになったジャスティンの脇腹に杖の先端を叩き込む。くぐもった声に重なり、骨の折れる音がした。

「さすがだな。何十年も逃げ回っているだけのことはある」

「暴力は嫌いでね。早く降参した方がいい」

「その言葉、そっくり貴様に返そう」

見れば、さっきのお坊ちゃまが太陽神の信者どもによって人質に取られている。

「杖を捨てろ。ニコラス・バーンズ。罪を償う時が来たのだ」

「償うのはワタシではなく太陽神の方だ」

「ぬかせ」

お坊ちゃまの喉にナイフが突きつけられる。

ニコラスは杖を放り投げた。

「終わりだ」

ジャスティンは満足げにつぶやくと駆け出した。走りながら腰から剣を抜き、ニコラスの胸板を切り裂いた。

赤黒い液体が口から吹き出す。そこにジャスティンが剣を持ち替え、逆手でニコラスの胸板を突き刺した。左胸を背中まで貫かれ、ニコラスは両手をわななかせ、やがてぐらりと倒れこむ。血だまりに黒衣の男が沈んだ。

お坊ちゃまがくぐもった悲鳴を上げ、倒れこむ。腰を抜かしちまったようだ。

「存外にあっけないな。どうだ、いかに貴様とて動けまい」

ニコラスの顔を踏みつける。

「我が神の力を込めた剣だ。裁きの時は来た。すぐ楽にしてやる」

ジャスティンがニコラスの服をまさぐる。

「……『ベレニーの聖骸布』はないか。まあいい。後であの男に回収させるか」

多分俺のことなんだろうな。

「このガキはどうします」

「用は済んだのだろう？　殺せ」

ヴィンセントが舌打ちするなり飛び出した。『爆光玉』を天井近くまで放り投げる。

爆音と閃光が奔流のように溢れる。

突然の光と音に信者たちも耳や目を押さえてぶっ倒れている。

「今だ！」

「わあったよ」

光が収まると同時に俺も飛び出す。信者どもの横をすり抜け、お坊ちゃまの手を取って、逃げるように指示を出す。少々想定とは違ったがさっきの計画通りだ。

とりあえず少し離れた棺の近くに隠れるように言い含める。大広間に戻ると、ヴィンセントは信者どもと戦っていた。まだ『爆光玉』の影響が残っているのだろう。藁人形のように切り伏せていく。

気が付けば五人全員を片付けていた。

あいつはどこだ、と相手を探すヴィンセントの頭上に黒い影が差した。軽やかに飛びのくと、一瞬遅れてジャスティンがその空間を切り裂いていた。

「レイフィール王国所属『聖護隊』隊長のヴィンセントだ」

ヴィンセントは剣を構え直すと、堂々と名乗った。

「誘拐及び拉致監禁の現行犯だ。大人しく縛に就け。抵抗するならば容赦はしない」

「何が王国だ」ジャスティンはチャクラムを両手に持って構える。

「神の御前ではみな等しく罪人よ」

金属の輪を連続で投げつける。

「仕方がない……強制的に排除する！」

吼えるなりチャクラムの雨に向かっていく。下手をすれば剣までへし折られそうな威力のはずだが、剣さばきで器用に弾き、受け流している。ジャスティン相手では分が悪いかと思ったが、想像以上に腕が立つ。

ジャスティンの両腕から全てのチャクラムが消える。投げ尽くしたか。好機と見てヴィンセントが突っ込む。

「終わりだ！」

「貴様がな」

ジャスティンは足首から金属の輪を外し、投げつけた。まだ隠し持っていやがったのか。かわしきれず、ヴィンセントの左肩に当たる。服の下に防具でも仕込んであるのか、切断は免れたものの骨の折れる音がした。それでもヴィンセントは足を止めなかった。

ジャスティンが腰から剣を抜き、迎え撃つ。鋭い突きが腹をえぐる寸前、ヴィンセントは体を横に傾ける。胸元を刃先が滑っていく中、ヴィンセントは片手に持ち替えた剣をジャスティンの頭部に振り下ろした。

銀の刃が頭蓋骨に食い込み、血が吹き出す。ジャスティンの顔が驚愕(きょうがく)に染まり、その手から剣が滑り落ちる。やがて口を魚のように開いたかと思うとそのまま仰向けに倒れた。

それと同時にヴィンセントも膝を突く。

「大丈夫かよ、おい」

「心配ない。肩の骨にヒビが入っただけだ」

顔色を蒼白(そうはく)にしながら言うことじゃねえよ。

「それより、この男は何者だ?」

「ジャスティンとかいう、大地母神(だいちぼしん)の『異端審問官(インクイジター)』だよ」

「そんな奴(やつ)が何故(なぜ)、太陽神の信者とともにいる?」

最も な疑問だが、答えは既に出ている。

「『日食』だよ」

かつてヴィンセント本人が俺にこう語った。

「『太陽は常に空にある。雲に隠れようと、月が覆い隠そうと、影のように常に側にいらっしゃる』だったか。その教えからか、迫害から逃れるために信仰を隠すことも許容されている」

俺の昔の名前を知っていたり、信者の墓を武器庫に変えて平然としているなど有り得ないと思っていたが、よりにもよって『異端審問官（インクイジター）』の中に隠れ信者がいるとはな。

「おそらく、こいつは……」

「どけ！」

話の途中でヴィンセントが俺を突き飛ばした。

わずかに生まれた空間を金属の輪が駆け抜けていった。

振り向くと、ジャスティンが座り込みながらこちらに手を向けていた。おそらく拾ったチャクラムを回収し、放り投げたのだろう。それはいい。だが、頭の傷まで少しずつ再生していやがる。

やっぱりかよ。マシューさんの勘は嫌な方にも当たりやがる。

こいつは……ジャスティンは邪悪太陽神の『啓示』を受けた『伝道師』だ。

「今のは不覚を取ったが次はそうはいかない」

ジャスティンは立ち上がると胸から大地母神（だいちぼしん）の紋章を外し、投げ捨てる。床に転がったそれを虫けらのように踏みつけると懐(ふところ)から小さなビンを取り出した。白い粉が詰まっている。あれは、『解放(リリース)』か。ジャスティンはフタを開け、そいつをビンごと呑み込みやがった。

次の瞬間、ジャスティンの全身からまばゆい輝きが放たれる。苦しそうなうめき声が漏れる。同時に背中、腕、腹、右足、と膨張と伸縮を繰り返しながら服を破り、別の生き物……いや、怪物へと変わっていく。

黒い獅子(しし)のような頭には巨大な耳が伸びており、青黒く染まった皮膚はところどころにひび割れができている。胸元には瞳のない目と、トカゲのような鼻と口が突き出ていた。腕は手甲のように分厚く膨らみ、足は靴を突き破って鳥のようなかぎ爪となり、カチカチと床に固い音を響かせている。おまけに尻からはトカゲのような尾を垂らし、ムチのように床を叩(たた)いている。

ローランドとはまた姿が違う。そんなところで個性出すんじゃねえよ。

「おい、しっかりしろ」

放心状態のヴィンセントの頬を張って正気に戻す。

「一体何なんだ、こいつは」

「俺が聞きてえよ」

何をどうやったらこんな悪趣味な姿になろうって思えるんだろうな。理解できねえよ。

「ケガ人はジャマだ。今から時間を稼ぐからお前はその間に、さっきのお坊ちゃまと一緒に逃げろ」

「そんなマネできるわけが……」

「抗議や反論なら後にしてくれ」

この非常時に会議なんぞ開いてられるかってんだ。

「あのお坊ちゃまを救出するのがお前の役目なんだろう。だったら果たせばいい。それだけだ」

第一、ヴィンセントが見ていたら戦いづらい。

「いいから行け！」

突き飛ばすようにして促すと俺は地を蹴って走り出す。一瞬遅れてヴィンセントが反対側へ走り出す気配がした。

「『太陽神はすべてを見ている（ソル・ニア・スペクタス）』」

聞きたくもない戯言（たわごと）をほざくと、俺にチャクラムをぶん投げてきやがった。空気を切り裂いて向かってくるそいつらを『仮初めの太陽（テンポラリー・サン）』の呪文を唱えると同時に、拳で払い落とす。少々痛いがこの程度ならなんとでもなる。

チャクラムが来なくなったと思ったら今度は自ら一直線に向かってきた。

巨大な拳で殴りかかってきたのを受け止める。足が止まったところでジャスティンは何度も殴りつけてくる。かなりの力だ。

「けど、大したことはねえな」

人間離れしているのは間違いない。ただ、これならローランドのほうがもっと怪力だった。

油断はできないが、防げる。

拳を受け止め、引っ張ると同時に反対の腕でお返しとばかりに殴りかかる。肉のひしゃげる感触と音がした。

これならいける。

続けて二発目を見舞おうとした瞬間、ジャスティンの体がかき消えた。

見失ったわけではない。文字通り、一瞬にして姿を消しやがった。

「ちっ」

嫌な予感がしてその場を転がる。頭上からいきなり現れたジャスティンの両足が床の石を踏み砕いていた。

「いつまで逃げられるかな」

捨て台詞(ぜりふ)を吐きながらまたもジャスティンが見えなくなる。クソ、おかしな力を使いやがって。

俺は壁際(かべぎわ)に陣取ると背中をピタッとくっ付け、死角を減らす。

「さあ、どこからでも来やがれってんだ」

「お望みどおりに」

声は背後から聞こえた。

青く太い腕が壁を突き破ると俺の腰をつかみ、のけぞるようにして後ろへ持ち上げた。ジャスティンは俺の体で石壁を突き破り、勢いを減じることなく床に叩きつけた。砕けた瓦礫が降ってきた。目がくらむ。逆さまになった視界で頭の中が混乱しそうになる。歯を食いしばって激痛をこらえると、背後に肘打ちを叩きつけ、ジャスティンの腕から逃れる。四つん這いになって距離を取ると、目の前に大きなものが立ちはだかる。見上げれば、顔の削られた大地母神の女神像だ。アンタんところの『異端審問官』を何とかしてくれよ。助けてくれたら信者になってもいい。

やりやがったな、と振り返ればジャスティンの姿はなかった。

気配を感じ、とっさに背後へ裏拳を放つ。一瞬ジャスティンの姿をとらえたかと思った。が、陽炎のように揺らめいた時には、俺の拳は何もない空間を素通りしていた。俺の頭の中で警鐘が全力で鳴り響く。

がら空きになった脇腹にジャスティンの拳がめり込む。呼吸が止まり、俺の方が宙を舞う。天井を突き破り、明るい場所に出る。見覚えのある場所だ、と思った時にはもう俺の体は床に叩きつけられていた。脇腹を押さえながら床を転がる。

見上げれば、さっきのとは違う大地母神の神像が見えた。そうか、ここは大地母神の教会か。

近いとは思っていたが、隣に移動していただけのようだ。地上に出たのと人気（ひとけ）がないのは結構だが、危機は依然続いている。

体中に激痛が走る。ちくしょう、殴ろうとしてもすぐに移動しやがる。

このままだと『仮初めの太陽（テンポラリー・サン）』も時間切れだ。この前時間切れになった失敗を踏まえて、逐一残り時間を数えるようにしているが、この有様ではすぐに使い切っちまう。

「何とか反撃しねえと……」

「残念だったな」

頭上をチャクラムが高速で駆け抜けていく。外したか、と思った瞬間に硬い音がした。目の前が物理的に暗くなり、全身が重くなる。しまった。狙いは、『仮初めの太陽（テンポラリー・サン）』か。チャクラムに叩（たた）き落とされた水晶玉はコロコロと床を転がり、ジャスティンの手元に収まった。

「これで貴様はただの能なしだ」

再び、チャクラムが飛んでくる。見えてはいたが、今度は対応できなかった。どうにか腕で防ぐのが精一杯だ。一発が鉄珠（てつじゅ）のように重い。よろめいたところをジャスティンが迫ってくるのが見えた。今度こそ避ける間もなく、ジャスティンの拳が俺の顔を打ち抜いた。壁にもたれかかるようにして倒れる。

得意げに笑うジャスティンの目の前に小さな羽虫が横切る。それを忌々しそうに手で払い落とすと、俺を感心したように見下ろす。

「やはり頑丈だな。普通の人間ならとっくに死んでいるというのに」

だから今の今まで生き延びてこられたんだよ。

「一つ聞かせろや、『異端審問官』」

俺は壁にもたれかかりながら立ち上がる。

「何故、『伝道師』に……太陽神の信者になった」

『異端審問官』は親のコネでなれるような役職ではない。信仰心と実績が求められる。俺には想像もできない苦労だってあったはずだ。なのにそれを捨ててまで太陽神の奴隷になり下がった。理解できない。

「偽者やなりすましってわけでもねえんだろ？　不老不死でも願ったか？」

ジャスティンは遠い目をした。バケモノの目に懐かしさと虚しさが去来したようだった。

「三十年だ」

「あ？」

「俺が大地母神の宗門に入ってから今までの時間だ」

ジャスティンは、元々貴族の生まれだという。

「だが、この世には飢えるもの貧しいものが大勢いる。己だけが何不自由なく暮らしていることにいつも罪悪感を覚えていたよ」

「……」

そんな罪の意識から逃れるべく、十五の時に神の道を歩むことを決意し、大地母神に仕えた。

「その間にも大勢の迷える民が飢えて死んだ。親が子を売り、子が親を殺す。この世の地獄は何一つ変わらなかった。いくら願っても、誠心誠意仕えても大地母神は何も私にはくれなかった」

信仰と実力が認められて『異端審問官』になってもジャスティンの虚しさは消えなかった。

「そんな時に俺に『啓示』が下った。裏切り者の始末と、『ベレニーの聖骸布』の回収、それを我が使命として受け入れた。それだけでこの力と姿だ」

得意げに、むしろ愉快そうな口調だった。

「大地母神が三十年経ってもくれなかったものを太陽神様は一瞬で与えてくれた。どちらが得かなんて子供にもわかるだろう？　ん？」

「それで、ここの大地母神の教会をそっくりそのまま乗っ取ったってわけか」

神父も今や太陽神の信徒か。あの時、都合良く娼館に現れたのも神父が通報したからだろう。

俺は笑ってしまった。

「詐欺師に騙されたマヌケが別の詐欺師に引っかかっただけじゃねえか」

「黙れ！」ジャスティンは叫ぶなり、床を砕いた。俺の通ってきた穴が更に広がる。

「その姿がお前さんの求めていた『救済』か？　それで飢えた人間や貧しい人間は理不尽な暴力から救われるのか？」

力ずくで言うことを聞かせるってのは、所詮ただの暴力だ。第一、この程度の力で世の中が変わるものか。

「本物ってのはな。父親に売られかけた姉妹が逃げ込む場所を用意することだし、ロクに食えない女の子が妹のために自分の分のあめ玉やアーモンドを分けてやることだよ。そっちの方がマジイケてる」

「戯言をぬかすな！」

ジャスティンの姿が消えた。現れては消え、消えては現れて俺を殴り付け、蹴り上げてはまた姿を消す。

このままでは反撃もままならない。袋叩きだ。何とか勘だけで防いでみたものの抵抗しきれずに殴り飛ばされ、教会の壁に磔のようにして倒れ込む。

「最後の警告だ」

クソ野郎の声だ。

「今からでも遅くはない。『受難者』として我々『伝道師』とともに太陽神様に信仰を捧げろ」

「お前のほかにも『伝道師』がいるのか？」

あと何人いる？　まさか百人とか言わねえよな。

「あの方は私が来る前からずっと、この街にいる」

「どこの誰だ？」

ジャスティンは俺の頭を踏みつけると得意げに微笑む。

「ここから先は有料だ」

お代は俺の信仰心ってか。冗談きついぜ。

「持ち合わせてもないものをどうやって払えってんだ？」

「やむを得まい」

ジャスティンはため息をついた。

「我が神の贄となれ」


「そうはいかん」


声とともにジャスティンの背後で銀色の閃光がきらめいた。首の後ろから血しぶきが上がり、ゆっくりと崩れ落ちる。傷口から吹き出した血が黒い灰へと変わっていく。

青い巨体の陰から現れたのは、『聖護隊』の隊長ヴィンセントだ。

「遅くなったな。ご令息も保護した。おっつけ『聖護隊』も駆けつける」

俺に肩を貸して助け起こす。

「なんで戻ってきた」

「このままお前に死なれると寝覚めが悪い。色々と聞きたいこともある」

それに、とヴィンセントは顔を背けてから言った。

「……酒を飲む約束だっただろう？」

やめてくんないかな、そういうの。ときめいちゃうよ、俺。

「それと、これも返しておく」

ヴィンセントは落ちていた『仮初めの太陽（テンポラリー・サン）』を俺に手渡す。

「これはお前のものだろう」

だからやめろって。

「後始末は任せろ。早く傷の手当を……」

俺を抱えて歩き出そうとしたヴィンセントの動きが止まる。振り向けば、うつぶせに倒れたジャスティンがその足首を握りしめていた。いつの間にか黒い灰も止まり、首の傷も再生しつつある。

「まだ生きている！　トドメをさせ！」

「遅い！」

ジャスティンはヴィンセントの足首をつかんだまま持ち上げると勢いよく天井へ放り投げた。ヴィンセントの体が教会の天井にぶち当たり、わずかに静止してからゆっくりと落下する。俺は落下地点に駆け寄ると体ごと抱き止める。いつもなら軽々と受け止めるところだが、貧弱な今の俺ではせいぜいクッション代わりだ。

「おい、しっかりしろ。おい」

気絶してやがる。ムチャしやがって。

兄妹（きょうだい）揃（そろ）って俺のせいで死ぬとか勘弁してくれ。自分自身にヘドが出る。

感傷を遮って背後から足音が聞こえる。

「次は貴様の番だ」

俺は振り返り、ジャスティンと相対する。

「そうか」

俺は手の中の『仮初めの太陽（テンポラリー・サン）』を手のひらに載せ、もう片方の手で挟むようにして転がす。

「何のマネだ？」

「こう見えても実は俺、占いが得意でね。今、お前の運勢を占ったところ」

半透明の水晶玉を握りしめ、呪文を唱える。

「『照射（イラディエーション）』」

俺の声に反応して『仮初めの太陽（テンポラリー・サン）』が太陽の光を放ちながら浮き上がる。全身に力がみなぎるのを感じながら俺は中指をおっ立てた。

「喜べ、ジャスティン」

俺は言った。

「今日がお前の命日だ」

そう宣告するなり俺はバケモノ姿のジャスティンに向かっていく。時間がない。あともう百も数えない間に効力が切れる。その間にとどめを刺さないと俺たちは負ける。

全力で振りかぶった拳が空を切る。お見通しだ。続けざまに背後へと放った裏拳がバケモノの顔をへこませる。

苦痛にうめき声を上げながらひるんだところに今度は足を上げて土手っ腹を蹴り上げる。ジャスティンの体が浮き上がり、床に落ちる寸前にかき消える。お得意の瞬間移動か。だが、甘い。

「そこか！」

落ちていた瓦礫(がれき)を頭上へと放り投げる。勢いよく飛んでいた瓦礫(がれき)が急停止し、何もない空間からジャスティンの姿が浮かび上がった。

腹に付いていた目の辺りに突き刺さっている。瓦礫(がれき)もろとも空中から床に墜落する。

「な、何故(なぜ)……」

「決まっているだろ」

俺は肩をすくめた。

「大地母神のご加護だよ」

ダテに何度も殴られていたわけではない。こいつが姿を消してから現れる場所に法則がある。常に最小限で最大の効果を得ようとする。早い話、必ず相手の死角に回りこもうとするのだ。ならばそこを突けばいい。

「威勢がいいな。だが、忘れていないか」

ジャスティンがにやりと笑った。

「知っているぞ、その『神器』には時間制限があるのだろう。時間が尽きてからゆっくりと始末すればいい」

だろうな。

「だが、逃がすつもりはない」

俺はにやりと笑った。

「それにもう仕込みは終わっている」

「何？」

ふとジャスティンが足元を見れば、そこには黒い虫が集まっていた。一匹だけではない。二匹、三匹とジャスティンの体に集まってきている。

「なんだ、なんだこれは？」

「言っただろ。大地母神のご加護だよ。虫の姿で不届き者を成敗しに来てくださったんだよ」

『墓掘人（グレイヴディガー）』のブラッドリーが臭い消しの材料に使っていた黒い虫だ。こいつらには同族の体液に群がる習性がある。腕に天使の入れ墨をした売人の死体処理をしてもらった時に追加でもらったのを取っておいたのだ。さっきあいつの足元にその体液を擦（こす）りつけておいた。

「離れろ！」

「随分慌てているな。もしかして、ほかの生き物に触られていると瞬間移動できないとか？」

返事はないが、返答に詰まった様子が何よりの証拠だ。

「これでもう逃げられないよなあ」

殺しても殺しても虫は湧いてくる。当分は体液もその臭いも消えない。

「ちょいと失礼」

ヴィンセントから剣を借りる。細身だが、あいつの首もぶった切ることができる。

剣を構えながら一気に距離を詰める。

ジャスティンは黒い虫に集られながら引きつらせた顔を……不意に勝ち誇った笑みに変える。

「バカめ」

次の瞬間、ジャスティンの全身が炎に包まれる。熱風に思わず足を止め、顔に手を当てる。指の隙間から覗（のぞ）きこめば黒い虫が火にまかれて次々黒焦げになって落ちていくのが見えた。炎を止めた時、ジャスティンの体に引っ付いている虫は一体もなかった。

まさか、そんな芸当まで出来たのか……。

驚愕する俺の眼前にジャスティンが一気に距離を詰めてきた。とっさに逃れようとしたが、あいつの狙いは俺ではなかった。ヴィンセントの剣をつかみ、拳でへし折った。

ジャスティンは真っ二つに折れた剣を詰まらなそうに放り投げる。乾いた音がした。

「せっかくの作戦だったの残念だったなあ」

冷やかすような声にも返事をする気になれず、ゆっくりと片膝を突いた。『仮初めの太陽』も解除する。残り時間はわずかだ。

「観念したか。では、ゆっくりと……」

一歩、また一歩と近づいてくる。俺は動かなかった。

あともう少しというところでジャスティンの足が止まる。

「なるほど、そういうことか」

はっと気づいたように天井を見上げる。先程、ヴィンセントの体でできた大穴だ。

「あの穴から太陽の光が差し込むのを待っているのだろう。ちょうど真下だしな。つくづく油断のならない男だ。だが、運がない。見ろ」

空には一面、鈍色の雲がかかっていた。かなり分厚い雲だ。太陽の光は期待できそうにない。

「それにその『神器』はあと、どれくらい光っていられるのかな。百か？　二百か？　いや、十数える間に切れると見た」

「……」

大当たりだよ。景品はやらねえけどな。

俺の意地という切り札もあるが、一度発動させたら後がない。もし逃げに回られたら、そこでジ・エンドだ。

まずいな。

もうそろそろのはずだ。まだか。

「どうした。来ないのか。それとも晴れるのを待っているのか？　あいにくだが、そんな余裕は与えない」

ジャスティンの体が再び炎に包まれる。足元の床を熱しながら俺に迫ってくる。

「黒焦げになるがいい。虫けらのように！」

ジャスティンが拳を振り上げた途端、俺の頬を冷たいものが流れる。

大粒の雫が一つ、また一つと空から落ちてくる。

「ん？」

ジャスティンが見上げると、天井の穴から急速に勢いを増した雨粒が降り注ぐ。土砂降りの大雨だ。

大雨はジャスティンの体に当たるとすぐに蒸発する。気がつけばジャスティンの体は白い湯気に包まれていた。煙のように全身から立ち上り、視界を遮る。

天候ばかり気にしていたせいで、天気の動きも予想できるようになった。もうすぐ晴れるとか、夕方から雨になりそうとかな。

当初の予定では雨に降られて隙ができたところを狙うつもりだったが、自分から火だるまになってくれたおかげで、予想以上にうまく事が運びそうだ。いや、笑いをこらえるのに苦労したぜ。

さあ、お仕置きの時間だ。

俺はもう一度『仮初めの太陽(テンポラリー・サン)』を光らせる。体中に力がみなぎるのを感じながら俺はジャスティンの背後に回り込み腰に腕を回す。へその辺りに力を込め、一気に持ち上げるとそのまま勢いよく後退する。

「お前、何をするつもりだ?」

「簡単だよ」

終点が見えてきた。さっきこいつがぶち抜いた、地下へつながる穴だ。

「お前の神様とキスさせてやるんだよ」

俺はジャスティンの巨体を持ち上げながらのけぞり、もろともに穴の底へ落ちていく。大地母神(だいちぼしん)の女神像の真上だ。天高く掲げた剣へめがけて真っ逆さまに急降下していく。

「往生しろや!」

衝撃が来た。視界が不規則に揺れる。背中から床に落下して、勢いのまま数度転がって壁にぶつかった。気がつくと、俺の腕はまだジャスティンの体を抱え込んでいた。

「あいて！」

頭の上に半透明の水晶玉が落ちてきた。時間切れか。そいつを懐(ふところ)に入れると、俺は顔を上げ、ほっとした。

「どうやら、うまくいったみてえだな」

女神像が掲げた剣の先端に、ジャスティンの首が突き刺さっているのが見えた。

「よう、聞こえるか。大将」

抱きかかえたままの首無し胴体から離れると、生首に向かって呼びかける。ジャスティンの目がこちらを見下ろした。恨めしそうに血走っている。首の切れ目からは黒い灰が零(こぼ)れ落ちている。

「言っただろ。今日がお前の命日だって」

俺にかかれば『占い(フォアキャスト)』も『予報(フォアキャスト)』もお手の物だ。

黒い灰はどんどんジャスティンの体を侵食していく。今度こそ地獄行きのようだ。

「一応聞いておくが、お前の仲間ってのは、どんな奴(やつ)だ」

「素直に話すと思うか？」

だろうな。

「どのみち、この街は終わる。お前もあの姫騎士とやらもみんな死ぬ」

「それがお前の『占い』か？」

「運命だ」

ジャスティンはにやりと笑った。

「あの方はそう、言っていた」

「誰だ、そいつは、言え！」

「ならここまで来いよ。お前の首を食いちぎってやる」

そう言うと首だけで哄笑した。

黒い灰になった箇所が進み、神像の剣から滑り落ちる。もう喉も口も舌も残っていないのに笑い続けた。まだ笑い声が聞こえる気がした。胴体の方も気がつけば全て黒い灰となって虚空に消え去っていた。


ほっとしたのもつかの間、地上からたくさんの足音が聞こえてきた。どうやら『聖護隊』のご到着のようだ。あとはあいつらに任せよう。

どうせ後でイヤというほど話を聞かれる羽目になる。

今日はもう家に帰ってゆっくり休みたい。

が、まだ大きな仕事が残っている。

俺は痛む体を引きずりながら大地母神の女神像に向かう。そこにはまだニコラスが目を見開いて倒れていた。

胸にはジャスティンの剣が刺さっている。俺は手近な布で手首ごと剣の柄を縛る。それから体重を掛けて一気にのけぞる。腕力はなくても体重があれば引っ張るのはできる。剣は少しずつ、ニコラスの体から抜けていく。

「せえの」

気合とともに剣は体からすっぽ抜け、俺は尻もちをついた。

「どうだ？　動けるようになったか？」

その瞬間、男の体がぴくりと動いた。

「いや、助かったよ」

むくりと上半身を起き上がらせる。やはり生きていたか。

ジャスティンはこいつの胸を貫いても「殺した」とは言わなかった。

「まさか、こんなものまで用意してあったとはね。あやうくやられるところだったよ。君は確か、ヒモさん、だったかな」

やはり、グロリアの家から『ベレニーの聖骸布』を盗み出したのもこいつか。俺が彼女の家に乗り込んでひと悶着あったどさくさに紛れて盗み出したのだろう。

「マシューだ」

のんきな口調だが、俺は笑う気になれなかった。胸の傷がみるみるうちにふさがっていく。しかも服ごとだ。こういう常識外れの存在を今しがた見たばかりだ。

「お前、『伝道師』か」

「半分正解、と言ったところかな」

ニコラスは苦笑した。

「ならもう半分は？」

「罪人だよ」

ニコラスは立ち上がると、自分の胸に腕を突っ込んだ。ニコラスの胸に水面のように波紋が広がる。体の中から取り出したのは大きなぼろ切れだった。『ベレニーの聖骸布』か。

次の瞬間、ニコラスの体が泥のように崩れていく。色を変え、腕や足といった体のパーツは全て溶けて混ざり合い、そこに残ったのは紫色をした巨大な粘液だった。わずかに触れてみると指先にひりつく感じがした。

どうしたものかと迷っていると、巨大な粘液が動き出した。『ベレニーの聖骸布』にのしかかるようにして体の中に入れる。

次の瞬間、ニコラスの体はまた黒衣の男に変わっていた。

「改めて自己紹介しよう。ワタシの名はニコラス・バーンズ。かつて太陽神アリオストルより

『啓示』を受けた者だ」

敵意も感じられなかったので俺はとりあえず事情を聞くことにした。

やってきたのは、例のごとく冒険者ギルドの二階だ。

「もう二十年以上前になる。その頃のワタシは、サニーヘイズの街で太陽神を信仰する神父だった」

サニーヘイズは太陽神信仰の聖地で、大小さまざまな宗派が乱立していたという。そこでニコラスは小さな教会を一人で運営していた。太陽神のお膝元である『太陽神の塔』の近くだけあって信者も多く、信者相手の土産物屋なんかでよその教会は大繁盛だったそうだ。が、ニコラスは浮ついた風潮にも浮かれることなく、敬虔に信仰を守り続けていた。

そんなある日、ニコラスの脳裏に声が聞こえた。

『啓示』だ。

神の声だと理解し、疑いもしなかった。

この世を太陽神の教えに導くための薬品作りを命じられたのだ。

高揚感に酔いしれながらニコラスは言われるまま、神薬の製造を始めた。

元々薬学にも精通しており、教会の裏で薬草畑なんかも栽培していた。

神薬を完成させると、近隣や旅の信者に勧めた。

「私は、それを『解放（リリース）』と名付けた」

ところが、そいつは万能薬でも奇跡の薬でもなかった。人間を狂わせ、地獄に叩（たた）き落とす恐ろしい『クスリ』だった。

気がついた時には、何十人もの人間が依存症に苦しみ、破滅しようとしていた。ニコラスは後悔した。あれは神の声などではない。恐ろしい悪魔であり、自分は利用されたのだと。すぐに破棄しようとしたが、既によその街にまで拡散し、手が付けられない状態になっていた。

その上、ニコラスと『解放（リリース）』に目をつけた犯罪組織に製造法を記した記録を全て盗まれてしまい、ニコラス本人も誘拐された。監禁された建物で製造を手助けする羽目になってしまった。その後、街の衛兵によって救い出されたものの、ニコラスは生きる気力を失っていた。

「神に禁じられていた自殺を考えるほどにね」

荒れ果てた自分の教会で『解放（リリース）』を飲んで首をくくった。一度は命を失ったものの、気がつけば墓の下にいた。真っ暗な土の中を必死で這（は）い出してみた時、ニコラスは自分が人間の姿をしていないことに気づいた。

「『伝道師』は『解放（リリース）』を媒介に、太陽神への祈りと本人の資質により姿を変える。信仰を見失っていた私は『伝道師』にもなりきれず、あのような姿で生き残ったようだ」

生き返ったニコラスは『解放』で苦しむ人を治療し、太陽神の野望を打ち砕くと決める。

不定形な姿では動きにくい上に人目に付きやすいため、普段は全身鎧の中に潜むことにした。

「そんな時『ベレニーの聖骸布』が実在すると知った。太陽神の血が付いている聖遺物だ」

先程の光景を思い出して俺は顔をしかめる。食事がまずくなりそうだ。

「これがあれば太陽神の力をある程度は制御できる。人には戻れないが、人の姿を保つくらいはできる」

時間を掛け、ようやくとある大地母神の教会にある本物を見つける。盗み出したものの途中で見つかり、逃げる途中で川に落ち、鎧も失い、『ベレニーの聖骸布』も川下に流されてしまった。岸に引っかかっていたところに、通りかかったのがあのコディだ。よせばいいのにわざわざ布切れを拾い、『本物』と偽って売り飛ばそうとした。

そして今に至るってわけか。

「色々聞きたいことはあるが、まず肝心なところからだ」

俺は言った。

「『解放』の中毒は治せるのか？　治療薬は？」

それさえ見つかれば、俺もお役御免だ。これ以上、姫騎士様のお名前を汚さずに済む。

ニコラスは首を振った。

「現在のところは『ノー』だ。いかんせんあの姿では研究も進まないからね」

「なら、将来的にはいけるのか？」

「ゼロではない、とだけ言っておこう」

「そうか」

今すぐとはいかなくても、可能性があるのは朗報と言える。

「困ったことがあったらいつでも言ってくれ。力になるよ。あのクソ太陽神を一発へこましてやろうじゃねえか」

このニコラスとかいう元・神父がどれだけ信用できるか、役に立つかは分からないが、ここは取り込んでおくべきだろう。喉から手が出るほど欲しかった、『解放（リリース）』の専門家だ。逃す手はない。

「それで、太陽神の野望ってのはなんだ？」

「再臨だよ」

ニコラスの目には怒りが浮かんでいた。

「かつて神々によって追放された身を捨てて、新たな体で地上に戻ろうとしている。そのために必要なのが」

「『迷宮』の『星命結晶（せいめいけっしょう）』か」

その手段としてスタンピードを起こし、『迷宮』の魔物を弱体化させようって魂胆か。

「そういや、ジャスティンが言っていた『あの方』ってのは知っているか？」

「さて」

ニコラスは首をかしげる。

「逃げるのが精一杯だったものでね。詳しくは分からない。ただ、ほかの信者と連絡を取っていたようだからその関係者かも知れないね」

「そうか」

「気をつけたほうがいい。おそらくその者も『伝道師』だ」

「関係ねえよ」

誰であろうとぶち殺すだけだ。

「まあ、何にせよ。これからのことを決めないとな」

終章　命綱の途切

「次が最後の質問だ」

「やっとかよ」

ヴィンセントの言葉に俺は机の上に突っ伏した。

先日の一件で、『聖護隊（せいごたい）』の聴取を受けることになった。

朝から根掘り葉掘り聞かれて、眠いったらありゃしない。

俺にとって不都合な点は色々ごまかしておいたけど。

とりあえずジャスティンについては、相打ちだったと説明しておいた。

ヴィンセントに一撃くれたところで力尽きて倒れたと。

ジャスティンが何故（なぜ）あんなバケモノの姿になったかはしらばっくれた。

ニコラスの死体が消えていた件については実は生きていて、自分の回復魔法で傷を治した、ということにしておいた。

ほかにも色々あるけれど、とりあえず致命傷にはなっていない、はずだ。

「で、何が聞きたい？　スリーサイズなら上から……」

「お前は、何者だ？」

ヴィンセントの声は尋問というより懇願に近かった。

「働きもせずアルウィン嬢に寄生するロクデナシかと思えば、命がけで彼女を守ろうとする。金に汚い男かと思えば銅貨一枚にすらならない問題に首を突っ込む。それに、恨んでいるはずの俺のことまで助けようとした。何度もだ。ちぐはぐだ。矛盾している。行動に一貫性がない。お前は、何者なんだ」

「アルウィンのヒモ」

過去はともかく、今の俺は間違いなくそれだ。

「ついでに言うならお前さんを助けたのは成り行きだよ。たまたま近くにいたから助けた。それだけだ。お前さんの運が良かった」

実際、一度は殺そうとも考えた。これからだって、アルウィンの害になるようならそうするつもりだ。今そうなっていないのは、ただの偶然だ。それ以上でもそれ以下でもない。

「あと、俺は別にお前さんを恨んじゃいない。こう見えて寛大な男だからな。多少殴られたのも笑って流してやるさ。今度メシでも奢(おご)ってくれたらそれでいい」

ヴィンセントは納得した風ではなかったが、質問も続かなかった。

「終わりか？　なら俺からも質問だ」

俺は言った。

「あの娼館(しょうかん)はどうなる？　ほら、大地母神(だいちぼしん)の隠れ家の」

『ソル・マグニ』関連の連中は残らず捕まったか死亡した。親玉らしきジャスティンは消滅し、神父も共犯ということで逮捕されたらしい。

残りの娼婦(しょうふ)や娼館(しょうかん)の館主たちは無関係ということで逮捕は免(まぬが)れた。その代わりに、非合法の売春行為を咎(とが)められた。今までは、衛兵や偉い連中のお目こぼしで成り立っていたが、目立ってしまっては取り締まるしかない。

「あの娼館(しょうかん)は教会もろとも取り壊しが決まった」

それでは娼婦(しょうふ)たちは路頭に迷うだろう。街に立って客を取る街娼(がいしょう)になるか、よその店に引き取られるか、だ。大地母神(だいちぼしん)の信者たちは、今後逃げ場所を一つ失う。暴力を振るう夫や、子供を売り飛ばそうとする親から匿(かくま)ってくれる場所もなくなるわけだ。

これがお前さんの結末だよ、ジャスティン。

誰も幸せにならない。弱い者たちがもっと弱くなるだけだ。

「とりあえず、娼館(しょうかん)にいた者たちは全員、大地母神(だいちぼしん)教会の南東支部に預けることになった。あちらの教会や養護施設(ホーム)で職員として働くことになるそうだ」

「よく受け入れてくれたな」

あちらだって金回りは似たり寄ったりのはずなのに。

「王国直属の名前はダテではない」

「権力使ってねじ込んだってわけか」

「話が早くなる」

ヴィンセントは悪びれもせず言った。

「あと、北支部にも連絡しておいた」

要するに、尻拭いを教会の別支部に押しつけたってわけね。ご立派。

どうやらヴィンセントは清濁併せのむ方を選んだようだ。それならそれでいい。

俺としては最後の一線だけは越えてくれるな、と願うばかりだ。

「了解だ。教えてくれてありがとうよ」

帰ろうとしてもう一つの質問が頭に浮かんだ。

「いつにする？　ほら、例の酒飲む約束。俺も忙しいからさ。三日前までに予約入れてくれると助かるんだけど」

「そんな約束はした覚えはない」

ヴィンセントはきっぱりと言い切った。

「そりゃねえだろ。この前言ったじゃねえか。颯爽(さっそう)と俺を助けに来た時よお」

「確認をしただけだ。了解したとは言っていない」

「お前、ふざけんなよ！　それが王国直属のやる事かよ」

「何と言われようとお前となど飲むつもりはない。さっさと帰れ」

それに、とヴィンセントは皮肉っぽい笑みを浮かべる。

「お迎えも来たようだぞ」

足音が近づいてきた。制止の声に構わず、扉が勢いよく開いた。

「無事か、マシュー！」

血相を変えてアルウィンが部屋になだれ込んできた。

「今、怒鳴り声が聞こえたが、何があった。また拷問を受けたのではあるまいな」

実を言えば、今日の聴取にはアルウィンも同行している。最初は俺一人で来る予定だったのだが、先日のお遊戯会のせいでアルウィンが聴取自体に猛反対したのだ。

「また暴力を振るわれてはたまらんからな」

それでヴィンセントと話し合いの結果、隣の部屋で待機していたのだ。

「ご覧の通りだよ。ぴんしゃんしている」

なだめようとしたが、それでもアルウィンは俺の全身をためつすがめつ見ながら遠慮なく体を触ったり叩(たた)いたりしている。まるで母親だ。

年下でしかも背丈だって頭一個分は低い美女に子供のような扱いを受けるって、どんな辱(はずか)しめなんだろうか。俺は割とアリだけれど。

「何にもされちゃいないよ。今、終わったところ。さあ、帰ろう」

アルウィンの肩を抱いて外へ出る。扉を閉める瞬間、ヴィンセントが笑った気がした。

「そういえば君、あいつから謝罪って受けたっけ？」

帰る途中で隣のアルウィンに話しかける。

「一応な。間違いだったと分かったのなら私も責めるつもりはない」

特に気にした様子はなかった。寛容なお方だからね。

とりあえず偽者(にせもの)の件は黙っておこうと心に決める。

「『迷宮』の方はどう？　調子いいみたいだけど」

「順調だ」

心なしか声も弾んでいる。

「ヴァージルたちにも緊張感が出てきた。生半可な腕では先を越されると思ったのだろう。休みの日にも自主的に訓練をしたり『迷宮』の資料を集めたりしているようだ」

「そうか」

ライバルの出現がいい方向に進んでいるようだ。つまらない内輪もめなどしている場合ではない、と気づいたのだろう。マレット姉妹たちもあれ以来、絡(から)んでくる様子はない。それどころか、積極的に情報交換をして交流を持とうとしているようだ。互いを高め合える関係というのは貴重だからな。

「今のうちに進めるだけ進んでおきたい」

『迷宮』攻略は長期戦だ。その間には体調や精神はもちろん、タイミングやライバル、運不運など、様々な要素が絡(から)んで波が生まれる。今はすべてが上向きのようだ。

「気をつけてよ」

「もちろん、油断は禁物だ」

アルウィンは力強くうなずいた。しばらく歩いてから急に目を伏せる。

「いつか……」

「うん?」

「いつか、『迷宮』を攻略して、王国から魔物を一掃する日が来る。してみせる。その時は……」

そこで言葉を句切り、深呼吸をする。俺の方を向いて静かに言った。

「その時には……お前にも私の故郷を見せてやる」

俺は首をかしげた。

「それってプロポーズ?」

「誰がお前なんかに」

でしょうね。

「お前みたいなヒモを扱えるのは、世界で私だけだ。だから……絶対に手を放さないからな」

「そうか」

彼女の真剣な瞳を見つめ返しながら俺は微笑した。ああ、そうだ。神様になんか頼らなくとも人は人に優しくできる。

「楽しみにしているよ」

数日後、俺は街の北東にある『聖賢通り』に来ていた。医者や薬屋が建ち並び、庶民や金持ちの病人はここに通ったり薬を買いに来たりする。その一角に、看板を出していない店がある。以前は薬師が自作の薬を販売していたらしい。愛想（あいそ）は良かったがヤブだったらしく、程なくして店は潰れた。扉を開けると、中は閑散としている。薬など一つも置いていない。殺風景な店の中を通り、奥にいる男に声を掛ける。

「調子はどうだい」

声を掛けると、ニコラスは疲れたように振り返った。

「そう毎日来られてもできないものはできないよ」

ここでニコラスには『解放（リリース）』治療薬の研究に当たってもらっている。ヤブでも薬師の端くれらしく、設備や機材も整っている。風来坊の俺では許可が降りないので、デズの名前を借りた。材料費や生活費なんかも俺が払っている。ジャスティンのねぐらを漁（あさ）ったら例の大金が見つかったので頂いておいた。ニコラスを見つけるという仕事は果たしたのだから俺のものだ。ヒモのくせに他人を養うなど我ながら滑稽だが。

「頼むよ。アンタが頼みの綱だ、先生」

近隣の住民には引退した薬師と説明している。たまに薬の相談なんかも受けるらしい。なので俺も周囲にならって先生と呼んでいる。『ベレニーの聖骸布』もニコラスの体内にある。グロリアに渡す義務もないし、治療薬や治療法の研究が進むのなら俺としてはそちらを選ぶ。

「善処するよ」

この場所とニコラスについてはまだアルウィンにも内緒だ。期待させて万が一ダメだった場合にがっかりさせたくない。今のところ先生の正体を知っているのは、俺とデズだけだ。

「『迷宮』の方はどうだい?」

「今のところは安定しているみたいだな」

アルウィンは今日も『迷宮』の中だ。俺の手も『迷宮』の奥までは届かない。

アルウィンも三日前に「では、行ってくる」と、いつも通り出て行ったが、いつも通りに帰れるとは限らない。人は何の前触れもなしに死ぬ。たとえ大切な人間の窮地であろうと、予感も予知も働かない。天気は読めても人の運命までは分からない。

「とにかく先生には金の続く限り、いけるところまで……」

話している途中で揺れを感じた。小刻みに揺さぶられたと思ったら今度は横に激しくシェイクされる。振動で棚が倒れてくる。

先生はすでにテーブルの下に避難していた。俺も頭抱えてしゃがみ込む。不格好だろうと、安全第一だ。

やがて地震も収まり、顔を上げる。棚が倒れて機材がちょいと壊れはしたが、安物ばかりだ。

「また地震か。大きなのが来たね」

「悪いな、先生。ちょいと様子を見てくる」

片付けは先生に任せ、俺は研究室を出て、冒険者ギルドへ向かった。

今のはかなりでかかった。やはり地震続きの原因はスタンピードなのかもしれない。

事と次第によっては、ギルドから使いを出してもらって早急に戻ってくるように伝えたほうがいい。

ギルドはまたも混乱のさなかだった。

あわてて外に飛び出してきた連中で中庭は埋まっている。どいつもこいつも不安そうな顔で地震の話をしている。建物の中から男が担架で運ばれていく。頭には赤く染まった布を巻いている。落ちてきた物でケガをしたようだ。

アルウィンはどこだ？　首を伸ばして顔を確認するが、見当たらない。

「マシューさん！　大変」

エイプリルが俺の顔を見るなり、一目散にかけてきた。

「ちょうど今、呼びに行こうと思っていたの。大変なんだよ」

「何があった？」

「今、『迷宮』で魔物が大量発生しているって。スタンピードの前兆じゃないかって大騒ぎしてて。それで『迷宮』の中にいる人たちもどこにいるのか分からないって……」

心臓が跳ね上がる。

「その中に、アルウィンたちもいるんだな」

エイプリルは辛そうにうなずいた。

「ギルドはどうするって？」

スタンピードなど不測の事態の場合、専門の職員を派遣して冒険者の救助に向かう。が、それすら困難な場合は、見捨てるという選択肢もある。

「一応、じーじが救助隊を出してくれるって。でも職員さんだけだと足りないから、地上にいるパーティからも応援を募るって」

「デズはどこだ？」

あいつがいれば、問題ない。地獄の底からだろうと這い上がる男だ。アルウィンだって救い出してくれる。

「デズさん、昨日からお休みで。遠くの知り合いのところに顔を出すって」

そうだ。そんなこと言っていたな。この肝心な時に。延期してくれれば、とこの場にいないひげもじゃを恨んでも始まらない。

「デズさんなら今から追い付けないかな。馬飛ばすとか」

「ムリだろうね」

あいつが遠出したのなら今頃は土の中だ。薄暗い中、しかめっ面で弁当でも食っている頃だろう。特別なドワーフでもない限り、追いつくのは難しい。

頭をかきむしりながら必死に対策を考える。スタンピードに巻き込まれたら生存確率はかなり厳しい。どんな英雄や勇者でも数の力で押しつぶされればそれまでだ。こうしている間にも命は尽きかけているかもしれない。むしろもう、死んでいる可能性もある。

今の今まで頭の隅に追いやってきた現実が目の前に迫りつつある。アルウィンはいつ『迷宮』で命を落としても不思議ではない。そして『迷宮』の中では俺は能なしだ。何もできない。何の役にも立たない。足を引っ張るだけ。

それでも、だ。

「約束しちまったからなあ」

何があろうと、君を守るって。

「マシューさん？」

心配そうなエイプリルの頭を撫でてやる。

「大丈夫だ」

俺はその足で冒険者ギルドの中に入る。向かったのは、ギルドマスターの執務室だ。

「ジャマするぜ」

ノックと同時に入ると、じいさまは机の上で書類とにらめっこしていた。側には四人のギルド職員が立っている。報告と今後の対策を練っている最中、というところか。俺の顔を見てじいさまは眉間にシワを寄せる。この忙しいのに何しに来やがった、って顔だ。

それに構わず俺はじいさまの前に立つ。

「今から俺はすっげえアホなことを言う。言いたいことはあるだろうがまずは聞いてくれ。今から『迷宮』に入って冒険者の捜索に当たるんだろう？　その件だ」

俺はじいさまの目を見ながら言った。

「俺も『迷宮』に連れて行ってくれ」

あとがき

この度は『姫騎士様のヒモ』二巻をお読みいただきありがとうございます。

おかげさまで無事に二巻も刊行することが出来ました。

一巻が予想以上のご好評をいただき、情熱的な感想もたくさんいただきました。

販促企画では多くの方に御世話(おせわ)になりました。電撃文庫の諸先輩方の作品のキャラクターや、声優の方々からもコメントをいただきました。

それだけに二巻は大変悩みました。

一巻の時は応募作ということもあり、自分の考えたアイデアや展開を思うままにつぎ込めばよかったのですが、二巻ではその先を書かなくてはなりませんでした。一巻では大勢のキャラが退場したために、新キャラを登場させる必要がありました。物語の展開上、曖昧にしていた設定をいくつも決める必要がありました。何よりマシューには自分のしでかしたことの報いを受けてもらわないといけませんでした。ある意味、後始末に奔走させられた巻でもあります。

一番の悩みは、やはり一巻で楽しんでいただいた方々を今回も満足させられるか、という点でした。これでいいのか、これで喜んでもらえるのか、とあれこれ悩みました。これではダメだと、一度決めたプロットも変更しました。

結果は、皆様にお読みいただいたとおりです。

作者としては、良い結果であることを祈るばかりです。

次の巻ではマシューもアルウィンも大変な目に遭います。二人の行く道は決して平坦でも安全でもありません。進めば進むほど血の流れる茨道です。そうしてたどり着いた先はおそらく、もっと深い闇の中になるでしょう。それでも二人は、自分たちの選んだ道を進んでいきます。

物語も一区切りになる予定ですので、どうかマシューとアルウィンの行く末を見届けていただけたら、と願っています。

同時に、新たな企画も動いています。イラストレーターのしらび様による『86―エイティシックス―』とのコラボイラストを実施するほか、コミカライズも新たに始まります。漫画家のきぃやん様によるコミックが、二〇二二年夏頃に『ComicWalker』にて連載開始予定です。

こちらもお楽しみいただけたら幸いです。

最後になりましたが、二巻でも素晴らしいイラストを描いていただいたマシマサキ様をはじめ関係者の方々にこの場を借りて感謝いたします。本当にありがとうございました。

白金透

次巻予告

姫騎士様のヒモ

He is a kept man for princess knight.

—第3巻—

Story

迷宮内に取り残されてしまったアルウィンを救うため、

マシューは覚悟を決め迷宮へと潜る。

呪いのせいで全力を出せない彼の前に立ちはだかる危機の数々——

最弱のヒモは日の光届かぬ迷宮でどう立ち向かうのか！

加速する異世界ノワール第3弾!!

2022年冬発売予定

◉白金　透著作リスト

「姫騎士様のヒモ」（電撃文庫）
「姫騎士様のヒモ２」（同）

本書に対するご意見、ご感想をお寄せください。

ファンレターあて先
〒102-8177　東京都千代田区富士見2-13-3
電撃文庫編集部
「白金　透先生」係
「マシマサキ先生」係

本書は書き下ろしです。

電撃文庫

姫騎士様のヒモ2

白金 透

2022年6月10日　初版発行

発行者　青柳昌行
発行　株式会社KADOKAWA
〒102-8177　東京都千代田区富士見2-13-3
0570-002-301（ナビダイヤル）
装丁者　荻窪裕司（META＋MANIERA）
印刷　株式会社暁印刷
製本　株式会社暁印刷

ISBN978-4-04-914400-0　C0193　Printed in Japan

電撃文庫　https://dengekibunko.jp/

電撃文庫創刊に際して

文庫は、我が国にとどまらず、世界の書籍の流れのなかで〝小さな巨人〟としての地位を築いてきた。古今東西の名著を、廉価で手に入りやすい形で提供してきたからこそ、人は文庫を自分の師として、また青春の想い出として、語りついできたのである。

その源を、文化的にはドイツのレクラム文庫に求めるにせよ、規模の上でイギリスのペンギンブックスに求めるにせよ、いま文庫は知識人の層の多様化に従って、ますますその意義を大きくしていると言ってよい。

文庫出版の意味するものは、激動の現代のみならず将来にわたって、大きくなることはあっても、小さくなることはないだろう。

「電撃文庫」は、そのように多様化した対象に応え、歴史に耐えうる作品を収録するのはもちろん、新しい世紀を迎えるにあたって、既成の枠をこえる新鮮で強烈なアイ・オープナーたりたい。

その特異さ故に、この存在は、かつて文庫がはじめて出版世界に登場したときと、同じ戸惑いを読書人に与えるかもしれない。

しかし、〈Changing Times,Changing Publishing〉時代は変わって、出版も変わる。時を重ねるなかで、精神の糧として、心の一隅を占めるものとして、次なる文化の担い手の若者たちに確かな評価を得られると信じて、ここに「電撃文庫」を出版する。

1993年6月10日
角川歴彦

電撃文庫DIGEST　6月の新刊

発売日2022年6月10日

第28回電撃小説大賞《金賞》受賞作
竜殺しのブリュンヒルド
著／東崎惟子　イラスト／あおあそ

第28回電撃小説大賞《銀賞》受賞作。竜殺しの娘として生まれ、竜の娘として生きた少女、ブリュンヒルドを翻弄する残酷な運命。憎しみを超えた愛と、愛を超える憎しみが交錯する！電撃が贈る本格ファンタジー。

姫騎士様のヒモ2
著／白金 透　イラスト／マシマサキ

進まない迷宮攻略に焦る姫騎士アルウィン。彼女の問題を解決したいマシューだが、近衛騎士隊のヴィンセントによって殺人事件の容疑者として挙げられてしまう。一方、街では太陽神教が勢力を拡大しており……。大賞受賞作、待望の第2弾！

とある科学の超電磁砲（レールガン）
著／鎌池和馬
イラスト／はいむらきよたか、冬川 基、ほか

『とある科学の超電磁砲』コミック連載15周年を記念し、学園都市を舞台に、御坂美琴、白井黒子、初春飾利、佐天涙子の4人の少女の、平和で平凡でちょっぴり変わった日常を原作者・鎌池和馬が描く！

魔法科高校の劣等生 Appendix①
著／佐島 勤　イラスト／石田可奈

『魔法科』10周年を記念して、今となっては入手不可能なBD/DVD特典小説を電撃文庫化。これは、毎夜繰り広げられる、いつもの『魔法科』ではない『魔法科高校』の物語――『ドリームゲーム』を収録！

虚ろなるレガリア3 All Hell Breaks Loose
著／三雲岳斗　イラスト／深遊

暴露系配信者の暗躍により龍の巫女であることを全世界に公表されてしまった彩葉と、連続殺人の冤罪でギルドに囚われたヤヒロ。引き離された二人を狙って、新たな不死者たちが動き出す――！

ストライク・ザ・ブラッド APPEND3
著／三雲岳斗　イラスト／マニャ子

寝起きドッキリや放課後デートから、獅子王機関の本拠地で起きた怪事件まで。古城と雪菜たちの日常を描くストブラ番外篇第三弾！　完全新作を含めた短篇・掌編十五本とおまけSSを収録！

声優ラジオのウラオモテ #07 柚日咲めくるは隠しきれない？
著／二月 公　イラスト／さばみぞれ

「自分より他の声優の方が」ファン心理が邪魔をするせいでオーディションに弱く、話芸で台頭してきためくる。このままじゃ駄目だと気づきながらも苦戦する、大好きで可愛い先輩のため。夕陽とやすみも一肌脱ぎます！

ドラキュラやきん!5
著／和ヶ原聡司　イラスト／有坂あこ

父・ザーカリーとの一件で急接近したアイリスと虎木。いつもの日常を過ごしていたある日、二人は深夜の街で少女・羽鳥理沙をファントムから救出する。その相手はまさかの"吸血鬼"で……!?

妹はカノジョにできないのに2
著／鏡 遊　イラスト／三九呂

雪季は妹じゃなくて、晶穂こそが血のつながった妹だった!?自分にとっての“妹”はどちらなのか……。答えが出せないまま、晶穂が兄妹旅行についてくると言い出して!?　複雑な関係がついに動き出す予感が――！

友達の後ろで君とこっそり手を繋ぐ。誰にも言えない恋をする。2
著／真代屋秀晃　イラスト／みすみ

どうかこの親友五人組の平穏な関係が、これからも続きますように。そう心から願っていたのに、恋仲になることを望んでいる夜瑠と親密になっていく。バレたらいまの日常が崩壊するのは確定、だけどそれでも――。

新作
明日の罪人と無人島の教室
著／周藤 蓮　イラスト／かやはら

未来測定が義務化した世界。将来必ず罪を犯す《明日の罪人》と判定された十二人の生徒達は絶海の孤島『鉄窓島』に集められる。与えられた条件は一つ。一年間の共同生活で己が清廉性を証明するか、さもなくば死か。

第28回
電撃小説大賞
銀賞
受賞

『竜殺しの ブリュンヒルド』

著／東崎惟子　イラスト／あおあそ

愛が、二人を引き裂いた。

竜殺しの娘として生まれ、竜の娘として生きた少女、ブリュンヒルドを翻弄する残酷な運命。憎しみを超えた愛と、愛を超える憎しみが交錯する！　電撃が贈る本格ファンタジー。

好評発売中！

第28回
電撃小説大賞
銀賞
受賞

『ミミクリー・ガールズ』

著／ひたき　イラスト／あさなや

世界の命運を握るのは、11歳の美少女!?（※ただし中身はオッサン）

作戦中の事故により重傷を負ったクリス・アームストロング大尉。脳と脊髄を人工の素体へ移すバイオティック再生手術に臨むが、術後どうも体の調子がおかしい。鏡に映った自分を見るとそれは——11歳の少女だった。

2022年 7月8日 発売！

第28回
電撃小説大賞
選考委員奨励賞
受賞

『アマルガム・ハウンド　捜査局刑事部特捜班』

著／駒居未鳥　イラスト／尾崎ドミノ

少女は猟犬——主人を守り敵を討つ。捜査官と兵器の少女が凶悪犯罪に挑む！

捜査官の青年・テオが出会った少女・イレブンは、完璧に人の姿を模した兵器だった。主人と猟犬となった二人は行動を共にし、やがて国家を揺るがすテロリストとの戦いに身を投じていく……。

2022年 7月8日 発売！

この△(さんかく)ラブコメは幸せになる義務がある。
[著]榛名千紘
[ILL.]てつぶた
ラブコメ史上、
もっとも幸せな三角関係！
これが三角関係ラブコメの到達点！
平凡な高校生・矢代天馬はクールな
美少女・皇凛華が幼馴染の椿木麗良を
溺愛していることを知る。天馬は二人が
より親密になれるよう手伝うことになるが、
その麗良はナンパから助けてくれた
彼を好きになって……!?
電撃文庫

第28回
電撃小説大賞
金賞
受賞作
エンド・オブ・アルカディア
死ぬことのない戦場で
死に続けた彼と彼女の、
邂逅と共鳴の物語！
蒼井祐人【イラスト】――GreeN
Yuto Aoi
END OF ARCADIA
彼らは安く、強く、そして決して死なない。
究極の生命再生システム《アルカディア》が生んだのは、複体再生〈リスポーン〉を駆使して戦う１０代の兵士たち。戦場で死しては復活する、無敵の少年少女たちだった――。
電撃文庫

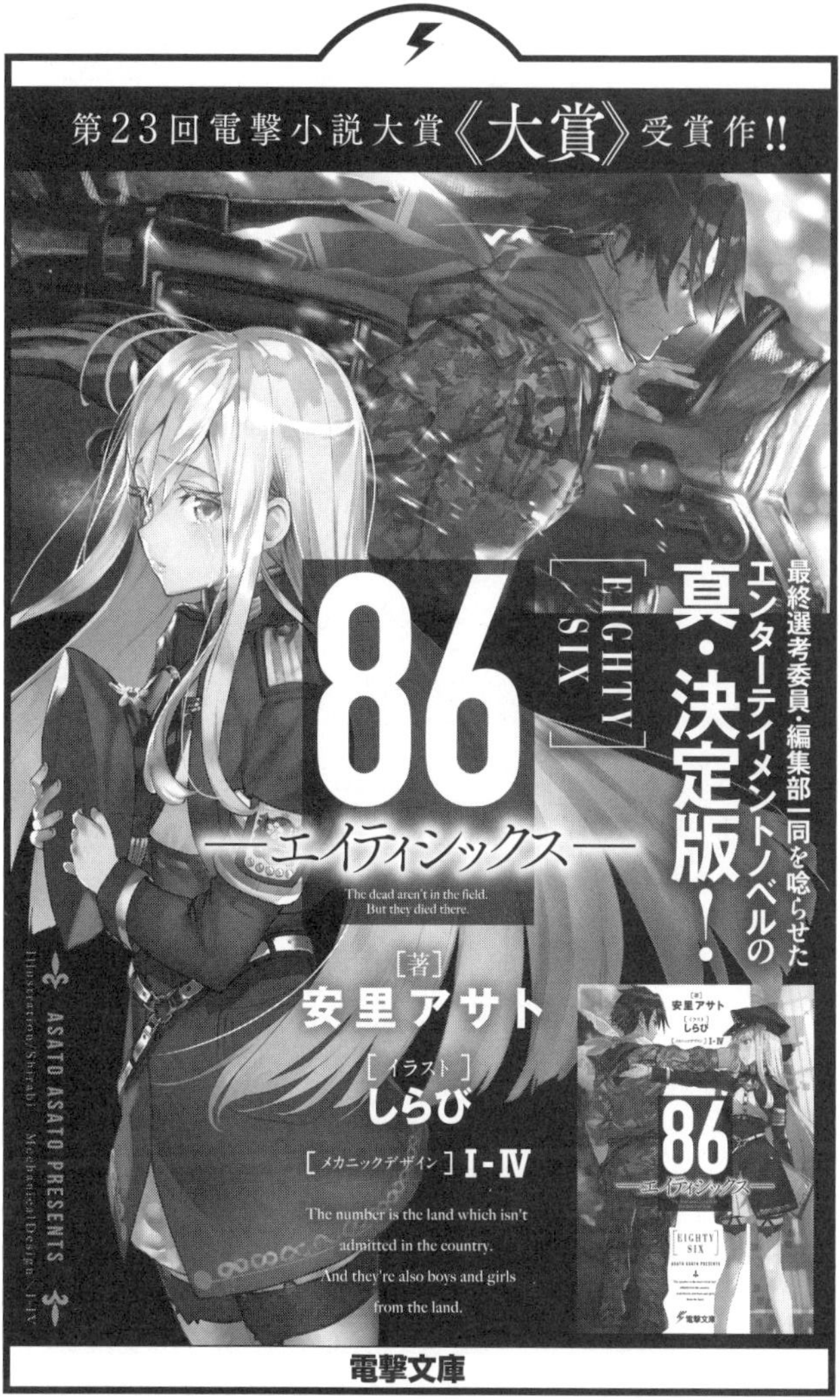
第23回電撃小説大賞《大賞》受賞作!!
最終選考委員・編集部一同を唸らせた
エンターテイメントノベルの
真・決定版!!
86
EIGHTY SIX
—エイティシックス—
The dead aren't in the field.
But they died there.
[著]
安里アサト
[イラスト]
しらび
[メカニックデザイン] I-IV
The number is the land which isn't
admitted in the country.
And they're also boys and girls
from the land.
ASATO ASATO PRESENTS
Illustration/Shirabi Mechanical Design/I-IV
電撃文庫